Viagens Extraordinárias
Obras Completas de Júlio Verne em 90 volumes

1ª Série
1. A Volta ao Mundo em 80 Dias
2. O Raio Verde
3. Os Náufragos do Ar - A ILHA MISTERIOSA I
4. O Abandonado - A ILHA MISTERIOSA II
5. O Segredo da Ilha - A ILHA MISTERIOSA III
6. A Escuna Perdida - DOIS ANOS DE FÉRIAS I
7. A Ilha Chairman - DOIS ANOS DE FÉRIAS II
8. América do Sul - OS FILHOS DO CAPITÃO GRANT I
9. Austrália Meridional - OS FILHOS DO CAPITÃO GRANT II
10. O Oceano Pacífico - OS FILHOS DO CAPITÃO GRANT III

2ª Série
1. O Correio do Czar - MIGUEL STROGOFF I
2. A Invasão - MIGUEL STROGOFF II
3. Atribulações de um Chinês na China
4. À Procura dos Náufragos - A MULHER DO CAPITÃO BRANIGAN I
5. Deus Dispõe - A MULHER DO CAPITÃO BRANIGAN II
6. De Constantinopla a Scutari - KÉRABAN O CABEÇUDO I
7. O Regresso - KÉRABAN O CABEÇUDO II
8. Os Filhos do Traidor - FAMÍLIA-SEM-NOME I
9. O Padre Joann - FAMÍLIA-SEM-NOME II
10. Clóvis Dardentor

L'ILE MYSTERIEUSE
par Jules VERNE
154 Dessins par P. FERAT

Viagens Extraordinárias

Obras Completas de Júlio Verne em 90 volumes

1ª Série

Vol. 3

Tradução e Revisão
Mariângela M. Queiroz

Villa Rica Editoras Reunidas Ltda
Belo Horizonte
Rua São Geraldo, 53 - Floresta - CEP 30150-070 - Tel.: (31) 212-4600
Fax: (31) 224-5151
http://www.villarica.com.br

Júlio Verne

OS NÁUFRAGOS DO AR

A Ilha Misteriosa I

Desenhos de L. Bennet

VILLA RICA
Belo Horizonte

2001
Direitos de Propriedade Literária adquiridos pela
VILLA RICA EDITORAS REUNIDAS LTDA
Belo Horizonte
Impresso no Brasil
Printed in Brazil

ÍNDICE

O Grande Furacão	9
Os Prisioneiros	19
Terra Desconhecida	31
As Chaminés	39
A Primeira Noite na Ilha	51
Caçada com Anzol	60
Nab, Top e Smith	70
Água contra Fogo	81
Ressurreição do Fogo	91
A Ilha	103
O Batismo da Ilha	115
Animais, Vegetais e Minerais	126
Industrializa-se a Ilha	137
Localização da Ilha	149
O Período Metalúrgico	159
O Monstro Desconhecido	169
Nitroglicerina	180
O Palácio de Granito	191
A Nova Morada	201
Um Grão de Trigo	212
O Pântano dos Patos	221
Um Grão de Chumbo	230

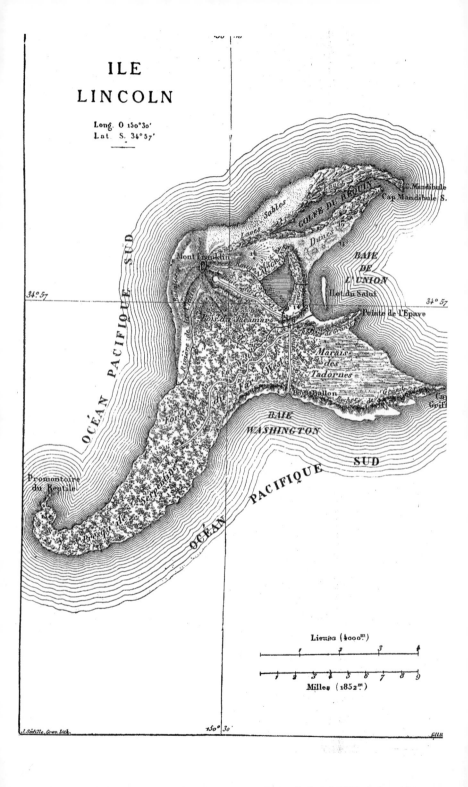

1
O GRANDE FURACÃO

E agora, estamos subindo?
— Nada! Pelo contrário, estamos descendo!
— Pior, senhor Cyrus! Vamos cair!
— Valha-me Deus! Jogue fora mais lastro!
— Lá se vai o último saco!
— E o balão está subindo?

— Não!
— Parece que estou escutando o barulho de ondas!
— Acho que estamos pairando sobre o mar!
— Decerto não estamos a mais de 150 metros da superfície da água.

Neste momento uma voz possante pronunciou as seguintes palavras, que cortaram retumbando as solidões do ar:

— Fora com tudo que pese! Tudo! E que Deus nos ajude!

Tais foram as palavras que estrondaram no ar por sobre o vasto deserto de águas do Pacífico, no dia 23 de março de 1865, pelas quatro horas da tarde.

Ninguém por certo esqueceu ainda o terrível furacão que se desencadeou em meio do equinócio daquele ano, e durante o qual o barômetro desceu a setecentos e dez milímetros. Foi um verdadeiro ciclone, que durou sem interrupção do dia 18 até ao dia 26 de março.

Os destroços e ruínas que esta tempestade produziu na América, Europa e Ásia, foram imensos, e abrangeram uma zona de mil e oitocentas milhas, cortando obliquamente o equador e estendendo-se desde o trigésimo quinto até ao quadragésimo paralelo sul! Cidades arrasadas, florestas inteiras arrancadas pela raiz, regiões inteiras devastadas por verdadeiras montanhas de água, navios arremessados à costa, que as estatísticas do *Bureau-Veritas* contaram aos centos, enormes extensões de terra como que niveladas por trombas e milhares de pessoas esmagadas em terra ou sepultadas no mar, tais foram as provas de furor que o formidável furacão deixou em seu rastro, ultrapassando em desastres e ruínas aqueles que assolaram Havana e Guadalupe, um em 25 de outubro de 1810, outro em 26 de junho de 1825.

Ora, no momento em que na terra e no mar sucediam tantas catástrofes, passava-se nos ares revoltos não menos espantoso drama. Um balão, levado qual bolha de sabão e colhido pelo movimento giratório da coluna de ar, percorria o espaço com uma velocidade de noventa milhas por hora, girando sobre si mesmo.

A barquinha oscilava, com cinco passageiros dentro, apenas visíveis através da espessa cortina de vapores e água pulverizada que estendia a cauda até a superfície do oceano.

De onde viria aquele balão, verdadeiro joguete naquela medonha tempestade? De que ponto do globo teria saído? Durante a tempestade não partira decerto. Mas a tempestade já durava cinco dias, e os seus primeiros prenúncios tinham-se manifestado no dia 18. Por conseqüência havia razões de sobra para crer que o balão vinha de longe; já que não podia ter percorrido menos de três mil e duzentos quilômetros em cada vinte e quatro horas.

Fosse como fosse, o caso era que os passageiros não podiam decerto ter tido meios para calcular o caminho percorrido desde o ponto de partida, porque lhes deviam ter faltado inteiramente os pontos de referência. Até mesmo um fato curioso devia ter ocorrido a eles, o de serem arrastados através da violenta tempestade, sem que dessem por ela!

Tinham mudado de lugar, tinham girado sobre si mesmo, sem que percebessem, sem que sentissem nem a rotação, nem o deslocamento na direção horizontal. Os olhos deles não podiam penetrar o denso nevoeiro que se acumulava por baixo da barquinha. Em redor tudo eram brumas. Tão opacas eram as nuvens que nem sequer poderiam dizer se era noite ou dia. Nem um raio de luz, nem um som longínquo de terras habitadas, nem um ruído sequer do oceano tinha podido chegar até eles através daquela imensidade tenebrosa, enquanto tinham percorrido as altas zonas da atmosfera. A rápida queda do balão é que lhes fizera conhecer o perigo que corriam.

No entanto o balão, aliviado de muitos objetos pesados, tais como munições, armas e mantimentos, subira de novo para as camadas superiores da atmosfera até mil e quinhentos metros acima do nível das águas. Os passageiros, depois que reconhe-

11

ceram que debaixo da barquinha estava o mar, considerando menores os perigos a correr em cima do que em baixo, não hesitaram em jogar fora mesmo os objetos mais úteis, tratando cuidadosamente de não perder nem um átomo do precioso fluido, alma do balão, que os segurava por sobre o abismo.

A noite passou-se em meio de inquietações e cuidados que teriam sido mortais para ânimos menos enérgicos. Finalmente amanheceu, e com este novo dia, uma certa tendência no furacão para acalmar.

Naquele dia 24 de março, desde o raiar da aurora, começaram a manifestar-se alguns sintomas de abrandamento do tempo. Ao despontar da manhã as nuvens, já menos carregadas, tinham subido a grande altura. No espaço de poucas horas, a tromba d´água cedeu. O vento, de *furacão* passou a *rijo*, o que vale o mesmo que dizer que a velocidade de translação das camadas atmosféricas diminuíra pela metade; e conservando-se ainda no grau de intensidade em que a gente de mar lhe chama uma "brisa de três rizes", nem por isso a melhoria na desordem dos elementos foi menos notável.

Por volta das onze horas, o céu tinha limpado consideravelmente. A atmosfera apresentava aquela espécie de pureza cristalina e úmida que se vê, que se sente até depois da passagem de algum grande meteoro.

E o furacão não caminhara, segundo se via, mais além na direção do oeste. O que parecia é que tinha morrido por si mesmo, transformando-se talvez em ondas elétricas depois de amainar, como sucede por vezes aos tufões do oceano Índico.

Mas, também na mesma hora, era fácil verificar que o balão voltara a descer lentamente, por um movimento contínuo, para as camadas inferiores da atmosfera, parecendo até que estava vazando pouco a pouco, e que o invólucro se alongava, passando da forma esférica para a forma ovalada.

Pelo meio dia, o balão já pairava apenas a seiscentos metros acima do nível do mar. Graças à sua grande capacidade interna, cerca de quinze mil metros cúbicos, é que conseguia manter-se por tanto tempo no ar, ora subindo a grandes altitudes, ora deslocando-se em direção horizontal.

Naquela conjuntura, os passageiros resolveram lançar fora do balão os últimos objetos que ainda podiam fazer peso na barquinha, fossem os mantimentos que ainda conservavam, fossem os miúdos utensílios que traziam nos bolsos, e um deles, trepando até ao circulo em que prendiam as cordas da rede, buscou atar com segurança o apêndice inferior do balão.

Tornara-se evidente aos passageiros que se tornava impossível manter por mais tempo o balão nas zonas elevadas, porque lhe faltava o gás! E por conseqüência, que estavam perdidos!

Porque debaixo deles não se estendia nenhum continente, nem ao menos uma ilha. Pelo que a vista conseguia alcançar, não havia um só ponto de desembarque, uma superfície sólida qualquer em que pudessem ancorar o balão.

O que se via era o mar imenso, cujas ondas batiam umas de encontro às outras com incomparável violência! Era o oceano sem limite visível, mesmo para aqueles que o viam de tão alto, que abraçavam com o olhar um círculo de quarenta milhas de raio! Era a infinda planície líquida, batida sem cessar, açoitada pelo furacão, e que a eles devia aparecer qual esquadrão de vagas desencadeadas por sobre o qual tivesse sido lançada uma enorme rede de cristas brancas! E nem um pedaço de terra à vista, nem um navio ao menos!

Fosse como fosse, custasse o que custasse, era necessário deter a queda do balão, para impedir que as ondas o engolissem. E estava claro que era no intento de realizar esta urgente operação que se empenhavam então os passageiros da barquinha. Mas apesar de todos os seus esforços, o balão continuava a descer, ao passo que se deslocava com enorme velocidade, na direção do vento, de nordeste para sudoeste.

Que terrível situação a daqueles infelizes! Que eles já não eram senhores dos movimentos do balão, era mais que evidente; por conseqüência todas as tentativas, todos os esforços que faziam eram inúteis. O invólucro do balão estava esvaziando a olhos vistos. O fluido escoava-se rapidamente sem que houvesse um meio de ser retido. O movimento de descida se acelerava a olhos vistos, e por isto, uma hora depois a barquinha já pairava a menos de duzentos metros acima do nível do oceano.

Era realmente impossível impedir que o gás escapasse livremente por um rasgão no balão.

Aliviando a barca do peso de todos os objetos que nela existiam, os passageiros tinham conseguido prolongar por espaço de algumas horas a estada no ar. A catástrofe, porém, era inevitável. A única coisa a se fazer era adiá-la o mais possível, e se antes da noite não fosse visível algum pedaço de terra, passageiros, barca e balão, tudo em pouco teria desaparecido de vez submerso pelas ondas.

Fizeram então a única coisa ainda possível. Evidentemente os passageiros do balão eram gente enérgica e que sabia contemplar a morte frente a frente. Nem um só murmúrio lhes saía dos lábios. Tinham resolvido lutar até ao último instante e empregar todos os meios humanamente possíveis para retardar a queda. A barquinha era uma espécie de caixa, imprópria para flutuar nas águas, e não havia sequer a possibilidade de manter-se à tona caso viesse a cair no mar.

Por volta das duas horas, o balão estava a apenas doze metros acima do nível das águas. Foi então que se escutou uma voz potente e firme, uma voz de homem cujo ânimo é inacessível a qualquer temor. E a esta voz, outras não menos enérgicas responderam.

— Jogaram tudo fora?

— Não! Ainda ficaram dez mil francos em ouro!

E logo um pesado saco caiu ao mar.

— Subimos?

— Alguma coisa, mas não tardará muito para que voltemos a descer!

— Resta algo para se jogar fora?
— Nada!
— Nada!... E a barquinha?!
— Agarrem-se todos à rede! A barquinha ao mar!

E era efetivamente este o único e derradeiro meio de aliviar o balão. Cortaram-se, pois, as cordas que prendiam a barquinha, e o balão, depois que esta caiu, subiu uns seiscentos metros.

Os cinco passageiros tinham subido à rede, por cima do círculo, e agarrados às malhas de corda dela, contemplavam o abismo.

É bem conhecida a grande sensibilidade estática que possuem os balões. Basta aliviá-los do mais insignificante peso para se produzir um deslocamento sensível no sentido vertical. Um balão, quando flutua no ar, é como uma balança de exatidão matemática. Não é, pois, difícil de compreender que, tirando-se o lastro de um balão de peso relativamente importante, o deslocamento produzido seja grande e rápido. E foi o que aconteceu.

O balão, porém, depois de ter se mantido no alto por alguns momentos, voltou a descer. O gás escapava pelo rasgão, e esta avaria era impossível de se reparar. Os passageiros tinham feito tudo o que podiam. Dali em diante, nada podiam fazer, senão esperar pelo auxílio divino.

Às quatro horas estava de novo o balão a menos de cento e cinquenta metros da superfície das águas.

Ouviu-se um sonoro latido. Era o cão que acompanhava os passageiros e que estava preso junto do dono nas malhas da rede.

— Top viu alguma coisa! — exclamou logo um dos passageiros.

E logo depois um grito soou:
— Terra! Terra!

O balão fora arrastado desde a madrugada a uma direção considerável, em direção ao sudoeste. E foi nesta direção que os passageiros acabaram por ver uma terra bastante alta.

A terra visível, porém, estava ainda a mais de cinquenta quilômetros a sotavento, o que representava ainda uma boa hora de caminho antes de lá chegar, e isto, ainda assim, caso o balão não desviasse. Uma hora! E antes que essa hora passasse, não teria se escoado todo o fluido que o balão ainda continha?

Esta era a terrível questão! Os passageiros já viam distintamente aquele sólido ponto que, a todo custo, precisavam alcançar. Ignoravam ainda se era ilha ou continente, porque nem mesmo sabiam ao certo para que parte do mundo o furacão os arrastara!

Mas era essencial se chegar àquele pedaço de terra, quer fosse habitada ou não, quer fosse hospitaleira ou hostil!

Às quatro horas, porém, já era visível que o balão não ia agüentar. Voava rente à superfície do mar, e não raro a crista de algum enorme vagalhão lambia a rede, aumentando-lhe ainda mais o peso, fazendo com que o balão mal se sustentasse, como se fosse um pássaro com a asa ferida.

Meia hora depois, os passageiros avistavam a terra a menos de dois quilômetros, mas o balão, esgotado, esvaziado, distendido, já não continha gás senão na parte superior. Os passageiros, agarrados à rede, já eram peso excessivo para as forças do balão, e dali a pouco estavam com meio corpo imerso na água, açoitados por ondas furiosas. O vento impelia o balão como se ele fosse uma vela de navio. Quem sabe se ele ainda não conseguia chegar à costa!

Nesta terrível conjuntura, e quando o balão já estava bem próximo da praia, os quatro passageiros gritaram ao mesmo tempo. O balão, que parecia não dever levantar-se mais, acabava de subir por um pulo inesperado, depois de ter sido apanhado por um formidável golpe do mar. E como se o tivessem aliviado subitamente de grande parte do peso que sustinha, voltou a elevar-se a uma altura de quatrocentos e cinquenta metros, onde encontrou uma espécie de redemoinho de vento que, em vez de o levar diretamente à costa, o obrigou a se-

O balão caiu definitivamente nas areias da praia.

guir uma direção aproximadamente paralela a esta. Finalmente, dali a dois minutos, o balão aproximava-se obliquamente da terra, e caía definitivamente nas areias da praia, fora do alcance das ondas.

Auxiliando-se mutuamente, os passageiros conseguiram se soltar das malhas da rede, e o balão, aliviado de todo o peso, e apanhado por nova lufada de ar, desapareceu no espaço, como se fosse uma ave ferida que volta por momentos à vida.

Mas a barquinha carregava cinco passageiros, além do cão, e somente quatro haviam sido lançados à praia. O passageiro que faltava havia sido, evidentemente, levado pelo último golpe de mar que apanhara a rede, e por isto é que o balão pudera subir um pouco novamente, antes de cair em terra.

Mal os quatro náufragos – se é que se poderiam chamar assim, — levantaram-se, exclamaram:

— Talvez ele tente alcançar a terra a nado! Vamos salvá-lo! Vamos!

2
OS PRISIONEIROS

Os homens que o furacão lançara à costa não eram aeronautas profissionais, nem sequer amadores numa expedição aérea. Eram cinco prisioneiros de guerra que, levados por singular audácia, tinham conseguido fugir em circunstâncias extraordinárias. Várias vezes correram riscos mortais! Por várias vezes o balão rasgado correra o risco de lançá-los ao abismo! O céu, porém, os reservava para estranhos destinos, e no dia 20 de março, aqueles fugitivos de Richmond, cercados pelas tropas do general Ulisses Grant, estavam a sete mil milhas da capital da Virgínia, primeira praça de guerra dos separatistas, durante a terrível guerra da Secessão. A viagem de balão durara cinco dias.

As circunstâncias em que os prisioneiros planejaram e executaram sua fuga foram curiosas.

Naquele mesmo ano, em fevereiro de 1865, por ocasião de um golpe fracassado na tentativa de apoderar-se de Richmond, o general Grant e muitos de seus oficiais, caíram nas mãos dos inimigos e foram presos na cidade. Dentre estes prisioneiros, um dos mais notáveis era Cyrus Smith, oficial do estado maior federal.

Smith, natural do estado de Massachusetts, era, além de engenheiro, homem da ciência, a quem o governo da União confiara, durante a guerra, a direção geral das estradas de ferro, que nela desempenharam papel estratégico. Era um típico americano, magro, de ossatura forte e saliente; com quarenta e cinco anos de idade, aproximadamente, já tinha o cabelo grisalho. Assim como o cabelo, usava barba bem curta, limitando-se a um farto bigode. Possuía um belo perfil, daqueles que se costuma usar como molde para se cunhar medalhas. Tinha o olhar ardente, a boca séria, toda a fisionomia de um homem da ciência da escola militar. Era daqueles engenheiros que quiseram começar pelo manejo da marreta e da picareta, como os generais que começam a carreira como soldados rasos. Por isso, além de um espírito engenhoso, era dotado de suprema habilidade manual. Era másculo, sendo verdadeiramente um homem de ação e de idéias, realizando todos os seus atos sem esforço, sob a influência de uma grande energia, predominando em seu caráter aquela persistência vivaz que enfrenta todos os azares da fortuna.

Homem de grande instrução, extremamente prático, avesso a todas as idéias pouco claras, a toda noção vaga ou mal definida, tinha na verdade um temperamento arrogante, porque ao mesmo tempo em que tinha o dom de se conservar sempre, em quaisquer circunstâncias, perfeitamente senhor de si, reunia as três principais condições que determinam a energia humana: a atividade do espírito e do corpo, a impetuosidade no desejo e a força de vontade. Podia escolher como divisa a usada por Guilherme de Orange no século XVII: "Não exigir a esperança para tentar, nem o êxito para perseverar".

Cyrus Smith era, também, a coragem em pessoa. Durante a guerra da Secessão, tinha entrado em todas as batalhas. Começara sua carreira sob o comando de Ulisses Grant, como voluntário do Illinois, lutara depois em Paducah, em Belmont, em Pittsburg-Landing, no cerco de Corinto, em Port-Gibson, no Rio Negro, em Chattanooga, em Wilderness, no Potomak, em toda parte, enfim, e sempre com bravura, como um digno soldado do general que dizia: "Não conto nunca o número dos meus mortos!" E Cyrus Smith por várias vezes esteve próximo de fazer parte daqueles que o terrível Grant não contava, mas em todos os combates, e apesar de nunca se poupar, a sorte sempre lhe fora propícia, até o momento em que foi ferido e aprisionado no campo de batalha de Richmond.

No mesmo dia em que Cyrus Smith caía nas mãos dos partidários do Sul, outro personagem não menos importante também era feito prisioneiro. Tratava-se do honrado Gedeon Spilett, jornalista do *New York Herald*, encarregado de cobrir a guerra junto aos exércitos do Norte.

Spilett pertencia àquela raça espantosa de jornalistas, tais como Stanley, que não recuam perante coisa alguma quando se trata de obter uma informação exata, ou de transmiti-la com a menor demora ao jornal. Alguns jornais da União, tais como o *New York Herald*, constituem verdadeiras potências, cujos jornalistas são acatados e respeitados por todos, e Spilett era um dos mais respeitados.

Homem de grande mérito, enérgico, rápido, sempre pronto a enfrentar os fatos, imaginativo, conhecedor de quase o mundo inteiro, soldado e artista, passional, resoluto na ação, não recusando trabalhos, enfrentando a fadiga, escarnecendo dos perigos, desde que se tratasse de saber tudo, não só para sua satisfação própria, mas em interesse do jornal, verdadeiro herói da curiosidade, da informação, do inédito, do impossível, era ele um desses intrépidos observadores que escrevem ao zunir das balas, fazendo matérias ao troar do canhão, e para quem todos os perigos são meramente bafejos da fortuna.

Ele também entrara em todas as batalhas, com o revólver numa das mãos e a caneta na outra, sem que o fragor da batalha lhe fizesse tremer o lápis. Não escrevia mais do que o necessário, sendo suas matérias curtas, precisas e claras, levando luz sempre a um ponto importante. E o humor também não lhe faltava. Foi ele que, depois dos sucessos do Rio Negro, desejando conservar a todo custo o seu lugar junto ao balcão da estação telegráfica, para ser o primeiro a noticiar o resultado da batalha, telegrafou pelo espaço de duas horas os primeiros capítulos da Bíblia. Tal brincadeira custou dois mil dólares ao *New York Herald*, mas garantiu-lhe ser o primeiro a noticiar o resultado final da batalha.

Spilett era alto, e teria, quando muito, quarenta anos. Seu rosto era emoldurado por suíças louras um tanto arruivadas, o olhar era plácido, mas não perdia um só detalhe; era o olhar de quem está acostumado a apreciar, num só relance, todos os pormenores de um horizonte. Era um homem de compleição sólida, temperada por todos os climas que atravessara, como uma barra de aço na água fria.

Há dez anos que Spilett trabalhava para o *New York Herald*, jornal que enriquecia com suas matérias e também desenhos, já que era também hábil artista.

Spilett fora capturado quando estava fazendo a descrição e o esboço da batalha. As últimas palavras que encontraram escritas em seu bloco de anotações foram as seguintes: "Um partidário do Sul neste momento me aponta uma arma e..."

E o caso é que o tiro errou o alvo, e Gedeon Spilett, saiu-se desta como das outras vezes, ou seja, sem nenhum arranhão.

Cyrus Smith e Gedeon Spilett, que se conheciam somente de nome, foram ambos transportados para Richmond. O engenheiro curou-se rapidamente de sua ferida, e foi durante sua convalescença que conheceu o jornalista. Estes dois homens notáveis simpatizaram imediatamente, e tiveram a ocasião de se conhecerem e apreciarem as mútuas qualidades. E, dentro em pouco, ambos tinham uma idéia fixa: fugirem, para se juntar novamente ao exército de Grant, lutando em suas fileiras pela unidade federal.

Estavam os dois decididos a aproveitarem a primeira oportunidade, mesmo sendo Richmond tão severamente vigiada, que qualquer fuga tornava-se quase impossível.

Nesta época, juntou-se a Cyrus Smith seu servo, que lhe votava dedicação incondicional. Este intrépido amigo era um negro, nascido nas propriedades do engenheiro, filho de escravos, mas ao qual, há muitos anos, Smith dera carta de alforria, como abolicionista que era. Mas o escravo liberto não quis abandonar seu senhor. Tinha-lhe tanta amizade que

Gedeon Spilett.

não hesitaria em sacrificar sua própria vida em favor de Smith. Era um rapaz por volta de seus trinta anos, vigoroso, ágil, inteligente, tranqüilo e pacífico, até por vezes ingênuo, mas sempre prestativo e atencioso. Chamava-se Nabucodonosor, mas todos o chamavam pelo carinhoso apelido de Nab.

Assim que soube que seu amo fora feito prisioneiro, Nab partiu sem hesitar de Massachusetts. E quando chegou a Richmond, à custa de muita astúcia e habilidade, conseguiu entrar na cidade sitiada. O prazer de Smith ao tornar a ver o seu fiel servidor e a alegria de Nab ao tornar a encontrar seu amo, fogem a toda a descrição.

Mas, uma coisa era Nab ter entrado em Richmond, e outra, bem diversa, era sair de lá, já que os prisioneiros eram vigiados. Só oferecendo-se uma ocasião extraordinária é que eles poderiam tentar a fuga. E, se tal ocasião não se oferecia, também era difícil fazê-la acontecer.

O jornalista, a quem aquele aborrecido cativeiro não oferecia sequer um fato interessante sobre o qual pudesse escrever, já não podia agüentar. Só pensava em sair de Richmond, custasse o que custasse. Mais de uma vez tentou escapar, sendo detido por obstáculos insuperáveis.

O cerco continuava, no entanto, e se os prisioneiros tinham pressa em escapar para se reunirem ao exército de Grant, também os federados não podiam unir-se ao seu exército, cercados como estavam pelo inimigo. Há muito que o governador de Richmond não conseguia se comunicar com o general Lee, para informar-lhe a situação da cidade e pedir o envio de tropas de socorro. Jonathan Forster, um dos mais exaltados federados, teve então a idéia de usar um balão, a fim de atravessar as linhas inimigas e alcançar assim o campo dos separatistas.

O governador autorizou a tentativa. Um balão foi confeccionado, e colocado à disposição de Forster, que devia ir acompanhado por cinco pessoas. Iam todos bem armados, para o caso de terem que se defender ao pousarem, e também bem providos de mantimentos, para o caso da viagem aérea prolongar-se.

A partida do balão fora marcada para o dia 18 de março, e devia ocorrer durante a noite. Os aeronautas contavam chegar ao quartel do general Lee em poucas horas, já que o vento noroeste soprava com alguma força.

O esperado vento noroeste, porém, não se limitou a uma ligeira brisa. No dia 18 foi fácil ver que o vento se transformava em furacão, e dentro em pouco a tempestade assumiu tal intensidade que a partida de Forster teve que ser adiada, já que era impossível se arriscar o balão e sua tripulação.

O balão, que fora cheio na grande praça de Richmond, estava portanto pronto para a partida, assim que o vento abrandasse, e em toda a cidade era grande a impaciência ao verem que o estado da atmosfera não se modificava.

Os dias 18 e 19 de março se passaram sem que a tempestade abrandasse. Houve até dificuldade em se proteger o balão contra algum estrago. E no dia 20, de manhã, o vendaval tornou-se ainda mais forte. Era impossível partir.

No decorrer deste dia, Cyrus Smith foi abordado por um homem que ele desconhecia completamente. Era um marinheiro, chamado Pencroff, entre trinta e cinco e quarenta anos, forte, olhos vivos e boa cara.

Pencroff era nortista, navegara por todos os mares do globo, e passara por todas as aventuras que se possa imaginar. Era dotado de natureza empreendedora, pronto para todas as ousadias, e a quem coisa alguma era capaz de causar espanto.

No início daquele ano, Pencroff fora a Richmond tratar de negócios, acompanhado de um jovem de quinze anos, Harbert Brown, filho do seu capitão, órfão a quem ele queria como se fosse seu próprio filho. Como Pencroff não conseguiu sair de Richmond antes do cerco, encontrou-se, para seu enorme desgosto, bloqueado, e desde então não teve também outro pensamento além de fugir, utilizando-se de qualquer meio.

A reputação de Smith era conhecida por Pencroff. Ele sabia que aquele homem resoluto também deveria estar sofrendo com aquele cativeiro. E naquele dia, decidira abordá-lo, dizendo-lhe sem mais preâmbulos:

— Não está farto de Richmond, senhor Smith?

O engenheiro limitou-se a olhar Pencroff fixamente, enquanto este acrescentava:

— Quer fugir?

— Quando? – respondeu prontamente o engenheiro, cuja resposta escapara involuntariamente, sem nem sequer examinar o desconhecido que lhe dirigia a palavra.

Depois, porém, que observou atentamente a fisionomia franca e leal do marinheiro, não pôde duvidar de que tinha diante de si um homem honrado.

— Quem é você? – perguntou rapidamente Smith.

Pencroff então se apresentou.

— Muito bem – respondeu Cyrus. – Mas como pretende fugir?

— Usando o balão, que parece estar esperando por nós!...

Não foi necessário que o marinheiro concluísse a frase. O engenheiro já entendera tudo. E puxando-o pelo braço, Smith o levou até sua casa.

Quando lá chegaram, o marinheiro explicou minuciosamente seu plano. Na sua execução não havia risco... senão de vida. Era verdade que a tempestade desabava então com violência, mas um engenheiro hábil e audaz como Cyrus Smith conseguiria dirigir o balão. Se ele, Pencroff, soubesse como fazer esta manobra, não hesitaria em partir, acompanhado de Harbert. Ele tinha passado por coisas piores, e uma tempestade a mais ou a menos não o aterrorizava!

Smith escutava em silêncio, mas seus olhos brilhavam. A ocasião tinha surgido, e ele não a deixaria escapar. O projeto era perigoso, mas possível. Se não fosse a tempestade...

— Mas eu não estou sozinho! – disse Smith.

— Quantas pessoas quer levar? – perguntou Pencroff.

— Duas: meu amigo Spilett e meu criado Nab.

— *Quer fugir?* — *perguntou Pencroff a Cyrus Smith.*

— Então, são três – calculou Pencroff – e comigo e Harbert, seremos cinco. Ora, o balão era para levar seis pessoas...

— Basta! Vamos partir! – disse Cyrus Smith.

Smith referia-se ao jornalista, já considerando que o corajoso amigo iria arriscar-se. E, de fato, quando lhe comunicou o plano, Spilett aprovou-o sem reservas. Aliás, ele ficou até pasmo de não ter tido idéia tão simples. Quanto a Nab, acompanharia seu amo para onde quer que ele fosse.

— Pois então, até a noite – disse Pencroff. – Vamos nos encontrar os cinco aqui, tomando todos os cuidados!

— Até a noite, às dez horas! – respondeu Cyrus Smith. – E Deus queira que a tempestade não acalme antes da nossa fuga!

Pencroff despediu-se do engenheiro e voltou para casa, onde Harbert Brown o esperava. Este corajoso rapaz já sabia de tudo, e esperava com ansiedade o resultado do conversa entre o marinheiro e o engenheiro. Como se vê, eram cinco homens corajosos que iam enfrentar a tempestade!

Como a tempestade não se acalmou, Jonathan Forster e seus companheiros nem pensaram em enfrentá-la naquela frágil barquinha. O dia foi terrível. O engenheiro só receava uma coisa: que o balão, preso ao chão e arrastado pela enorme força do vento, se rasgasse. Vagueou pela praça quase deserta, vigiando o aparelho, durante horas. Pencroff também vigiou o balão, temendo que ele pudesse soltar-se das amarras e voar pelos ares.

Finalmente a noite chegou, e estava bem escura. A chuva caiu trazendo alguns flocos de neve. O tempo estava frio. Richmond estava envolta no nevoeiro. Parecia que a violência da tempestade forçara a provisória trégua entre os dois exércitos, e que o ribombo do canhão resolvera calar-se em presença das formidáveis detonações do furacão. As ruas da cidade estavam desertas. Com aquele tempo horrível, ninguém julgara necessário guardar a praça, no meio da qual se debatia o balão. Tudo favorecia a fuga dos prisioneiros; mas que viagem os esperava, através daquela furiosa tempestade!

Era quase impossível se ver o enorme balão, praticamente deitado no chão.

Por volta das nove e meia, Cyrus Smith e seus companheiros chegavam à praça, que os lampiões a gás, apagados pela força do vento, deixavam em profunda obscuridade.

Era quase impossível se ver o enorme balão, praticamente deitado no chão. A barquinha, além dos sacos de lastro que mantinham as cordas da rede, estava segura por um grosso cabo preso de um lado a uma argola presa ao chão, e por outra a bordo.

Os prisioneiros entraram na barquinha. Ninguém os vira, e a escuridão era tamanha, que eles também mal se viam.

Cyrus Smith, Gedeon Spilett, Nab e Harbert ocuparam os seus lugares sem darem palavra, enquanto Pencroff, por ordem do engenheiro, soltava os sacos de lastro.

O balão já não estava preso senão pelo cabo dobrado. Era Cyrus Smith dar a ordem e o balão iria ganhar os ares.

Neste momento um cão saltou na barquinha. Era Top, o cão do engenheiro, que quebrara a corrente e seguira o amo. Smith, receando excesso de peso, queria mandar embora o pobre animal.

— Ora! Mais um passageiro! — disse Pencroff, aliviando a barca de dois sacos de areia.

Em seguida soltou a extremidade do cabo, e o balão, partindo em direção oblíqua, desapareceu, depois de ter esbarrado em duas chaminés que derrubou no ímpeto da partida.

O furacão estava então em seu auge de fúria. Durante a noite não havia nem como se pensar em pousar, e quando o dia rompeu, a visão do solo estava impedida por razão de densos nevoeiros. Somente cinco dias depois é que uma brecha deixou que vissem o imenso mar embaixo do balão, que era arrastado pelo vento com espantosa velocidade!

Já dissemos que, destes cinco homens que tinham partido no dia 20 de março, quatro foram lançados no dia 24 do mesmo mês em uma costa deserta, a mais de seis mil léguas da pátria!

E o homem que faltava, aquele ao qual os quatro sobreviventes do balão corriam para socorrer, era o chefe natural de todos, o engenheiro Cyrus Smith!

3
TERRA DESCONHECIDA

O engenheiro fora levado por um golpe de mar através das malhas da rede que tinham cedido. O cão desaparecera também. O fiel animal precipitara-se voluntariamente para socorrer o dono.

— Vamos! – gritou o jornalista.

E os quatro, Gedeon Spilett, Harbert, Pencroff e Nab, esquecendo toda a fadiga, começaram a busca.

O pobre Nab chorava de raiva e desespero, ao pensar que perdera tudo o que amava no mundo.

Nem dois minutos teriam decorrido entre o momento em que Cyrus Smith desaparecera e o instante em que seus companheiros foram lançados em terra. Por isso tinham esperanças de chegar a tempo para salvá-lo.

— Vamos procurá-lo! – gritava Nab.

— E nós vamos encontrá-lo! – respondeu Gedeon Spilett.

— Vivo?

— Ele sabia nadar? – perguntou Pencroff.

O marinheiro, que ouvia os rugidos do mar, abanou a cabeça.

O engenheiro desaparecera a pouco mais de meia milha do lugar onde os náufragos acabavam de desembarcar, na parte norte da costa. E se ele tivesse conseguido alcançar o ponto mais próximo do litoral, deveria estar, então, quando muito, a meia milha.

Eram quase seis horas. O nevoeiro, que tornava a noite ainda mais escura, levantara um pouco. Os náufragos caminhavam na direção norte, pela costa leste da praia, localizada numa terra desconhecida, cuja situação geográfica eles nem sequer suspeitavam. O chão, que era ao mesmo tempo arenoso e pedregoso, não apresentava sinais de vegetação. Desigual e acidentado, o terreno tornava o caminhar extremamente custoso. De alguns buracos saíam voando grandes aves, que voavam pesadamente, fugindo em várias direções, que a escuridão não deixava ver. Outras, mais ágeis, levantavam-se aos bandos e passavam como densa nuvem. O marinheiro julgava reconhecer gaivotas e guinchos, cujo silvo agudo sobressaía aos rugidos do mar.

De tempos em tempos os náufragos paravam, chamavam por Smith aos gritos, e escutavam depois para ver se obtinham alguma resposta. Pensavam que, se estivessem nas proximidades do local onde o engenheiro poderia ter alcançado a praia, escutariam ao menos os latidos de Top, no caso de Cyrus Smith estar desmaiado. Mas entre o rugir das ondas, ninguém respondeu. E o pequeno grupo prosseguiu em direção ao norte, procurando e verificando os menores acidentes da praia.

Depois de caminharem por vinte minutos, os quatro náufragos foram detidos de súbito por uma espumosa orla. Ali terminava o terreno sólido. Estavam no extremo de uma aguda língua de terra, que o mar batia enfurecido.

— É um promontório – disse o marinheiro – temos que voltar e descer.

— E se ele estiver aí? – acudiu Nab, apontando para o oceano, cujas enormes ondas eram vistas mesmo no escuro.

— Vamos chamá-lo!

E todos soltaram ao mesmo tempo um grito, mas ninguém lhes respondeu. Esperaram um momento de calma, e tornaram a gritar. Nada de novo.

Os náufragos então voltaram pelo mesmo caminho, mas seguindo pelo lado oposto do promontório, onde o terreno era igualmente arenoso e pedregoso. No entanto, Pencroff notou que por aquela parte a praia tinha mas declive e que o terreno formava uma subida que supôs dever ligar por uma rampa bastante extensa com uma costa alta, cujo contorno se mostrava confusamente no escuro. Deste lado da praia, era menor o número de aves. O mar também era menos ruidoso, e até se notava que a agitação das ondas diminuíra sensivelmente. Este lado do promontório formava uma enseada semicircular, que a ponta aguda dele abrigava das ondulações do mar.

Pela direção que os náufragos tinham tomado, porém, eles caminhavam para o sul, o que equivalia a dirigir-se para o lado oposto ao qual Cyrus Smith podia ter abordado. Depois de terem caminhado mais uma milha e meia, o litoral ainda não apresentava curvatura que os levasse para o norte. E no entanto, era certo que o promontório devia ligar-se com a terra firme em algum ponto. Os náufragos, apesar de exaustos, caminhavam com ânimo, esperando a cada instante encontrar uma passagem que os levasse na direção correta.

Mas depois de terem andado umas duas milhas, depararam novamente com o mar, detendo-os numa ponta bem alta e formada de rochedos escorregadios! O desconsolo não poderia ter sido maior.

— Estamos numa ilhota! – disse Pencroff. – E nós a percorremos de um extremo ao outro!

O observação do marinheiro era exata. Os náufragos não tinham sido arremessados num continente, nem mesmo numa ilha, mas sim numa ilhota, que não tinha mais de duas milhas de comprimento, e cuja largura era desprezível.

A ilhota era árida, pedregosa, sem vegetação, e servia de triste refúgio a algumas aves marítimas. Faria parte de algum arquipélago de importância? Quem poderia dizer? Quando os passageiros do balão tinham avistado terra, através das brumas, não tinham conseguido averiguar muita coisa. Pencroff, todavia, que tinha olho de marinheiro bastante habituado a penetrar a escuridão, tinha quase certeza de ter avistado a oeste umas massas confusas, indício seguro de uma costa elevada.

Mas no meio de tamanha escuridão, porém, não era possível dizer se a ilhota pertencia a algum complexo. Nem também se podiam sair dali, visto que estavam cercados pelo mar. Era preciso, então, deixar para o dia seguinte a busca pelo engenheiro, que, infelizmente, não dera sinal algum de sua presença.

— O fato de não obtermos resposta de Cyrus – disse o jornalista, — não prova nada. Ele pode estar desmaiado, ferido, momentaneamente impossibilitado de responder. Enfim, não vamos nos desesperar.

E Spilett também propôs acenderem um fogueira, num ponto qualquer da ilhota, para que servisse de sinal para Smith. Mas foi em vão que eles procuraram lenha ou mato seco. Ali só havia areia e pedras.

É fácil compreender a dor que Nab sentia, e também seus companheiros, que já tinham se afeiçoado ao intrépido Smith. Era evidente que, no momento, não tinham meios para socorrê-lo. Precisavam esperar pela luz do dia. Sendo assim, ou o engenheiro conseguira salvar-se sem auxílio, e já se encontrava abrigado em algum ponto da costa, ou estava perdido para sempre!

As horas seguintes foram longas e custosas. Fazia um frio penetrante. Os náufragos sofriam cruelmente, mas davam pouca importância a isto. Nem sequer pensaram em repousar por alguns minutos, esqueceram-se de si mesmos para não pensar senão no chefe. Sempre alimentando esperanças, andaram a noite toda de um lado para outro naquela árida ilhota, voltando sem cessar ao extremo norte, onde estavam mais próximos do local da catástrofe. Escutavam, gritavam, procuravam achar alguma pista, e as vozes deles deviam ouvir-se de longe, já que o mar estava ficando calmo.

Um dos gritos que Nab soltou pareceu, em determinado momento, produzir eco. Harbert comentou o fato com Pencroff, e acrescentou:

— Isto é a prova de que, a oeste, há uma costa próxima.

O marinheiro respondeu-lhe com um sinal afirmativo. Seus olhos não o haviam enganado: ele realmente havia visto terra!

O eco foi, porém, a única resposta que os brados de Nab conseguiram arrancar àquelas solidões, e a imensidão da parte leste da ilhota permaneceu silenciosa.

O céu ia, porém, pouco a pouco limpando. Por volta da meia-noite já brilhavam algumas estrelas, e o engenheiro, se estivesse ali junto aos companheiros, notaria que essas estrelas não eram as do hemisfério norte. Efetivamente, nem a polar aparecia neste novo horizonte, nem as constelações eram aquelas a que ele estava habituado a observar na parte norte da América. O Cruzeiro do Sul é que ali se via resplandecente no pólo sul do mundo.

A noite passou, e por volta das cinco horas da manhã do dia 25 de março, o céu começou a clarear. O horizonte ainda continuava sombrio, mas com o amanhecer levantou-se uma neblina tão densa do mar, que o raio de visão ficou bastante limitado. O nevoeiro, porém, ia subindo lentamente, em grandes espirais.

Isto era um enorme contratempo para os náufragos, que mal enxergavam num pequeno círculo em torno de si. Enquanto Nab e Spilett vasculhavam o oceano, Harbert e Pencroff buscavam a costa que devia existir a oeste. Mas foi em vão, porque não se enxergava nem um palmo de terra.

— Nada – dizia Pencroff. – Apesar de não ver a costa, eu a pressinto... deve estar ali... além... e isto é tão certo como o fato de já não estarmos mais em Richmond!

O nevoeiro, porém, levantou-se em breve, não passando de neblina, que o calor do sol acabou por dissipar.

Por volta das seis e meia, a nevoa ficou rarefeita, e dali a pouco, toda a ilhota aparecia como se emergisse de uma nuvem; depois foi aparecendo o mar, perdendo-se de vista a leste, mas cortado a oeste por uma costa grandiosa e abrupta.

Sim! A terra estava ali. A salvação estava provisoriamente assegurada, pelo menos. Entre a ilhota e a costa, separados por um canal de meia milha de largura, corria com estrépito um rápido curso de água.

Um dos náufragos, consultando apenas o coração, sem ouvir os companheiros, e sem uma só palavra de explicação, arremessou-se logo à corrente. Era Nab, que tinha tanta pressa em se achar na costa e percorrê-la em direção ao norte, que ninguém conseguiria detê-lo. Pencroff ainda o chamou, mas em vão. Já o jornalista preparava-se para seguir o mesmo caminho que Nab, quando Pencroff disse:

— Quer mesmo atravessar o canal, não é?

— Quero! – respondeu Spilett.

— Pois eu o aconselho a esperar – tornou o marinheiro. – Para socorrer o amo, basta Nab. Se entrarmos agora neste canal, corremos o risco de sermos arrastados para o mar, por conta da extrema violência da correnteza. Se não me engano, isto é refluxo da vazante. É melhor termos um pouco de paciência, pois quando a maré baixar, passaremos sem esforço.

— Aceito o conselho – disse então Spilett. – Mas é melhor ficarmos o mais próximo possível...

Enquanto se desenrolava esta conversa, Nab enfrentava corajosamente a força da corrente, procurando cortá-la em direção oblíqua. A cada braçada viam emergir o torso do negro. Apesar de nadar em grande velocidade, Nab demorou mais de meia hora para atravessar a correnteza, até chegar a um ponto da praia bem distante de onde havia partido.

Nab viu-se então no sopé de uma alta muralha de granito. Sacudiu-se com força e saiu correndo, até desaparecer por detrás de uma ponta de rochedos que se projetava mar adentro, aproximadamente na altura do extremo setentrional da ilhota.

Os companheiros, ansiosos, acompanhavam de longe a ousada tentativa, e assim que Nab desapareceu de vista, tornaram a examinar o pedaço de terra que ia ser seu único refúgio. Enquanto isso, comeram alguns mariscos, que abundavam na areia. A refeição era parca, mas enfim, para quem tinha fome, era sempre melhor do que nada.

A costa fronteira formava uma baía, que terminava ao sul por uma lingüeta de terra totalmente desprovida de vegetação, e com aspecto selvagem. Esta lingüeta prendia-se ao litoral por movimento de terreno singularmente caprichoso, vindo afinal como que buscar apoio nas altas rochas graníticas. Para o lado norte, pelo contrário, a baía alargava-se em curva mais aberta, orlada por uma costa mais arredondada, que corria do sudoeste para o nordeste até terminar em cabo agudo. Entre estes dois pontos extremos em que se apoiava a curva da baía, haveria uma distância de oito milhas. A meia milha da praia jazia a ilhota, como que substituindo uma estreita fita de mar, e semelhante a um enorme cetáceo, do qual tinha a forma, se bem que em maiores dimensões. A largura máxima dele não passava de um quarto de milha.

Defronte da ilhota o litoral compunha-se, em primeiro plano, por uma praia arenosa, cheia de rochas negras, que reapareciam gradualmente, agora que a maré estava vazante. No segundo plano destacava-se uma espécie de cortina de granito, cortada a prumo e coroada por caprichosa aresta a trezentos pés de altura, pelo menos. Esta muralha corria sem acidentes por um espaço de três milhas, terminando à direita, sem transição, por uma aresta tão perfeita que parecia ser obra humana. À esquerda, pelo contrário, e nas alturas do promontório, esta espécie de enorme penha irregular e escarpada, como que decompondo-se em fragmentos, desfazendo-se em penhascos aglomerados, descia formando uma longa rampa, que pouco a pouco vinha confundir-se com os rochedos da ponta meridional.

No platô superior da costa nem só uma árvore. Era uma mesa rasa como a que domina Capetown, no cabo Boa Esperança, mas em proporções mais reduzidas. Pelo menos assim parecia, vista da ilhota. À direita, no entanto, e atrás da aresta retilínea que por esse lado extremava a cortina, não faltava vegetação, sendo possível distinguir uma confusa massa de grandes árvores, que se perdiam de vista.

Aquela verdura alegrava os olhos, levantando os ânimos abalados pela contemplação das áridas linhas de massa granítica.

Finalmente, no último plano, lá no fundo, por cima do platô, na direção noroeste, e a umas sete milhas de distância, mais ou menos, refulgia as neves perpétuas do píncaro de alguma montanha distante.

Ainda não se podia dizer se aquela terra era uma ilha, ou se fazia parte de algum continente. Um geólogo, porém, que visse as acidentadas rochas que se acumulavam à esquerda, não hesitaria em atribuir-lhes origem vulcânica, porque incontestavelmente, elas eram produto de trabalho plutônico.

Gedeon Spilett, Pencroff e Harbert observavam atentamente a terra em que iriam viver por longos anos, morrer talvez, se ela não estivesse na rota dos navios!

— E então – perguntou Harbert — o que você acha disto, Pencroff?

— O que posso dizer – respondeu o marinheiro – é que aqui há coisas boas e coisas ruins, como em todos os lugares do mundo. Vamos ver o que acontece! A vazante já está produzindo efeitos. Daqui a três horas procuraremos uma passagem, para podermos tentar encontrar o senhor Smith!

Pencroff não se enganara nas suas previsões. Dali a três horas, na maré baixa, o leito do canal estava quase que descoberto.

Entre a ilhota e a costa interpunha-se então apenas um estreito canal, certamente fácil de atravessar.

Por volta das dez horas, Gedeon Spilett e seus dois companheiros se despiram e, amarrando as roupas como trouxas, no alto da cabeça, entraram pelo canal, que não tinha mais que cinco pés de fundura. Harbert foi o único que precisou nadar, já que ali não dava pé para ele, mas saiu-se bem desta empreitada. Todos os três chegaram sem dificuldades ao outro lado, onde, depois de terem se enxugado rapidamente ao sol, tornaram a se vestir e se reunir para tomar as decisões necessárias.

4
AS CHAMINÉS

O jornalista decidiu então que seria ele o primeiro a ir procurar por Smith e pelo negro. Combinando com Pencroff para que este o esperasse naquele mesmo lugar, dali a pouco desaparecia por detrás de um ângulo da costa, ansioso por obter notícias do engenheiro!

Harbert quis acompanhá-lo.

— Fique, meu rapaz – disse então o marinheiro – pois temos que preparar o acampamento e tentar arranjar comida mais sólida do que o miolo destas conchinhas. E os nossos amigos, quando voltarem, vão precisar de encontrar tudo em ordem para poderem descansar. Vamos dividir as tarefas.

— Estou às ordens, Pencroff – respondeu Harbert.

— Temos muita coisa a fazer. Vamos agir com método. Estamos cansados, com frio e fome. Então, o que temos a fazer é arranjar um abrigo, fogo e algo para comer. Na floresta há lenha, os ninhos têm ovos... O que nos resta encontrar é abrigo.

— Pois eu me encarrego de procurar uma gruta entre estes penedos – replicou Harbert. – Vou descobrir nem que seja um buraco, onde possamos nos encaixar.

— Assim é que se fala, meu rapaz! – respondeu Pencroff.

E eles então caminharam pela praia, que a vazante deixara a descoberto em larga extensão, ao longo da enorme muralha. Ao invés de caminharem para o norte, porém, caminharam em direção ao sul. Pencroff notara que a algumas

39

centenas de passos de onde tinham descido, a costa apresentava uma abertura estreita que, na sua opinião, devia ser a foz de algum rio ou riacho. E não só era importante se encontrar água corrente e potável, mas também era possível que a correnteza tivesse impelido Cyrus Smith para aqueles lados.

A alta muralha erguia-se a uns trezentos pés de altura; a enorme penedia, porém, não apresentava a menor cavidade que pudesse servir para habitação provisória. Era um muro a prumo e inteiriço, feito de granito duríssimo, que as águas não tinham conseguido corroer. Junto da aresta superior voavam bandos de aves aquáticas, particularmente de diversas espécies da ordem dos palmípedes, de bico comprido e pontiagudo, pouco assustados com a presença do homem que, pela primeira vez decerto, lhes perturbava a solidão. Entre aquela multidão de palmípedes, Pencroff reconheceu muitas gaivotas, e também uns pequenos guinchos vorazes que faziam ninho nas extremidades do granito. Um só tiro que se disparasse na direção daquele formigueiro de aves, e matariam um bom número delas; para dar um tiro é necessário arma de fogo, coisa que nem Pencroff nem Harbert possuíam. Além disso, nem os guinchos nem as gaivotas são comestíveis, sendo que até seus ovos têm um gosto terrível.

Inclinando-se um pouco mais à esquerda, Harbert avistou alguns rochedos atapetados de algas, que dali a poucas horas deveriam estar inteiramente recobertos pelas águas. Por sobre aqueles penedos e por entre o limo escorregadio pulavam mexilhões, que não eram para se desprezar, já que estavam com tanta fome. Harbert tratou de chamar logo Pencroff.

— Mexilhões! Já que não achamos ovos... – exclamou o marinheiro.

— Não são mexilhões – disse então Harbert, que examinara atentamente os moluscos presos no rochedo – são litodomos.

— São comestíveis?

— *São comestíveis?* — *perguntou Pencroff à Harbert.*

— Certamente.

— Pois então... vamos pegar muitos litodomos!

Neste ponto Harbert era merecedor de toda a confiança do marinheiro. O mocinho era incrivelmente versado em história natural, ciência à qual sempre dedicara verdadeira paixão. Ele fora encaminhado para aquela especialidade de estudos por seu pai, que o fizera freqüentar os professores mais conceituados de Boston. E os mestres tinham se afeiçoado verdadeiramente àquela criança trabalhadora e inteligente. Assim é que os instintos de naturalista do jovem seriam de notável utilidade aos seus companheiros, e já se mostravam bem úteis na primeira oportunidade.

Os tais litodomos eram uns mariscos, cujas conchas, de forma oblonga, prendiam-se umas às outras em cachos, que aderiam fortemente aos rochedos. Pertenciam à numerosa espécie dos mariscos perfurados, que abrem buraco até na pedra mais dura. As rochas eram arredondadas nas duas extremidades, disposição esta que não propicia o encontro do mexilhão vulgar.

Pencroff e Harbert deliciaram-se com os litodomos, que àquela hora entreabriam as conchas ao sol. Comeram como quem come ostra, e acharam o sabor até apimentado, o que fez com que não sentissem falta de condimentos.

Conseguiram assim enganar, ao menos momentaneamente, a fome, mas não a sede, que aumentava à proporção que iam comendo os tais moluscos condimentados. Era preciso encontrar água doce, que não devia faltar naquela região. Pencroff e Harbert, com os bolsos repletos de uma ampla provisão de litodomos, voltaram então ao sopé da terra alta.

Duzentos passos além, chegavam à abertura da costa, pela qual Pencroff acreditara encontrar algum rio ou riacho. A muralha de granito parecia ter sido aberta por um violento esforço plutônico. Na base dela abria-se uma pequena enseada, cujo fundo tinha a forma de um ângulo muito agudo. A largura da corrente deveria ter por volta de cem pés; e cada uma das margens mediria, quando muito, uns trinta pés. O rio desembocava quase diretamente de entre as duas muralhas de granito, que tendiam a abaixar água acima; pouco adiante, a corrente fazia uma rápida volta e desaparecia, embrenhando-se na mata a coisa de meia milha.

— Água e lenha! Harbert, só nos falta uma casa! – disse Pencroff.

A água do rio era perfeitamente límpida, e o marinheiro verificou que, na maré baixa, quando a onda da enchente não entrava rio adentro, a água era doce e potável. Resolvida esta importante questão, Harbert procurou pelas proximidades alguma cavidade que pudesse lhes servir de abrigo, mas em vão. A muralha se apresentava lisa, plana e vertical em toda a sua extensão.

Mesmo na embocadura do rio, e fora do alcance do praia-mar, os desmoronamentos da rocha tinham formado não propriamente uma gruta, mas uma acumulação de enormes penedos, como é comum se encontrar em regiões graníticas, e ao qual se dá o nome de "chaminés".

Pencroff e Harbert meteram-se por entre os vãos dos rochedos, caminhando por corredores arejados e iluminados pelos raios do sol, que penetravam pelos intervalos dos penedos, alguns dos quais se mantinham em sua posição por uma singular maravilha do equilíbrio. Por onde entrava a luz, porém, entrava também o penetrante vento. O marinheiro, contudo, considerou tornar as chaminés habitáveis, tapando uma ou outra abertura com pedra e areia. As chaminés estavam dispostas em forma de &. Isolada a parte superior por onde entrava o vento sul e oeste, decerto poderiam utilizar a parte inferior.

— Estamos arranjados – disse Pencroff. – O senhor Smith é quem saberá tirar partido deste labirinto. Isto é, se tornarmos a vê-lo.

— Tenho certeza que sim, Pencroff! E precisamos transformar este lugar, para que ele encontre aqui habitação ao menos tolerável. E vamos conseguir, se fizermos no corredor da esquerda uma lareira com chaminé.

— Tudo irá se arranjar, meu rapaz, e estas Chaminés – este foi o nome que Pencroff entendeu ser o da provisória moradia, — hão de nos servir maravilhosamente. Antes de tudo, porém, precisamos fazer estoque de combustível. A lenha também será útil para tapar estes buracos, por onde o diabo toca trombeta!

Saindo das Chaminés, Harbert e Pencroff caminharam rio acima, ao longo da margem esquerda. Seguindo a corrente, bastante rápida, flutuavam alguns despojos vegetais. A água da enchente, que já começava a se fazer sentir, parecia impelir em sentido contrário estes lenhos mortos até grande distância; e o marinheiro logo pensou em tirar proveito deste fluxo e refluxo das águas para futuros transportes de objetos pesados.

Depois de andarem um bom quarto de hora, chegaram à rápida volta que o rio fazia para a esquerda. A partir daquele ponto o curso do rio prosseguia sem dificuldade através de uma magnífica floresta.

Apesar do adiantado da estação, as árvores, que eram dessa família das coníferas que se propaga em todas as regiões do globo, desde os climas setentrionais até aos lugares tropicais, tinham conservado todo o frescor da sua verdura. O jovem naturalista teve ocasião de reconhecer mais particularmente alguns essências que abundam na zona do Himalaia, em torno dos quais se espalhava agradável aroma. Por entre estas belas árvores vegetavam moitas de pinheiros mansos terminando em amplo e opaco guarda-sol.

Pencroff enquanto caminhava, sentia estalarem sob seus passos os ramos secos, que crepitavam como fogo.

— Meu rapaz – disse ele então – ignoro o nome destas árvores, mas vou classificá-las na categoria de "lenha para queima", que é, por agora, a única classificação que nos interessa!

— Vamos tratar de fazer estoque! – respondeu Harbert, metendo mãos à obra.

A tarefa era bem fácil. Não foi preciso esgalhar as árvores, já que no chão havia enorme quantidade de madeira seca. Não havia falta de combustível, é verdade, os meios de transporte é que estavam deficientes, porém. A madeira, seca como estava, devia arder com grande rapidez; daí a necessidade de levar para as Chaminés uma grande quantidade, maior por certo do que a que dois homens poderiam carregar. Harbert ficou preocupado.

— Não se aflija, rapaz, que vamos encontrar outro meio de transportar a lenha. Para tudo dá-se um jeito! Se tivéssemos uma carroça ou um burro, seria até fácil demais.

— Temos o rio! – acudiu então Harbert.

— Muito bem – respondeu Pencroff. – O rio será para nós um caminho que anda, e sem que ninguém empurre; as jangadas de lenha não foram inventadas sem motivo.

— O pior – refletiu Harbert, — é que o nosso caminho, neste momento, anda em sentido contrário ao que nos convém, por causa da enchente!

— Pois neste caso, é esperar que a maré vaze – respondeu o marinheiro – e a maré se encarregará de nos transportar o combustível até as Chaminés. Vamos preparar a jangada.

E o marinheiro, acompanhado de Harbert, encaminhou-se para o ângulo que a orla da floresta fazia com o rio. Ambos levaram, cada um no limite de sua capacidade, uma boa carga de lenha atada em feixes. Na margem estava também grande quantidade de ramos secos, no meio das ervas por entre as quais, provavelmente, nenhum pé humano provavelmente se arriscara. Pencroff começou imediatamente a preparar a jangada.

Numa espécie de represa produzida por uma saliência da margem onde quebrava a corrente, o marinheiro e seu jovem ajudante lançaram umas lenhas de grossura sofrível, atadas uma às outras com trepadeiras secas, e assim arrumaram

45

uma jangada em cima da qual empilharam todo o estoque de lenha seca, carga capaz de ocupar bem uns vinte homens. Este trabalho levou cerca de uma hora, e a jangada carregada ficou amarrada na margem, à espera de maré propícia.

Como haveria ainda algumas horas de espera, seria melhor preencher o tempo. Pencroff e Harbert resolveram, de comum acordo, subir ao platô superior, para examinar o território num raio de extensão maior.

Por uma favorável coincidência, uns duzentos passos além do ângulo formado pelo rio, a muralha, terminada ali por um deslizamento de pedras, vinha morrer em suave declive no extremo da mata. Parecia uma escada feita pela mão da natureza, e Pencroff e Harbert por ela subiram. Em poucos instantes chegaram ao topo, e vieram se colocar no ângulo que esta fazia por cima da foz do rio.

Mal haviam chegado, a primeira coisa que fizeram foi olhar para o oceano, o qual tinham atravessado em tão terríveis condições.

Com emoção observaram toda a porção norte da costa em que a catástrofe acontecera! Ali desaparecera Cyrus Smith. Percorreram todo o horizonte na tentativa de localizarem algum farrapo do balão que os trouxera, ao qual um homem pudesse agarrar-se. Mas nada! O mar era um vasto deserto de água. A costa também estava deserta. Não havia sinal de Nab ou do jornalista, mas enfim, era possível que àquela hora já estivessem a uma distância tal que se tornava impossível enxergá-los.

— Há algo que me diz – exclamou Harbert – que um homem com tanta energia como o senhor Cyrus não se deixaria ir assim por água abaixo, como um qualquer. Deve ter conseguido alcançar algum ponto dessa praia. Não pensa assim, Pencroff?

O marinheiro abanou a cabeça, com ar triste. Apesar de não ter mais esperanças de rever Smith, não quis destruir a esperança que o jovem alimentava.

— Sim, decerto, o nosso engenheiro é homem para sair-se bem onde qualquer outro sucumbiria!...

No entanto, Pencroff observava a costa com grande atenção. Sob suas vistas se desenrolava o imenso areal, limitado à direita da foz do rio, por linhas de cachopos. Estes rochedos, ainda imersos, pareciam grupos de anfíbios deitados na ressaca. Para além da orla de escolhos, o mar cintilava ao sol. Ao sul, uma ponta aguda fechava o horizonte. Dali não era possível perceber se a terra se prolongava naquela direção ou se seguia dali em diante a orientação sueste e sudoeste, fato que daria àquela costa a forma de uma península extremamente alongada. Na extremidade setentrional da baía, o litoral continuava a desenhar-se por largo espaço sob a forma de uma curva mais aberta. Para aquele lado a praia era baixa, chata, sem penedias, somente acidentada por alguns bancos de areia que a água deixava a descoberto.

Pencroff e Harbert voltaram o olhar então para oeste, onde picos cobertos de neve erguiam-se a seis ou sete milhas de distância.

Desde as primeiras encostas daquela montanha, até duas milhas da costa, estendiam-se vastas massas de bosques. Em seguida, desde a extremidade desta imensa mata até a costa, verdejava um grande platô. À esquerda viam-se refulgir, por entre algumas brechas, as águas do rio, cujo sinuoso leito parecia reconduzi-lo aos contrafortes da montanha, onde por certo tinha origem. No lugar onde o marinheiro deixara a jangada carregada de lenha, o rio começava a correr entre as duas paredes de granito; se, porém, a parede da margem esquerda era inteiriça e escarpada, a da margem direita diminuía gradualmente de altura, indo de bloco maciço a miúdos seixos na extremidade da ponta.

— Será que estamos em alguma ilha? – murmurou o marinheiro.

— Se for uma ilha, é uma das grandes! – respondeu o moço.

— Uma ilha, por maior que seja, nunca passa de uma ilha! – tornou Pencroff.

Este importante problema, porém, não podia ser resolvido por agora. Era preciso adiar a solução para ocasião mais oportuna. O território, em todo caso, fosse ilha, fosse continente, parecia fértil, de aspecto agradável e de produção variada.

— Temos que dar graças à Providência, mesmo no meio de nossa desgraça – refletiu Pencroff.

— Deus seja louvado! – respondeu Harbert, cujo espírito piedoso estava cheio de gratidão pelo Autor da obra.

Pencroff e Harbert examinaram longamente o território para onde o destino os lançara; mas tal inspeção, porém, não dava nem a menor idéia do que o futuro lhes reservava.

Terminado este exame, os dois voltaram, sempre seguindo a crista meridional do platô de granito, recortado em um longo festão de rochas caprichosas moldadas em formas singularmente extravagantes. Ali viviam centenas de aves, aninhadas nos buracos dos rochedos. Harbert saltou para um dos penedos, fazendo fugir um bando inteiro destas aves.

— Olhe! – gritou o rapaz. – Estes não são guinchos e nem gaivotas!

— Então o que são? – perguntou Pencroff. – Parecem pombos!

— E são, mas pombos selvagens, que vivem em rochedos – respondeu Harbert. – Pode-se distingui-los pelas duas listas pretas que têm na asa, pela cauda branca e plumagem cinza-azulado. Ora, como a carne do pombo selvagem é excelente, também os ovos devem ser excelentes; e estes que fugiram, certamente deixaram alguns ovos nos ninhos!

— E para que não estraguem, vamos fritá-los logo! – disse alegremente Pencroff.

— E vai usar o seu chapéu para fazer omelete? – riu-se Harbert.

— *São pombos selvagens!* — disse Harbert.

— Minhas artes mágicas não chegam a tanto! Vamos nos contentar com os ovos quentes, meu rapaz!

Os dois então esquadrinharam todos os recantos da penedia, e encontraram ovos em algumas cavidades, realmente! Colheram algumas dúzias deles, embrulharam-nos no lenço do marinheiro, e como ia chegando a hora de encher a maré, trataram de descer, voltando para o rio.

Chegaram lá por volta de meio-dia e meia. A maré já começava a encher. Tratava-se de aproveitar o quanto antes o refluxo, para levar a carga de lenha até a foz. Pencroff não tinha intenção de deixar a lenha ir ao sabor da corrente, sem direção, nem também embarcar na jangada para a dirigir. Homem do mar, porém, nunca se vê em apertos quando se trata de cabos ou cordas, e Pencroff arranjou logo um modo de fazer uma corda comprida, usando trepadeiras secas. Atou este cabo vegetal à popa da jangada, e enquanto ele segurava a outra ponta, Harbert, manobrando a vara, conseguiu manter a lenha na corrente.

O método empregado saiu a contento. A enorme carga de lenha que o marinheiro agüentava com o cabo caminhando ao longo da margem, seguia rio abaixo. A borda do rio era muita alta, a água funda; não havia motivos para temer que a jangada encalhasse. E dali a duas horas, a jangada chegava à foz do rio, a poucos passos das Chaminés.

5
A PRIMEIRA NOITE NA ILHA

Assim que descarregou a lenha, Pencroff tratou de tornar o local habitável, obstruindo os corredores por onde encanava o vento. Com um pouco de areia, pedra solta, ramos entrelaçados e terra molhada, ficaram hermeticamente tapadas as galerias do & que abriam ao vento sul, e isolada a laçada superior. Só escapou um ramal estreito e sinuoso, que abria para um dos lados, para servir de chaminé. As Chaminés estavam agora divididas em três ou quatro quartos, se assim se podia chamar aqueles covis escuros, onde até uma fera não ficaria satisfeita. Mas ali ao menos não havia umidade, e era possível para um homem ficar de pé, pelo menos no quarto principal. O solo era coberto de areia fina, e no final das contas, não havendo coisa melhor, o arranjo era sofrível.

Enquanto trabalhavam, Harbert e Pencroff conversavam:

— Pode ser que nossos companheiros tenham arranjado lugar melhor do que este – dizia Harbert.

— É possível – respondeu o marinheiro, — mas em caso de dúvida, não paremos o serviço! Mais vale prevenir que remediar!

— Se eles encontrassem o senhor Smith, então é que daríamos graças a Deus! – repetia Harbert.

— É verdade! – murmurava Pencroff. – Esse é que era um homem, um homem de verdade!

— Era? – disse Harbert. – Não tem esperança em tornar a vê-lo?

— Deus me livre! – apressou-se em responder o marinheiro.

O arranjo interno da habitação foi feito em pouco tempo, e Pencroff declarou-se muito satisfeito com ele.

— Agora, quando nossos amigos voltarem, já encontrarão abrigo.

Faltava agora arrumar a lareira e preparar a comida. Trabalho simples e fácil, na verdade, cuja primeira parte se limitava a assentar ao fundo do primeiro corredor à esquerda, junto da abertura interna do estreito canal reservado para a chaminé, meia dúzia de lajes. Assim o calor seria suficiente para manter o interior da habitação com uma razoável temperatura. O estoque de lenha foi colocado num dos quartos, com exceção de meia dúzia de achas grossas e alguma lenha miúda, que o marinheiro já colocou na lareira.

Estavam entretidos neste trabalho, quando Harbert lembrou-se de perguntar se Pencroff tinha fósforos.

— Tenho – respondeu ele. – E é a nossa sorte, porque sem fósforos ou isca, estaríamos em apuros!

— Poderíamos fazer fogo como os selvagens – respondeu Harbert – esfregando dois pedaços de madeira bem seca.

— Pois então experimente, meu rapaz... Veremos se consegue outro resultado que não seja ficar com os braços moídos de cansaço!

— Mas, este sistema é bem simples, e muito usado nas ilhas do Pacífico.

— Não digo que não – tornou Pencroff – mas pode ser que os selvagens tenham um modo especial de fazer a fricção, ou que usem alguma madeira especial, porque eu, por mais que tenha tentado, nunca consegui fazer fogo assim! Fósforos são bem melhores! Onde foi que eu os coloquei?

E Pencroff procurou nos bolsos a caixa de fósforos que sempre trazia, já que era um fumante inveterado. Não achou!

Procurou em todos os bolsos, mas para seu grande espanto, não encontrou a caixa!

— Que estupidez! Certamente a caixa caiu e se perdeu! E você, Harbert, não tem nada, qualquer coisa que sirva para se fazer fogo?

— Nada, Pencroff.

O marinheiro então saiu, esfregando a testa com força. Ajudado por Harbert, esquadrinhou com o maior cuidado toda a área. Como a caixa era de cobre, certamente não passaria desapercebida neste exame tão minucioso.

— Será que você não jogou a caixa fora, enquanto ainda estávamos no balão? – perguntou Harbert.

— Não, eu não faria isto! – respondeu o marinheiro. – Mas em vista do que acabamos de passar, não me admira que objeto tão pequeno desaparecesse! Até o meu cachimbo se foi! Diabos! Onde poderá estar esta caixa?

— Como a maré está baixa – lembrou Harbert – podemos ir procurar no lugar onde desembarcamos!

Apesar de ser pouco provável que achassem ali a caixa, já que as ondas teriam feito rolar por entre os seixos miúdos da praia, na maré alta, sempre era conveniente atender a esta indicação. Harbert e Pencroff encaminharam-se, pois, com toda a pressa, para o ponto da praia onde tinham desembarcado na véspera, a uns duzentos passos das Chaminés.

E ali recomeçaram as minuciosas buscas, entre os seixos e nas cavidades dos rochedos. Mas, resultado nenhum. A caixa, se tivesse se perdido ali, fora certamente levada pelo mar. O marinheiro, ao passo que o mar se retirava, esquadrinhava em todos os intervalos e orifícios dos penedos, mas nada. O caso era sério e, em tais circunstâncias, a perda era irreparável.

Pencroff não conseguiu conter sua raiva. Franziu o cenho e não deu uma palavra. Harbert quis consolá-lo, dizendo que o mais provável era que os fósforos estivessem molhados, e portanto, inutilizados.

— Isso não, meu rapaz – respondeu o marinheiro – porque a caixa era de cobre e fechava bem! E agora, o que fazer?

— Arranjaremos alguma maneira de se fazer fogo – disse Harbert. – O senhor Spilett ou o senhor Smith não iriam se embaraçar com tão pouco, certamente!

— Sim, sim – tornou Pencroff – mas até que eles cheguem, não temos fogo, e a refeição que eles irão encontrar, há de ser bem triste!

— Mas – acudiu com vivacidade Harbert, — é possível que eles não tenham fósforo também!

— Duvido – respondeu o marinheiro, meneando a cabeça. – Nem Nab, nem o senhor Smith fumam, e o senhor Spilett, receio que ele se preocupasse mais em conservar o bloco do que a caixa de fósforos!

Harbert não replicou. A perda da caixa de fósforos era realmente um fato lamentável. O mocinho, todavia, tinha certeza que, de uma forma ou de outra, iriam conseguir arranjar fogo. Pencroff, mais experiente, e mesmo não sendo homem que se afligisse com tão pouco, já pensava de outra maneira. Em todo caso, só havia uma coisa a se fazer: esperar pela volta de Nab e do jornalista. Teriam que renunciar à refeição de ovos quentes ou cozidos que o marinheiro pretendia preparar, e comer carne crua era realmente uma perspectiva pouco agradável.

Para prevenirem-se da hipótese da falta absoluta de fogo, Harbert e o marinheiro recolheram uma grande quantidade de litodomos, e voltaram silenciosos para a habitação.

Pencroff caminhava com os olhos pregados no chão, procurando sempre a malfadada caixa. Ainda subiu rio acima pela margem esquerda, desde a foz até a volta onde estivera amarrada a jangada. Voltou ao platô superior, percorreu-o em todas as direções, procurou por entre a erva alta na orla da mata, — mas foi tudo em vão.

Por volta das cinco da tarde, Pencroff e Harbert voltaram para as Chaminés. Ali também fizeram uma busca, não deixando escapar nem o mais escuro recanto, depois do que, desistiram definitivamente da procura.

Harbert passeava de um lado para o outro da praia, no momento em que o sol se escondia por detrás das terras altas do oeste, quando avistou Nab, voltando com Gedeon Spilett.

Mas... voltavam sós! O pobre rapaz sentiu o coração se apertar quando os viu. O marinheiro não tinha se enganado em seus pressentimentos. O engenheiro Cyrus Smith não tinha sido encontrado!

O jornalista, logo que chegou, sentou-se num penedo sem dizer uma palavra. É que, exausto de cansaço, morto de fome, nem tinha forças para falar!

Os olhos avermelhados de Nab eram a prova de que o negro perdera de todo a esperança.

O jornalista, assim que pôde falar, começou a narrar as buscas efetuadas por ele e Nab. Tinham ambos percorrido a costa numa extensão de mais de oito milhas, e por conseqüência muito além do ponto onde se efetuara a penúltima queda do balão, queda a que se seguira o desaparecimento do engenheiro e do cão. E a praia estava deserta. Nem um só vestígio, nem uma pegada, nem um seixo remexido, nem um indício de que qualquer habitante freqüentasse aquela parte da costa. O mar estava tão deserto como a praia, e ali, a alguns metros da costa, é que o engenheiro encontrara sua sepultura.

Naquele ponto da narração, Nab se levantou, e com voz de quem se negava a perder as esperanças, exclamou:

— Não! Não! Meu amo não morreu! Isso não iria acontecer, logo com ele! Ora! Se fosse com outro qualquer, era possível, mas com ele? Isso nunca! Ele é homem capaz de resistir a tudo!...

E como as forças o fossem abandonando, murmurou:

— Ai! Não posso mais!

Harbert correu em seu socorro:

— Sossegue, Nab, que iremos encontrá-lo! Deus não há de querer que ele nos falte! Mas vocês estão morrendo de fome! Comam alguma coisa, por favor!

E assim dizendo, oferecia ao pobre Nab alguns punhados de marisco.

Nab não comia há um bom par de horas, mas ainda assim recusou. Sem o amo, Nab não podia ou não queria viver!

Já Spilett devorou os moluscos, e depois deitou-se na areia, junto a um penedo. Estava extenuado.

— Senhor Gedeon, descobrimos um abrigo, onde ficará melhor do que aqui. A noite já se aproxima. Vamos descansar um pouco! Amanhã tentaremos de novo... – disse Harbert, segurando a mão do jornalista.

Spilett levantou-se e acompanhou o rapaz até as Chaminés. Lá Pencroff, com a entonação mais natural do mundo, perguntou-lhe se por acaso ele não trazia algum fósforo. O jornalista parou, procurou em todos os bolsos, e como nada achasse, respondeu:

— Eu tinha fósforos, mas devo ter jogado fora...

O marinheiro obteve a mesma resposta de Nab.

— Diabos! – exclamou o marinheiro, sem conseguir se conter.

— Não há nem um fósforo? – perguntou Spilett, ao escutar esta exclamação.

— Nem um só! Por isto, adeus fogo!

— Ah! – exclamou Nab. – Se o meu amo estivesse aqui, saberia como se arranjar!

Os quatro náufragos ficaram mudos, entreolhando-se inquietos. Harbert foi o primeiro a quebrar o silêncio:

— Senhor Spilett, o senhor está sempre fumando! Talvez não tenha procurado bem! Torne a procurar. Só precisamos de um fósforo!

O jornalista então procurou e tornou a procurar nos bolsos da calça, do colete, do paletó, e afinal, com grande satisfação, sentiu um palito metido no forro do colete. Tinha agarrado o palito por fora da fazenda do colete, mas não podia tirar. E como provavelmente era um fósforo, e único, tinha que tirá-lo com cuidado para que não perdesse a cabeça.

— Se o senhor me der licença! – acudiu o rapaz.

E com toda a destreza, sem o quebrar, conseguiu tirar o precioso palito, que seria de enorme valor para aqueles infelizes!

— Um fósforo! – exclamou Pencroff. – Vale tanto como se fosse uma caixa inteira!

E pegando o fósforo, foi para as Chaminés, seguido por seus companheiros.

Aquele insignificante palito, que em qualquer país habitado seria encarado com indiferença, e cujo valor aí seria nulo, naquele local tinha valor inestimável, e era preciso usá-lo com extrema precaução. O marinheiro primeiro verificou se o fósforo estava bem seco. Depois, disse:

— Um pedaço de papel é que seria bom.

— Aqui está – disse Spilett que, depois de um pequeno momento de hesitação, rasgou um pedaço de seu bloco.

Pencroff pegou o papel e acocorou-se diante da lareira, onde alguns punhados de erva e musgo secos foram dispostos de maneira que o ar pudesse circular facilmente e inflamar a lenha.

Depois, Pencroff dobrou o papel em forma de canudo, como fazem os fumantes de cachimbo quando estão expostos ao vento, e introduziu-o entre as ervas. Em seguida, pegou um seixo áspero, limpou-o cuidadosamente, e com o coração palpitando, esfregou brandamente o fósforo, contendo a respiração.

A primeira tentativa não produziu efeito. Pencroff, temendo estragar o fósforo, não tinha colocado a força necessária.

— Não posso... não quero! Minha mão está tremendo muito!

57

E levantando-se, encarregou Harbert de o substituir.

O pobre rapaz nunca sentira, em toda a sua vida, tamanha pressão. O coração batia descompassado. Mas ele não hesitou, e esfregou rapidamente o fósforo na pedra. Ouviu-se um pequeno estalido, e uma tênue chama azulada apareceu, produzindo um cheiro acre. Harbert então, com todo o cuidado para que o fósforo não se apagasse, introduziu-o no canudo de papel. Dali a poucos segundos o papel incendiou-se, e logo as ervas também. A lenha começou a estalar dali a pouco, e então uma vivíssima chama brilhou no meio da escuridão, avivava pelos sopros do marinheiro.

— Enfim – disse Pencroff ao se levantar, — nunca em minha vida me senti tão comovido!

O fogo ardia admiravelmente na lareira. A fumaça escoava-se facilmente pela estreita chaminé que lhe fora destinada. Dali a pouco, se espalhava pelo ambiente um agradável calor.

Convinha, porém, não deixar o fogo apagar, e conservar sempre alguma brasa debaixo das cinzas. Mas isto era uma questão de cuidado e atenção, e era por isso que, além de haver lenha de sobra, o estoque podia ser reposto sem grandes dificuldades.

Pencroff tratou de utilizar logo o fogo, preparando uma refeição mais substancial, e pediu que Harbert lhe trouxesse alguns ovos. O jornalista, deitado a um canto, assistia a tudo isto sem dizer palavra. O seu espírito estava agitado e preocupado com três pensamentos: Cyrus ainda estaria vivo? Se estivesse, aonde poderia estar? Se sobrevivera à queda, como explicar o fato de não ter encontrado um meio de entrar em contato com os companheiros?

Nab vagueava pela praia, como um corpo sem alma.

Apesar de conhecer cinqüenta e duas maneiras de cozinhar ovos, naquela ocasião Pencroff não teve outra opção, senão enfiar os ovos nas cinzas quentes e esperar que cozinhassem lentamente.

Quando os ovos cozinharam, Pencroff convidou a todos para comerem. Foi esta a primeira refeição dos náufragos naquele local desconhecido. Os ovos estavam excelentes, e serviu para revigorar e dar novo alento aos pobres náufragos.

Ah! Se ali não estivesse faltando nenhum! Se os cinco fugitivos de Richmond estivessem todos ali, abrigados por aquelas rochas, diante daquela fogueira cintilante e clara, sobre a areia seca, então talvez devessem entoar um hino de graças ao Altíssimo!

Mas faltava um, o mais engenhoso, o que maior soma de conhecimentos possuía, aquele a quem todos reconheciam como seu chefe, Cyrus Smith, enfim! E o corpo dele nem pudera ser sepultado!

Nestes trabalhos e reflexões se passou o dia 25 de março. A noite caiu. Lá fora escutava-se o soprar do vento e o monótono bater da ressaca na praia. As pedras, ora trazidas, ora levadas pelas ondas, rolavam com estrépito.

O jornalista retirou-se para o fundo de um escuro corredor, não sem ter escrito um breve relato do dia: a primeira aparição daquela terra nova, o desaparecimento do engenheiro, a exploração da costa, o incidente dos fósforos, etc. Ajudado pelo cansaço, conseguiu repousar um pouco.

Harbert logo pegou no sono. O marinheiro dormia, mas com um olho aberto, e passou a noite ao pé do fogo.

Só um dos náufragos não descansou nas Chaminés. O inconsolável e desesperado Nab que, durante toda a noite, e apesar do esforço dos companheiros em fazê-lo repousar, vagueou pela praia, chamando pelo amo!

6
CAÇADA COM ANZOL

O inventário dos objetos que os náufragos possuíam, lançados na ilha aparentemente desabitada, é fácil de fazer. Além da roupa que usavam no momento da catástrofe, não possuíam mais nada. Convém, no entanto, mencionar a cadeia e o relógio que Gedeon Spilett conservara, certamente por esquecimento. Não possuíam, porém, arma ou utensílio de qualquer natureza, nem mesmo um canivete, que pudesse ter ficado esquecido em algum bolso. Os passageiros haviam jogado tudo fora, para aliviar o balão.

Nem os heróis imaginários de Daniel Dafoe ou de Wiss, nem os Selkirk e os Kainal, naufragados em João Fernandes ou no arquipélago da Anck Land, se viram tão desprovidos de tudo. Estes conseguiam ou tiravam abundantes recursos do seu navio encalhado, fossem sementes, gado, ferramentas ou munição, alguns despojos da carga vinham à praia, e com isto podiam suprir as necessidades básicas. Nossos heróis, pelo contrário, encontraram-se completamente desprevenidos face a natureza. Do nada teriam que tirar algo.

Ainda se Cyrus Smith estivesse com eles, se o engenheiro pudesse aplicar a sua ciência prática, o seu espírito inventivo, para melhorar aquela situação, a esperança não estaria de todo perdida. Infelizes! Já não esperavam tornar a ver Smith. Agora só lhes restava o que pudessem conseguir por si próprios e da Providência, que nunca abandona aqueles cuja fé é sincera.

Antes de tudo, porém, mais urgente ainda do que se instalar naquela parte da praia, era saber a que continente pertencia, se era ou não habitada, ou se era apenas o litoral de alguma ilha deserta. Da solução deste problema dependiam todas as medidas a se tomar. Apesar disso, seguindo o conselho de Spilett, todos concordaram ser mais conveniente esperar mais alguns dias antes de se empreender tal exploração.

Realmente, antes de se arriscar a tal empresa, era necessário arranjar víveres que proporcionassem aos exploradores alimentação mais adequada que ovos ou moluscos. E antes de se meterem a uma viagem que os ia expor a um grande cansaço, sem abrigo conveniente, era melhor que recuperassem as forças perdidas.

As chaminés serviam-lhes de abrigo provisório. O fogo estava aceso, e não era difícil conservá-lo. Marisco e ovos abundavam na penedia ou na praia. Também não seria difícil inventar um meio de matar alguns dos tantos pombos que voavam aos centos na crista do platô. As árvores da mata próxima certamente deveriam dar frutos comestíveis. E ali havia água potável. Os náufragos combinaram então esperar mais alguns dias, para que pudessem preparar convenientemente a exploração, quer do litoral, quer do interior.

Nab, particularmente, aderira com fervor a este projeto. Obstinado nas suas idéias e nos seus pressentimentos, o negro não tinha a menor pressa de abandonar aquela parte da costa, palco da catástrofe. Não acreditava, nem queria acreditar, na morte de Cyrus Smith. Não, não lhe entrava no miolo que um homem como seu amo acabasse de uma maneira tão vulgar, arrebatado por uma onda, afogado no mar, a alguns metros da praia!

Enquanto as ondas não lançassem o cadáver do engenheiro na praia, enquanto ele, Nab, não tivesse visto com os próprios olhos e tocado com as próprias mãos o cadáver de seu amo, não o daria por perdido e morto. E quanto mais o preto pensava, mais esta idéia se enraizava no seu ânimo obstinado. Seria mera ilusão, mas o marinheiro não ousava destruí-la, mesmo não conservando a mínima esperança, já que agora estava convencido de que o engenheiro tinha realmente morrido no mar. Mas não havia como se argumentar com Nab. Ele era como um cão que não pode largar o lugar onde caiu o dono; o desgosto dele era tão grande, que era de se crer que Nab não sobreviveria muito tempo ao amo.

No dia 26 de março, logo ao amanhecer, Nab caminhou novamente pela costa em direção ao norte, e voltou ao lugar onde, sem dúvida, o mar tinha engolido o infeliz Smith.

O almoço daquele dia foi composto apenas de litodomos e ovos de pombo. Harbert tinha encontrado um pouco de sal no escavado dos rochedos, resultado da evaporação, e este achado foi muito apreciado.

Terminada a refeição, Pencroff perguntou ao jornalista se este não queria o acompanhar até a mata, onde ele e Harbert iam tentar caçar. Mas como era preciso que alguém ficasse para conservar o fogo, e mesmo para a hipótese pouco provável de Nab precisar de alguém que o auxiliasse, o jornalista acabou ficando.

— Vamos caçar, Harbert – disse o marinheiro. – Haveremos de encontrar algo que nos sirva de munição.

Quando já iam partir, Harbert notou que, visto não terem isca, seria conveniente substituí-la por alguma coisa.

— Mas o que? – perguntou Pencroff.

— Trapo queimado – respondeu o rapaz, — que em casos de necessidade faz as vezes de isca.

O marinheiro achou razoável a lembrança, que tinha apenas um inconveniente, o de exigir o sacrifício de um lenço. No entanto, como este sacrifício viria a ser, certamente, bastante produtivo, não demorou para que o lenço de Pencroff ficasse reduzido a um trapo meio queimado.

A matéria inflamável assim obtida foi guardada no quarto central, numa pequena cavidade do rochedo, ao abrigo do vento e da umidade.

Eram nove horas da manhã. Havia ameaça de chuva e o vento soprava de sudoeste. Harbert e Pencroff dobraram a esquina das Chaminés e, depois de lançarem um último olhar à fumaça que saía da ponta dos rochedos, subiram pela margem esquerda do rio.

Assim que chegou na mata, Pencroff arrancou da primeira árvore que encontrou dois bons galhos, que transformou em porretes. Harbert se encarregou de aguçar as pontas num pedregulho próximo. Quanto ele daria para ter ali, naquele momento, a sua navalha! Os dois caçadores embrenharam-se pela mata, mas sempre seguindo a margem do rio.

O rio, a partir da volta que lhe torcia de novo o curso para sudoeste, ia se estreitando pouco a pouco, e as margens formando um leito profundo inteiramente coberto por uma verdadeira arcada de vegetação.

Pencroff, receando se perder, ia seguindo ao longo da corrente, que em todo o caso era o guia mais seguro para se voltar ao ponto de partida. Mas seguir sempre a margem não era tarefa fácil. Aqui uma árvore, cujos galhos flexíveis se encurvavam até ao nível da corrente, mais além mil vegetações entrelaçadas e espinhosas, através da qual era preciso abrir caminho a força; tudo era obstáculo. Às vezes Harbert sumia por entre a vegetação com a ligeireza de um gato. Pencroff, porém, tratava logo de o chamar, pedindo-lhe que não se afastasse.

O marinheiro ia observando atentamente a disposição e a natureza dos lugares. Na margem esquerda o terreno era quase plano, elevando-se insensivelmente para o interior. Em alguns lugares era tão úmido que parecia um pântano. Percebia-se que o subsolo era ali cortado por uma rede subjacente de pequenos canais, que iam desaguar no rio. A mata era também cortada por um regato fácil de se atravessar. A margem oposta do rio parecia ser mais recortada e desenhava mais nitidamente os acidentes da encosta, em cuja vertente o rio corria, e esta encosta estava tão recoberta de árvores, dispostas em escalões, que não se enxergava nada além. Na margem direita os declives eram tais, que tornavam o caminho quase impraticável, e as árvores estavam tão pendentes sobre a água, que se seguravam apenas pelas enormes raízes.

Era de se crer que a floresta fosse virgem, bem como a parte da costa já percorrida. Pencroff encontrou ali vestígios de quadrúpedes e pegadas recentes de animais cuja espécie não conseguiu reconhecer. O certo era, e Harbert foi da mesma opinião, que algumas destas pegadas provinham de feras enormes, das quais convinha temer. No arvoredo não se via sinal de machado, nem cinzas de fogo apagado ou pegadas humanas, o que não era de todo mal, já que ali, em pleno Pacífico, era mais para se recear do que desejar a presença do homem.

As dificuldades para se avançar eram imensas. Harbert e Pencroff pouco falavam, e caminhavam tão devagar, que uma hora depois só tinham avançado uma milha. As tentativas de caçar tinham sido infrutíferas. Se bem que as aves chilreassem e voassem de ramo em ramo, mostravam-se bravias como se, instintivamente, o homem lhes inspirasse justificado receio. Num local mais pantanoso da floresta, Harbert pôde notar entre as aves, uma de bico comprido e agudo, muito parecida com um guarda-rios, mas que se diferenciava deste último pela aspereza das penas, que apresentavam reflexos metálicos.

— Deve ser um "jacamar" – disse Harbert, tentando se aproximar do animal.

— Não seria uma má hora para provarmos o gosto do jacamar, se este pássaro se deixasse assar – disse o marinheiro.

Harbert atirou com força uma pedra, que atingiu a asa da ave. A pancada, porém, fora pequena, e o jacamar fugiu correndo, desaparecendo com rapidez.

— Sou um desastrado! – exclamou Harbert.

— Não desanime! – acudiu o marinheiro. – A pontaria foi boa. Ora, vamos! Qualquer dia nós apanharemos um jacamar!

Os dois infelizes caçadores continuaram a exploração, e à medida em que iam avançando, encontravam um arvoredo menos basto e de magnífico porte. Infelizmente, nenhuma daquelas árvores dava frutos comestíveis. Em vão Pencroff tentou encontrar alguma dessas preciosas palmeiras, que se prestam a tantos usos da vida doméstica, e cuja presença tem sido verificada no quadragésimo paralelo, no hemisfério norte, e no trigésimo quinto, no hemisfério sul. A floresta que percorriam era composta exclusivamente por coníferas, semelhantes às que se encontram na costa nordeste da América, admiráveis abetos de cento e cinqüenta pés de altura.

Neste instante, uma verdadeira nuvem de passarinhos de lindíssima plumagem, grande cauda furta-cor, veio dispersar-se pelos ramos, semeando-os de penas de finíssima penugem.

— São surucuás – exclamou Harbert, examinando as penas.

— Ora, antes fosse uma galinha d´Angola ou um galo-do-monte – respondeu Pencroff. – Enfim, servem para se comer?

— Têm uma carne delicadíssima – replicou Harbert – e eu acho que não será difícil matá-los a pauladas!

E se escondendo por entre o mato, o marinheiro e o rapazinho conseguiram chegar ao pé de uma árvore, cujos galhos mais baixos estavam cobertos de passarinhos. Os surucuás estavam ali esperando pela passagem dos insetos de que se alimentam. Os caçadores então se levantaram de repente, e utilizando os porretes como se fossem foices, derrubaram filas inteiras de surucuás, que se deixaram apanhar estupidamente, sem esboçarem nem sequer uma tentativa de fuga. O chão estava repleto de pássaros quando os outros decidiram fugir.

— Não é que encontramos caça à altura dos caçadores que somos? – riu-se Pencroff. – Daria para apanhá-los com a mão!

O marinheiro tratou de enfiar os surucuás como se faz com as cotovias, numa varinha flexível, e a exploração continuou. Os viajantes observaram que o leito do rio encurvava ligeiramente, formando uma espécie de volta em direção ao sul; o desvio da corrente, porém, provavelmente não se prolongaria muito, já que o rio devia nascer da montanha e alimentar-se com o derretimento das neves que atapetavam os flancos do cone central.

O objeto principal da excursão era, como já dissemos, arranjar a maior quantidade possível de caça para os habitantes das Chaminés, e até ali não se podia dizer que os caçadores tivessem conseguido seu intento. Pencroff então, empenhou-se na tarefa, praguejando contra um ou outro animal, do qual não tinha tempo nem de reconhecer a espécie, já escapando por entre a erva alta. Ah! Se Pencroff tivesse um cão! Mas Top tinha desaparecido com seu dono.

Por volta das três da tarde, tornaram a aparecer alguns bandos de aves, que pousavam em determinadas árvores. Uma destas árvores escolhidas eram zimbros, cujas aromáticas bagas pareciam realmente tentadoras. De repente soou na floresta sons parecidos com o toque de um clarim. Estes sons extraordinários e retumbantes eram produzidos por galináceos, que nos Estados Unidos são chamados de tetrazes. Logo apareceram alguns casais, com as penas pardas e ruivas. Harbert distinguiu os machos pelas duas asas pequenas e bicudas, formada por algumas penas grossas levantadas no pescoço. Pencroff achou indispensável capturar alguns dos tais galináceos, que têm o tamanho de uma galinha e carne muito saborosa. Mas isso não era fácil, já que os animais não deixavam que eles se aproximassem. Depois de várias tentativas fracassadas, onde só conseguiram espantar os tetrazes, o marinheiro disse:

— Já que não conseguimos matá-los no ar, vamos apanhá-los na linha!

— Como se fossem carpas? – espantou-se Harbert.

— Isso mesmo! – respondeu o marinheiro.

Pencroff tinha achado entre a erva meia dúzia de ninhos de tetrazes com dois ou três ovos cada um, e teve o maior cuidado em não tocar nos ninhos, acreditando, e com razão, que os proprietários iriam voltar. Em volta dos ninhos é que ele iria lançar as suas linhas. Assim, afastou-se um pouco com Harbert e ali preparou as suas esquisitas redes com todo o cuidado. Harbert estava empenhado na empresa com um interesse fácil de compreender, embora não acreditasse muito no bom êxito dela. As linhas eram feitas de delgadas trepadeiras, que unidas umas às outras davam uns quinze a vinte pés de comprimento. Em vez de anzol, Pencroff atou na extremidade das trepadeiras uns enormes espinhos recurvos, arrancados de uma grande moita de acácias anãs que havia ali perto. Para servir de isca, usaram grandes vermes avermelhados que rastejavam pelo chão.

Pencroff então meteu-se por entre a erva, fazendo todo o possível para não ser pressentido. Colocou perto dos ninhos a extremidade das linhas preparadas com os anzóis, e pegando a outra extremidade, foi se esconder com Harbert atrás de uma árvore de tronco grosso. Ali, esperaram pacientemente, embora Harbert, é verdade, não estivesse muito confiante no bom resultado da armadilha do engenhoso Pencroff.

Depois de meia hora, como o marinheiro tinha previsto, alguns casais de tetrazes voltaram aos ninhos, saltando e ciscando sem pressentirem os caçadores.

O rapaz, que começava a interessar-se vivamente pelo plano, nem respirava; Pencroff, com os olhos arregalados e a boca aberta, como se esperasse engolir algum bocado de tetraz, este mal podia respirar.

Os galináceos passeavam por entre os anzóis, sem se darem conta deles. Pencroff então deu um puxão nas linha, que fizeram a isca se mexer como se os vermes estivessem vivos.

Não há dúvida que o marinheiro experimentava então uma comoção bem mais forte que a do pescador, já que este não consegue ver a desejada presa, encoberta pela água.

As iscas despertaram a atenção dos galináceos, que se atiraram aos anzóis. Três dos tetrazes engoliram de uma só vez a isca e o anzol. Ao ver isto, Pencroff deu um forte puxão nas linhas, e pelo bater das asas, percebeu que tinha capturado as aves.

— Hurra! – exclamou o marinheiro, correndo em direção à caça e as agarrando rapidamente.

Harbert aplaudia freneticamente. Era a primeira vez na vida que via pássaros serem pescados. O marinheiro, modesto como sempre, se apressou em afirmar que ele nem mesmo era o inventor do sistema, e que aquela não era a primeira vez que o aplicava.

— Na situação que estamos, devemos nos preparar para vermos coisas muito mais extraordinárias! – acrescentou o marinheiro.

Pencroff amarrou os tetrazes pelos pés, e satisfeito em não voltar com as mãos abanando, tratou de regressar para as chaminés, já que a noite ia se aproximando.

O caminho era claramente indicado pela direção do rio, bastava que seguissem a corrente.

Por volta das seis da tarde Harbert e Pencroff chegaram às Chaminés um tanto cansados da excursão.

— *Hurra!* — *exclamou o marinheiro, correndo em direção à caça.*

7
NAB, TOP E SMITH

Gedeon Spilett estava na praia, imóvel, de braços cruzados, contemplando o mar, cujo horizonte se confundia a leste com uma enorme nuvem negra, que subia rapidamente para o zênite. O vento soprava com força, e sua intensidade aumentava com o fim do dia. O céu apresentava um aspecto ameaçador e não tardou que se manifestassem os primeiros sintomas de um terrível vendaval.

Harbert entrou nas Chaminés. Pencroff se dirigiu até o jornalista, que estava de tal maneira absorto, que não o viu chegar.

— Parece que vamos ter uma noite terrível, senhor Spilett. Vento e chuva capaz de alegrar petréis.

— A que distância da praia você acha que a barquinha recebeu o golpe do mar, que nos levou nosso companheiro? – perguntou subitamente o jornalista, voltando-se para Pencroff.

O marinheiro, não esperando tal pergunta, refletiu um instante, e então respondeu:

— Duas amarras, quando muito!

— Mas, o que é uma amarra? – perguntou Spilett.

— Cento e vinte braças, mais ou menos, ou seiscentos pés.

— Então – disse o jornalista, — Cyrus Smith desapareceu a mil e duzentos pés de distância da praia?

— Mais ou menos.

— E o cão também?

— Também.

— O que me admira – replicou o jornalista – admitindo que nosso companheiro morresse, é que Top também se afogasse, e que nem o cadáver do cão, nem o do dono fossem lançados à praia!

— Não acho nada de extraordinário nisso, já que o mar está bem revolto – respondeu o marinheiro. – Além disso, pode ser que alguma corrente os tenha levado para um lugar bem distante desta praia.

— Então, sua opinião é que Cyrus Smith morreu no mar, Pencroff? – perguntou mais uma vez o jornalista.

— Estou convencido disso.

— Pois, meu caro Pencroff, apesar de respeitar a sua experiência, a minha opinião é que o desaparecimento duplo de Cyrus e Top, vivos ou mortos, tem um não sei que de inexplicável e inverossímil.

— Gostaria de poder pensar da mesma forma, senhor Spilett, mas não tenho dúvidas – respondeu o marinheiro, voltando para as Chaminés.

O fogo crepitava na lareira. Harbert tinha lançado ao fogo mais lenha, e a chama lançava grandes clarões até às partes sombrias do corredor.

Pencroff tratou de ir preparar o jantar, e atento à necessidade que todos tinham de recuperar as forças, acrescentou ao menu alguns pratos de resistência. Reservou para o dia seguinte os surucuás, depenou dois tetrazes, enfiou-os no espeto e os colocou no fogo. Dali a pouco os galináceos estavam assados.

Às sete horas Nab ainda não tinha voltado, e esta ausência prolongada não deixava de inquietar Pencroff. O bom marinheiro receava que algum acidente desagradável pudesse ter acontecido ao negro, naquela terra desconhecida, ou mesmo que ele tivesse praticado algum ato desesperado. Harbert imaginava razões bem diferentes para justificar a ausência de Nab. Estava convencido de que ele não voltara porque alguma circunstância nova o fizera prolongar suas pesquisas. Ora, tudo o que ocorresse de novo não podia deixar de ser a favor da descoberta de Cyrus Smith. Nab já teria retornado se tivesse perdido as esperanças. Teria ele descoberto algum indício, vestígios de passos, qualquer despojo que lhe indicasse o caminho procurado? Estaria ele agora junto ao amo?

O rapaz assim raciocinava, e externava seus pensamentos aos companheiros. O jornalista era o único que aprovava com o gesto; Pencroff estava convencido que Nab tinha ido longe demais em suas pesquisas pelo litoral, e que por essa razão não pudera voltar ainda.

Harbert, agitado por vagos pressentimentos, teve vontade de sair ao encontro de Nab; Pencroff, porém, o dissuadiu de tal empreitada, dizendo-lhe que todos os seus esforços seriam inúteis, já que seria impossível descobrir o rasto de Nab no meio daquela escuridão completa e com o horrível tempo que fazia. Mais sensato era esperar, e se no dia seguinte Nab ainda não tivesse aparecido, seria ele, Pencroff, o primeiro a se juntar a Harbert para irem em busca do negro.

Spilett aprovou completamente a idéia de não se separarem, e Harbert, ao ter que desistir de seu projeto, mal conseguia conter as lágrimas que lhe rolavam pela cara abaixo.

O jornalista deu um beijo na generosa criança, tentando consolá-lo.

O mau tempo estava definitivamente instalado. Na praia soprava com violência uma ventania de sudoeste. O mar, então na vazante, batia rugindo de encontro aos rochedos ao longo do litoral. A chuva, levantada antes de chegar ao chão pelas rajadas do vendaval, formava no ar uma espécie de nevoeiro líquido; pareciam farrapos de nuvens a se arrastar por sobre aquela costa, onde as pedras e os seixos batiam uns de encontro aos outros com estrepito semelhante ao da descarga de muitas carroças de calhau. Entre a embocadura do rio e o ângulo da muralha, o vento redemoinhava em turbilhões, e as camadas de ar que saíam daquele vórtice, como não achassem outra saída senão o estreito vale em cujo fundo se agitava o rio, engolfavam-se por ali com irresistível violência. A fumaça que se levantava da lareira, repelida pela força das rajadas, enchia por vezes os corredores da habitação, a ponto de os tornar inabitáveis.

Pencroff, assim que terminou de fazer o jantar, deixou o fogo diminuir, conservando apenas uma brasa debaixo da cinza.

Eram oito horas e Nab ainda não voltara. Em tais circunstâncias, porém, era de se supor que aquele tempo horroroso o tivesse impedido de regressar à habitação, obrigando-o a buscar abrigo em alguma escavação da penedia, para esperar a salvo o fim da borrasca, ou pelo menos o nascer do sol. Tentar encontrá-lo, em tais condições, era impossível.

O único prato do jantar foi a caça, e a excelente carne foi comida com gosto. Pencroff e Harbert, cansados da longa excursão, não comeram, antes devoraram a comida.

Depois do jantar, foram descansar. Harbert, dali a pouco estava dormindo a sono solto, ao lado do marinheiro, que se estendera ao pé da lareira.

Lá fora, enquanto a noite ia passando, aumentava a tempestade, que assumia proporções cada vez piores. A força do vento era comparável ao daquela noite que trouxera os náufragos desde Richmond até aquela costa ignorada do Pacífico. Tempestades assim são freqüentes nas proximidades dos equinócios, e em geral acarretam grandes catástrofes, principalmente naquela vasta região, que não oferecia um só obstáculo à fúria do vento. Assim, é fácil se imaginar que uma costa voltada para o leste, diretamente exposta aos golpes do furacão, fosse açoitada com força superior a tudo quanto pudéssemos descrever.

Felizmente, o acúmulo de rochas que formavam as Chaminés era seguro, compondo-se de enormes pedaços de granito, alguns dos quais, no entanto, como que mal equilibrados, pareciam oscilar na base. Pencroff estava atento, e encostando a mão nas pedras, sentia os rápidos estremecimentos. Mas logo se acalmava, repetindo para si mesmo, e com razão, que nada havia a se recear, e que o improvisado refúgio não iria desabar. No entanto, ouvia distintamente o ruir dos fragmentos destacados da crista do platô, arrancados pelo redemoinhar do vento, e que chegavam rolando até a parte superior das Chaminés, onde se desfaziam em pedaços. Por duas vezes o marinheiro levantou-se e foi até a abertura do corredor, para observar o que estava acontecendo lá fora. Os desabamentos, porém, não constituíam perigo, e ele voltou sossegado para o lugar que escolhera junto ao fogo, que crepitava sob as cinzas.

Apesar da fúria do furacão, do fragor da tempestade, do ribombar do trovão, Harbert dormia profundamente. Até Pencroff, a quem a vida do mar habituara a todas as tormentas, acabou por pegar no sono. Só Gedeon Spilett não conseguia dormir, e agora, mais do que nunca, sentia não ter ido em busca de Nab. Os pressentimentos que tinham assaltado Harbert, ele também os compartilhava. Todos os pensamentos do jornalista concentravam-se em Nab. Por que o negro não voltara? Gedeon se revirava na cama de areia, mal prestando atenção à tempestade que caía lá fora. Mais de uma vez as pálpebras carregadas pelo sono e cansaço iam se fechando, quando algum rápido pensamento fazia o jornalista abrir os olhos sobressaltado.

A noite já ia adiantada. Seriam duas da madrugada quando Pencroff, que pegara no sono, foi vigorosamente sacudido.

— O que foi? Aconteceu alguma coisa? – exclamou o marinheiro, despertando completamente, com a rapidez típica dos homens do mar.

— Escute, Pencroff, escute! – dizia o jornalista, junto ao marinheiro.

Pencroff, por mais que se esforçasse, não conseguiu distinguir outro ruído que não fosse o da ventania.

— É o vento – disse.

— Não! – respondeu Spilett, escutando atento. – Pareceu-me ouvir...

— O que?

— Os latidos de um cão.

— Latidos? – gritou Pencroff, se levantando num pulo.

— Sim... latidos.

— Não é possível! – tornou o marinheiro. – A tempestade está muito forte, muito barulhenta...

— Escute! Agora... – interrompeu o jornalista.

Pencroff tornou a escutar atentamente, e num intervalo de calmaria, escutou latidos a uma grande distância.

— E então! – disse o jornalista, apertando a mão de Pencroff.

— É o Top! É o Top! – gritou Harbert, que acordara também.

E os três precipitaram-se para a saída das Chaminés.

Custaram a conseguir sair. O vento os empurrava para dentro. Quando conseguiram sair, afinal, não podiam ficar de pé senão encostados aos penedos. Falar também era impossível.

A escuridão era total. Mar, terra, céu, tudo se confundia na treva com igual intensidade.

Pelo espaço de alguns minutos, os três ficaram assim, como que esmagados pela ventania, desorientados pela chuva, pela areia. Depois voltaram a escutar os latidos, num serenar da tormenta, e perceberam que o cão devia estar bem longe.

Não podia ser outro cão, além de Top! Mas, estaria só ou acompanhado? O mais provável é que viesse só, porque se Nab estivesse com ele, de certo já teria se dirigido para as Chaminés.

O marinheiro fez sinal para que os amigos esperassem, e tornou a entrar no abrigo. Instantes depois reapareceu, com uma grande acha acesa, que agitava nas trevas, e soltando agudos assobios.

A este sinal, que parecia ser esperado, se isso fosse possível, latidos mais próximos responderam, e dali a pouco o cão entrava pelo corredor adentro. Os três náufragos entraram atrás do animal.

Lançou-se em cima da brasa uma braçada de cavacos secos, e o corredor iluminou-se com uma viva chama.

— É o Top! – exclamou Harbert.

Era realmente Top, magnífico cão anglo-normando, cruzamento de raças que permitia grande velocidade e faro admirável, qualidades essenciais de um bom cão de caça.

O cão era o do engenheiro. Mas, infelizmente, vinha só! Nem o dono, nem Nab o acompanhavam!

Mas como é que o animal, dirigido apenas pelo instinto, chegara até as Chaminés, local desconhecido para ele? Isto parecia inexplicável, ainda mais naquela noite tão escura e tempestuosa! Além disso, algo mais inexplicável ainda, Top não estava cansado, nem esfomeado, nem sequer enlameado ou sujo de areia!...

Harbert fazia festa para o animal, que satisfeito, esfregava o pescoço nas mãos do rapaz.

— Se o cão apareceu, o dono também irá aparecer! – disse o jornalista.

— Queira Deus! – respondeu Harbert. – Vamos, Top nos guiará.

Desta vez Pencroff não fez a menor objeção, porque o aparecimento de Top começava por desmentir suas conjecturas.

— A caminho! – disse ele também.

E tratou de cobrir as brasas da lareira, acrescentando-lhe alguns cavacos, que meteu debaixo da cinza, a fim de encontrar fogo quando voltassem; feito isso, guardou os restos do jantar, saiu num pulo da habitação, precedido do cão, que a isso o convidava, saltando e latindo, e seguido do jornalista e do rapaz.

A tempestade estava no seu auge. Caminhar em linha reta era quase impossível, e parecia mais razoável confiar no instinto de Top, o que foi feito. O jornalista e o rapaz iam atrás do cão, e o marinheiro fechava a marcha. Trocar sequer duas palavras era completamente impossível. A chuva não era muito, mas o vento era terrível.

No entanto, uma circunstância os favoreceu, e muito. Como o vento soprava de sueste, apanhava-os pelas costas. A areia, que a ventania arremessava com violência, e que seria insuportável se os atingisse de frente, estava os atingindo pelas costas, e não podia tolher-lhes os passos. Caminhavam apressados, não só empurrados pelo vento, mas também pela imensa esperança, que lhes redobrava as forças. Não tinham dúvidas de que Nab tinha encontrado o amo, e que enviara o fiel animal como mensageiro. A questão agora era se Nab tinha encontrado o engenheiro vivo, ou mandara chamar os companheiros apenas para que estes prestassem com ele uma derradeira homenagem ao cadáver do desventurado Smith.

Depois de passarem além do ângulo da penedia, de que prudentemente tinham se afastado, pararam para tomar fôlego. O recanto servia-lhes de abrigo contra o vento; desde que começaram a caminhar, era a primeira vez que respiravam sem dificuldade.

Ali também podiam conversar, e como o rapaz pronunciasse o nome de Smith durante a conversa, Top interrompeu-o soltando pequenos e mansos latidos, como se quisesse dizer que o dono estava salvo.

— Ele está salvo, na é Top? Está vivo! – replicou Harbert.

E o cão continuava a latir, como se estivesse respondendo.

A marcha prosseguiu logo. Seriam duas e meia da madrugada, a maré já enchia, e como era açoitada pela ventania, receavam que a água subisse muito. As ondas rebentavam retumbantes de encontro à orla de cachopos, e tal era a sua violência que parecia que iam passar por cima da ilhota. A costa deixara, portanto, de estar abrigada por aquele comprido dique, e estava agora diretamente exposta ao mar.

Assim que os três náufragos saíram do refúgio, foram novamente açoitados pelo vento em desordenada fúria. Caminhavam rápidos, encurvados, sempre seguindo Top, que não hesitava um momento na direção a tomar. Iam direto ao norte, tendo à direita a interminável linha das cristas das ondas, que rebentavam com barulho ensurdecedor, e à esquerda um terreno escuro, cuja aparência era impossível enxergar.

Às quatro da manhã, os nossos caminhantes já deviam ter percorrido por volta de cinco milhas. As nuvens tinham levantado um pouco, e a ventania, menos úmida, propagava-se em correntes de ar rápidas, mas secas e frias. Com roupas pouco adequadas, os três náufragos sofriam cruelmente; mas não deixaram escapar a menor queixa, resolvidos a seguir para onde quer que o inteligente animal os levasse.

Por volta das cinco horas começou a clarear. As cristas das ondas pareceram como que salpicadas de clarões dourados, e a espuma readquiriu a alvura natural. À esquerda, as partes acidentadas do litoral começavam a destacar-se confusas, os contornos dos terrenos indistintos.

O dia estava claro às seis da manhã. O marinheiro e seus companheiros estavam a seis milhas, aproximadamente, das Chaminés, e caminhavam por uma praia rasa, orlada ao lado por uma faixa de rochedos, cujas pontas apenas emergiam das águas à beira-mar. À esquerda, as terras do interior, cortadas apenas por algumas faixas de areia, ouriçadas de cardos, apresentavam o aspecto bastante agreste de uma vasta região arenosa. O litoral era pouco acidentado, e oferecia como obstáculo às invasões do oceano apenas uma corda singularmente irregular de pequenos cerros. Aqui e além vegetavam mesquinhamente uma ou duas árvores, todas pendidas para o lado oeste, e com os ramos projetados na mesma direção. Lá atrás, a sudoeste, destacava-se a orla encurvada da última floresta.

Naquele momento, Top manifestou sinais de agitação. Ora caminhava um pouco para o poente, ora voltava para junto do marinheiro, parecendo convidá-lo a acelerar o pas-

Ali encontraram Nab, ajoelhado junto a um corpo.

so. O animal, levado pelo admirável instinto, sem dar a menor mostra de hesitação, tinha se metido por entre as dunas. E os caminhantes o seguiam, naquele local absolutamente deserto.

A faixa de dunas era bem larga, composta de montículos distribuídos com capricho. Parecia uma pequena Suíça de areia. Só um animal dotado de prodigioso instinto não se perderia naquele labirinto.

Cinco minutos depois de terem saído da praia, os três companheiros chegavam em frente a uma espécie de gruta, aberta no revés de um alto monte de areia. Top parou ali, soltando um latido alto e sonoro. Spilett, Harbert e Pencroff entraram na gruta.

Ali encontraram Nab, ajoelhado junto a um corpo, estendido num leito de ervas secas...

Era o engenheiro Cyrus Smith!

8
ÁGUA CONTRA FOGO

Nab não se moveu.

— Está vivo? – foi a única coisa que o marinheiro conseguiu perguntar.

Mas o negro nem respondeu. Spilett e Pencroff ficaram lívidos. Harbert cruzou as mãos e ficou imóvel. Era evidente que o negro, absorto em sua imensa dor, não vira os companheiros, nem escutara a pergunta que lhe fora dirigida.

O jornalista se ajoelhou junto ao corpo inerte, e encostou o ouvido no peito do engenheiro, abrindo-lhe a camisa. Um minuto, um século ele levou, buscando surpreender uma pulsação.

Nab se levantou, mas não parecia ver nada. Suas feições estavam alteradas pelo desespero. Nab estava irreconhecível, exausto, despedaçado pela dor, porque não duvidava mais que seu amo estivesse morto.

— Está vivo! – disse Gedeon Spilett, depois de comprida e atenta ausculta.

Pencroff então se ajoelhou junto ao corpo de Smith, e conseguiu escutar algumas pulsações, e também algum ligeiro alento que a espaços saía de entre os lábios do engenheiro.

Harbert, percebendo o desejo do jornalista, correu para procurar água, e felizmente encontrou a poucos passos da gruta um límpido regato, que se filtrava através da areia. Mas faltava um recipiente; não havia sequer uma malfadada concha naquela área! O rapaz teve que contentar-se em ensopar o lenço no regato, e voltar correndo para a gruta.

O lenço satisfez os desejos de Spilett, que queria somente refrescar os lábios do engenheiro. O efeito foi quase imediato. Cyrus Smith soltou um leve suspiro, e pareceu até querer balbuciar algumas palavras.

— Está bem! – disse o jornalista.

Nab, ao escutar estas palavras, voltou a alimentar alguma esperança. Tratou logo de procurar ferimentos no amo. Mas nem o tronco, nem os membros, nem a cabeça apresentavam a menor contusão, nem um arranhão, o que era de se admirar, visto que o corpo de Smith devia ter rolado inerte por entre as agudas rochas. Até as mãos estavam intactas, e era difícil se explicar como o engenheiro não conservava o menor sinal dos esforços que certamente fizera para se salvar da linha de abrolhos.

A explicação destes enigmas, porém, ficava para mais tarde. Quando Cyrus Smith pudesse falar, contaria o que tinha se passado. Naquele momento, o principal era reanimá-lo, e tratar de aquecê-lo. Para isso, usaram a camisa de Pencroff. O engenheiro, aquecido por aquela áspera esfregação, mexeu lentamente os braços, e a respiração começou a se regularizar. Smith morreria de fraqueza, se os seus companheiros não agissem prontamente.

— Então, pensou que seu amo tinha morrido? – perguntou o marinheiro a Nab.

— Sim. E se Top não os tivesse encontrado, teria enterrado meu amo e me deixaria morrer junto à sua sepultura!

Por este relato pode-se ver de que delgado fio dependia a vida de Smith!

Nab contou então como tudo tinha acontecido. Na véspera, tendo saído das Chaminés logo ao amanhecer, caminhara costa acima sempre em direção ao norte, até chegar à ponta do litoral que já visitara.

Chegando ali, e sem nutrir a menor esperança, Nab buscara na praia, por entre as rochas e ainda na areia, o mais insignificante indício que pudesse lhe servir de guia. Examinara principalmente a parte da praia que a maré cheia deixava a descoberto, porque no extremo onde o mar alcançava, era quase certo que o refluxo das ondas já tivesse apagado qualquer vestígio. Nab já não esperava ver o amo vivo. Todos os seus passos eram dirigidos pelo intuito de encontrar-lhe o cadáver, que o pobre negro desejava sepultar.

Nab procurara por um longo tempo. Mas seus esforços foram inúteis. Aquela costa deserta parecia não ter sido jamais freqüentada por um ser humano. Dos milhares de conchas que se encontravam fora do alcance das marés, nem uma só fora esmagada, pisada, estavam todas intactas. Num comprimento de duzentas a trezentas jardas da praia, não existia um único vestígio de desembarque antigo ou recente.

Nab decidira continuar caminhando costa acima mais algumas milhas. Era possível que a corrente tivesse levado o corpo do engenheiro para um ponto mais distante. Quando um cadáver anda por algum tempo boiando a pouca distância de uma praia, é raro que as ondas, mais cedo ou mais tarde, não o lancem à praia. Ora, Nab sabia disto, e queria tornar a ver o amo pelo menos uma última vez.

— Fui andando ao longo da costa umas duas milhas mais – dizia ele, — examinei toda a linha dos abrolhos na maré baixa, a praia toda na maré alta, e já ia me desesperando de encontrar o que procurava, quando ontem, por volta das cinco horas da tarde, deparei com algumas pegadas na areia.

— Pegadas? – acudiu Pencroff.

— Sim! – respondeu Nab.

— Estas pegadas começavam mesmo a partir dos abrolhos? – perguntou o jornalista.

— Não – respondeu Nab, — começavam na linha limite da maré; se havia outras entre esta linha e os abrolhos, já estavam apagadas então.

— Continue, Nab – tornou Spilett.

— Quando vi as tais pegadas – prosseguiu o negro, — fiquei como doido. As pegadas eram perfeitamente distintas, e se dirigiam para as dunas. Eu as segui correndo pelo espaço de um quarto de hora, mas tendo o cuidado de não apagá-las. Cinco minutos depois a noite já ia caindo, quando escutei um cão latindo. Era Top, e foi ele quem me guiou até aqui, junto de meu amo!

Nab concluiu sua narração contando qual fora a sua dor, ao encontrar o corpo do amo e não conseguindo divisar nele algum sinal de vida! Depois que o encontrara morto, já não se contentava, pois queria-o vivo! Mas seus esforços tinham sido em vão! Não tinha mais o que fazer senão prestar a última homenagem à memória de quem tanto amara! Lembrou-se então dos companheiros de desventura, que por certo também gostariam de render suas homenagens ao desventurado engenheiro. Top estava ali. Não poderia confiar na sagacidade do fiel animal? Nab pronunciou muitas e muitas vezes o nome do jornalista, que era aquele que o cão mais conhecia, e depois mostrou a parte sul da costa ao cão, que correu imediatamente na direção que lhe era indicada.

E como vimos, guiado por um instinto quase sobrenatural, visto que o cão nunca fora às Chaminés, Top conseguiu chegar lá ultrapassando todas as dificuldades.

Os náufragos escutaram Nab com a maior atenção. O fato de Smith, depois dos esforços que devia ter feito para escapar das ondas e transpor os abrolhos, aparecer sem o menor arranhão, era para todos inexplicável. Também era estranho o fato do engenheiro ter conseguido alcançar aquela gruta perdida no meio da areia, a mais de uma milha distante da costa.

— Foi você quem trouxe Smith para cá, Nab? – perguntou o jornalista.

— Não, não senhor, não fui eu – respondeu Nab.

— Então o senhor Smith chegou até aqui por conta própria! – disse Pencroff.

— Mas é incrível! – notou Gedeon Spilett.

A explicação para tais fatos, só o engenheiro poderia dar, e por isso era preciso esperar até que ele se recompusesse. Por sorte já ia melhorando. As fricções tinham restabelecido a circulação do sangue. Smith voltou a mover os braços, e logo a cabeça. De seus lábios entreabertos saíram novamente algumas palavras ainda incompreensíveis.

Nab, inclinado sobre o corpo do amo, não se cansava de o chamar; o engenheiro, porém, não parecia escutá-lo, e permanecia de olhos fechados. A vida mal se revelava naquele corpo pelo movimento; os sentidos não tinham despertado ainda.

Pencroff sentiu muito não ter fogo, e nem como acendê-lo, porque, infelizmente, não se lembrara de trazer o trapo queimado, que se inflamaria facilmente com qualquer faísca tirada de dois seixos. Os bolsos do engenheiro estavam vazios, exceto o do colete, onde estava seu relógio. Era preciso transportar Cyrus Smith para as Chaminés, o mais urgente possível. E esta era a opinião geral.

Os cuidados dispensados ao engenheiro deviam, contudo, fazê-lo voltar completamente a si mais depressa do que era de se esperar em tal caso. A água com que lhe umedeceram os lábios o reanimou gradualmente. Pencroff misturou a água com um pouco de carne de tetraz que trouxera consigo e Harbert correu até a praia e trouxe alguns moluscos. O marinheiro fez com isso uma mistura alimentícia, e introduziu-a entre os lábios do engenheiro, que pareceu sorver com prazer inesperado o improvisado medicamento.

Logo depois abriu os olhos. Nab e o jornalista estavam curvados sobre ele.

— Meu amo! Meu querido amo! – exclamou o negro.

O engenheiro o escutou. Reconheceu Nab e Spilett, e depois os outros dois companheiros, e a todos apertou a mão de leve.

Tornou a soltar algumas palavras, certamente as mesmas que já pronunciara antes, e que indicavam quais idéias lhe sobressaltavam o espírito naquele momento. Mas desta vez, pronunciou-as claramente:

— Ilha ou continente?

— Ora esta! – exclamou Pencroff, sem conseguir conter a exclamação. – Com trezentos mil diabos, o que isto importa, desde que o senhor Cyrus esteja bem. Ilha ou continente? Mais tarde saberá.

O engenheiro concordou com um leve sinal, e pareceu adormecer novamente.

Todos respeitaram o sono do enfermo, e o jornalista tratou de providenciar que o engenheiro fosse transportado com toda a comodidade possível. Nab, Harbert e Pencroff saíram da gruta e se encaminharam para uma duna de areia que havia ali perto, coroada por árvores muito raquíticas. Durante o caminho o marinheiro ia pensando, e dizendo:

— Ilha ou continente! Que homem! Pensar em tal coisa ainda entre a vida e a morte!

Logo que chegaram ao topo da duna, sem outra ferramenta além dos braços, arrancaram os maiores ramos de um pinheiro; e cobrindo estes ramos de folhas e ervas secas, arranjaram uma espécie de padiola para transportar o engenheiro.

Todo estes arranjo levaria quando muito uns quarenta minutos, e às dez horas os três já estavam de volta junto a Cyrus Smith e Gedeon Spilett.

O engenheiro acordara naquele momento, ou melhor dizendo, saíra da letargia em que tinha estado. As faces, que até ali tinham conservado a palidez da morte, começaram a readquirir cor. Tentou se levantar e lançou em volta de si um olhar que parecia querer perguntar onde estava.

— Será que poderá ouvir-me sem que isso o canse muito, Cyrus? – perguntou o jornalista.

— Sim – disse o engenheiro.

— Estou convencido – disse o marinheiro, — que o senhor Smith estará em melhores condições para nos ouvir depois de ter tomado mais um pouco desta geléia de tetraz.

Cyrus mastigou como pôde alguns pedaços de tetraz, e o resto foi divido pelos companheiros, que esfomeados como estavam, acharam o almoço bem suculento.

— Lá nas Chaminés há o que se comer, e a comida é farta; é bom que o senhor Cyrus saiba que, para o sul, temos uma casa com quartos, camas e lareira, e na despensa algumas dúzias de pássaros que o nosso querido Harbert chama surucuás. E como a padiola está pronta, assim que o senhor se sentir um pouco mais forte, vamos levá-lo para casa —disse o marinheiro.

— Obrigado, meu amigo. Vamos descansar mais uma ou duas horas, e depois partiremos. Mas agora, meu caro Spilett, conte-me tudo.

O jornalista começou então a fazer um breve resumo de tudo o que tinha acontecido, a última queda do balão, o desembarque naquela terra desconhecida, que quer fosse ilha ou continente, parecia deserta, a descoberta das Chaminés, as buscas para se encontrar o engenheiro, a dedicação de Nab, o muito que se devia à inteligência de Top, enfim, tudo quanto Cyrus Smith ainda ignorava.

— Então, quando me encontraram, eu não estava caído na praia?.— perguntou Smith com voz bem fraca.

— Não – disse o jornalista.

— Não foram vocês que me trouxeram para esta gruta?

— Também não.

— E a que distância a gruta está dos recifes?

— A meia milha, mais ou menos – disse Pencroff, — e se o senhor está admirado, senhor Smith, nós estamos mais ainda em encontrá-lo aqui.

— Na verdade – respondeu o engenheiro, que ia se animando pouco a pouco, e começando a se interessar por todos os detalhes, — isso tudo é bem singular!

— Agora é o senhor quem tem que nos dizer tudo o que se passou depois que o mar o levou – disse o marinheiro.

Smith no entanto se lembrava de muito pouco. A força do mar o tinha arrancado do balão. Mergulhou a princípio e quando voltou à superfície da água, apesar de estar escuro, viu que algo estava ao seu lado. Era Top, que tinha se lançado ao mar para socorrê-lo. Quando levantou os olhos já não viu o balão, que partira como uma seta assim que ficara livre do peso do engenheiro e do cão. Achara-se então no meio das ondas, a uma milha de distância da praia. Lutara contra as ondas, nadando com vigor, auxiliado por Top, que o segurava pela boca; de repente fora colhido por uma corrente fortíssima e impelido para o norte, e apesar dos imensos esforços que fizera durante meia hora, caíra no abismo, arrastando Top consigo. Era só o que se lembrava desde o momento da catástrofe até aquele feliz momento, em que se encontrava ao lado dos seus amigos.

— Mas Nab descobriu suas pegadas, senhor Smith, e parece que não só foi lançado à praia, mas conseguiu chegar até aqui – replicou Pencroff.

— Assim parece – disse o engenheiro, preocupado. – Mas me digam, vocês não acharam indício algum da existência de seres humanos nesta costa?

— Absolutamente nenhum – respondeu o jornalista. – E além disso, seria razoável supor que se houvesse alguém aqui, que tivesse ajudado Smith, tirando-o do mar, o deixaria aqui abandonado?

— Tem razão, meu caro Spilett. Nab – acrescentou o engenheiro, se voltando para o criado, — não foi você, num momento de exaltação, sem consciência do que fazia... mas não... isto tudo é um absurdo... Ainda existem vestígios das minhas pegadas?

— Sim, amo, existe um – respondeu Nab – logo aqui na entrada, nas costas da duna, num lugar abrigado do vento e da chuva. O resto foi varrido pela tempestade.

— Pencroff – tornou Cyrus – quer fazer o favor de levar os meus sapatos, para ver se eles conferem com as pegadas?

Pencroff apressou-se em cumprir o desejo do marinheiro. Enquanto ele e Harbert, guiados por Nab, se encaminhavam apressados para o local indicado, Smith disse para o jornalista:

— É inexplicável!

— Sim, tem razão – respondeu Spilett.

— Mas não vamos insistir neste assunto por agora, meu caro Spilett. Mais tarde conversaremos.

Instantes depois entravam o marinheiro, Nab e Harbert. Os sapatos do engenheiro adaptavam-se perfeitamente às pegadas que ainda estavam visíveis. Nenhum deles duvidara de que fora Smith quem as deixara na areia.

— Enfim, sou eu a vítima da alucinação, do desvario que atribuía a Nab. Andei como um sonâmbulo, sem consciência dos meus passos, e talvez tenha sido Top, com seu instinto, quem me arrancou da fúria das ondas e me conduziu até aqui. Venha cá Top, venha...

O belo animal latiu e saltou para junto do dono, que não lhe poupou festas.

Todas as honras couberam então a Top, já que esta era a única explicação admissível para os fatos que resultaram na salvação de Cyrus Smith.

Ao meio-dia, Pencroff perguntou se o engenheiro já se sentia disposto a partir. Smith respondeu-lhe se levantando com esforço, mas teve que se apoiar no marinheiro, para não cair.

— Tragam a padiola! – gritou Pencroff.

Os náufragos deitaram Smith na padiola e tomaram o caminho da costa. Pencroff e Nab carregavam a padiola.

Dali até as Chaminés eram cerca de oito milhas, e como além de não poderem caminhar depressa, talvez fosse preciso fazer paradas freqüentes, e por isso eles não deviam chegar em casa senão dali a seis horas, pelo menos.

O vento continuava forte, mas pelo menos não chovia. O engenheiro, mesmo deitado, apoiou-se no cotovelo, e observava a costa especialmente para o lado oposto ao mar. Apesar de calado, ia olhando tudo de forma a gravar bem na memória todo o relevo topográfico e as outras particularidades daquela região; acidentes de terreno, florestas e tudo o mais. O cansaço, no entanto, acabou por vencer a energia de Cyrus que, passadas as duas primeiras horas de caminhada, dormia profundamente.

Às cinco e meia o grupo chegou ao ângulo da penedia, e pouco depois às Chaminés.

Todos ali pararam, descansando na areia a padiola, onde Smith dormia tão profundamente que nem se mexia.

Pencroff reparou então, com grande surpresa, que a medonha tempestade da véspera tinha transformado inteiramente o aspecto do local. Era evidente que havia ocorrido ali grandes desabamentos. Na praia jaziam enormes fragmentos de rochas, e a beira-mar estava completamente coberta por um espesso tapete de ervas marinhas, limo ou algas. Estava claro que o mar passara por cima da ilhota, chegando mesmo até a base da penedia de granito.

Em frente da entrada das Chaminés, o solo estava tão esburacado, que se via ter sido violentamente batido pelas ondas.

Ao ver tudo isto, Pencroff se sentiu tomado de súbito por um pressentimento terrível.

Precipitou-se como um raio pelo corredor adentro. Mal entrou, porém, saiu logo, e estacou como que pasmado em frente aos companheiros...

Encontrara o fogo apagado; as cinzas ensopadas e reduzidas a lama, o trapo queimado, que devia servir de isca, não conseguira achar. É que o mar, entrando até no fundo dos corredores das Chaminés, tinha misturado e destruído tudo!

9
Ressurreição do Fogo

Pouco precisou ser dito para que Spilett, Harbert e Nab compreendessem a situação. Aquele incidente, que pelo menos na opinião de Pencroff, podia ter conseqüências tão graves, produziu impressão muito diversa nos amigos do marinheiro.

Nab, entregue à alegria de ter encontrado seu amo, não ouviu, ou melhor dizendo, nem queria se preocupar com o que Pencroff dizia.

Harbert é que pareceu compartilhar, pelo menos até certo ponto, das apreensões do marinheiro.

Já o o jornalista se limitou a dizer:

— Pois, meu caro Pencroff, acredite ou não, isso para mim é completamente indiferente!

— Mas, estou dizendo que não temos fogo!...

— Bagatela!

— Nem temos meio de o tornar a acender.

— Isto é o de menos!

— Mas, senhor Spilett, o senhor não entende...

— Meu caro Pencroff, não está ali o fogo? – replicou o jornalista. – Porventura não está vivo o nosso engenheiro? Pois então descanse, que ele descobrirá um jeito de arranjar fogo!

— Mas com o que?

— Com coisa nenhuma!

O que Pencroff poderia responder? Nada, porque no seu íntimo ele também tinha a mesma confiança que os companheiros em Cyrus Smith. O engenheiro era para eles todos um *microcosmos*, um resumo de toda a ciência e inteligência humana! Valia mais estar com Cyrus numa ilha deserta do que sem ele numa cidade populosa e industrializada. Onde Cyrus estivesse, não haveria razão para desespero. Se alguém se lembrasse de dizer àquela boa gente que a terra onde estavam ia ser destruída por uma erupção vulcânica, ou submergida nos abismos do Pacífico, todos teriam respondido impassivelmente: "Cyrus está aí, e isso é com ele!

No entanto, o engenheiro recaíra novamente num estado de prostração, causado pela fadiga do caminho, e assim era impossível, ao menos por enquanto, recorrer ao seu agudo engenho. O jantar havia de ser necessariamente pouco suculento. A carne de tetraz acabara, e não havia meio de se assar qualquer peça de caça. De mais a mais, toda a reserva de caça tinha desaparecido. O caso, portanto, estava a exigir pronta resolução.

Primeiro de tudo, trataram de transportar Smith para o corredor central, onde os companheiros lhe arranjaram, dentro do possível, uma cama de algas e limos quase secos. O sono que se tinha apoderado do engenheiro era tão profundo, que não podia deixar de lhe fazer recuperar as forças, melhor ainda que um alimento qualquer.

Neste meio tempo a noite tinha caído, e com esta a temperatura já modificada por um salto do vento para nordeste, arrefeceu extraordinariamente. Ora, como o mar tivesse destruído todas as divisórias construídas por Pencroff nos corredores, havia em certos pontos correntes de ar que tornavam as Chaminés na realidade bem pouco habitáveis. O engenheiro teria se achado em péssimas condições se os companheiros não tivessem despido suas jaquetas para o cobrirem.

Harbert e Nab trataram de apanhar na praia alguns litodomos, e destes pequenos mariscos, temperados com algas comestíveis, que o rapaz apanhou da parte mais elevada dos rochedos, é que se compôs o jantar. Estas algas eram uma espécie de sargaço, de onde se extrai, secando-os, uma substância gelatinosa muito abundante em elementos nutritivos. Tanto o jornalista como os companheiros, depois de engolirem uma boa porção de litodomos, chuparam sargaços, e até que acharam o sabor bem tolerável. E não se admiraram de que nas praias asiáticas estes sargaços constituam parte importante da alimentação dos nativos.

— Enfim – disse o marinheiro – em breve o senhor Cyrus nos ajudará!

O frio, no entanto, era cada vez mais intenso, e não havia modo dos náufragos combatê-lo.

Pencroff, desesperado, tentou por todos os meios imagináveis fazer fogo. Até Nab o ajudou nesta operação. Apanharam musgos secos, e batendo duas pedras uma contra a outra, conseguiram obter algumas faíscas; porém, os musgos não eram suficientemente inflamáveis, e as faíscas, eram apenas fragmentos de sílex incandescente. O fogo não pegou, e a operação não deu resultado.

Pencroff, apesar da pouca confiança que tinha neste outro processo, não quis deixar de tentar a fricção de dois pedaços de madeira seca, processo usado pelos selvagens. Se o trabalho e incômodo que ele e Nab tiveram se transformassem em calor, seria este o bastante para fazer funcionar qualquer caldeira de vapor. O único resultado, porém, que os dois conseguiram foi aquecer os dois pedaços de madeira.

Depois de uma hora de trabalho, Pencroff atirou os pedaços de madeira fora, dizendo:

— É mais fácil acreditar que faz calor aqui no inverno, do que se consegue fazer fogo usando este método! Acho que seria mais fácil incendiar meus braços, esfregando-os um contra o outro.

O marinheiro, porém, não tinha razão. É realmente verdade que os selvagens conseguem obter fogo por meio da rápida fricção de dois pedaços de madeira. O caso, porém, é que nem toda madeira serve para este processo, além do que, é preciso saber o jeito certo de se friccionar. Pencroff, certamente, não sabia o "jeito certo".

Mas o mau humor de Pencroff durou pouco. Harbert, que apanhara os dois pedaços de madeira que o marinheiro atirara fora, esfregava e tornava a esfregar com toda a sua força, e o bom marinheiro, vendo os esforços do adolescente para conseguir o que ele não conseguira, sendo muito mais forte do que ele, não pôde conter uma gargalhada.

— Esfregue, rapaz, esfregue! – disse ele.

— Esfrego sim – respondeu Harbert rindo, — mas minha pretensão não é outra senão me aquecer, pois estou morrendo de frio, mas daqui a pouco estarei tão aquecido quanto você!

E assim foi. Nossos colonos tiveram que renunciar ao propósito de ter fogo aquela noite, repetindo Spilett cerca de vinte vezes que se Smith estivesse já restabelecido, não teria se preocupado com tão pouco. E como não havia nada melhor a se fazer, Spilett deitou-se na areia molhada mesmo, exemplo logo imitado por Harbert, Pencroff e Nab. Top já dormia aos pés do dono.

No dia seguinte, 28 de março, quando o engenheiro acordou por volta das oito horas da manhã, viu que os seus companheiros já estavam despertos.

— Ilha ou continente? – foram suas primeiras palavras.

Como se vê, era esta a sua idéia fixa.

— Essa é boa! Não sabemos ainda, senhor Smith – disse Pencroff.

— Como não sabem ainda?...

— Mas saberemos logo, assim que o senhor estiver pronto para nos servir de guia – acrescentou Pencroff.

— Creio que já poderei tentar fazê-lo – respondeu o engenheiro, se levantando sem maior esforço.

— Isso é que me agrada! – exclamou o marinheiro.

— Meu mal era fraqueza – respondeu Cyrus Smith. – Arranjem-me algo para comer, amigos, e daqui a pouco estarei pronto! Temos fogo, não é?

A pergunta não obteve pronta resposta, mas passados alguns instantes, Pencroff se atreveu a dizer:

— Ah, senhor Cyrus, não temos mais fogo, ou para melhor dizer, já não temos mais fogo!

E o marinheiro contou então tudo o que se passara na véspera. O engenheiro se divertiu muito com a história do único fósforo, bem como as inúteis tentativas de se fazer fogo à moda dos selvagens.

— Vamos pensar no caso, fique descansado Pencroff – respondeu o engenheiro – e se não conseguirmos achar alguma substância análoga à isca...

— Então? – perguntou o marinheiro, ansioso.

— Então faremos palitos.

— Palitos de fósforo?

— Sim.

— Está vendo, Pencroff, como a coisa não é tão difícil como lhe parecia? – exclamou o jornalista, batendo no ombro do marinheiro.

Este último, ainda que não julgasse o caso tão simples, não replicou. Logo depois saíram todos. O tempo estava outra vez lindíssimo. O sol, que então se mostrava esplêndido acima dos horizontes do mar, salpicava de centelhas de ouro as asperezas da enorme muralha de granito.

O engenheiro lançou um rápido olhar em torno, e se sentou num penedo. Harbert ofereceu-lhe alguns mexilhões e sargaços, dizendo-lhe:

— É tudo o que temos, senhor Cyrus.

— Obrigado, meu rapaz – respondeu o engenheiro – por agora, pelo menos, é o quanto basta.

E dito isto, comeu com apetite o parco alimento, regando-o com um pouco de água fresca tirada do rio com uma enorme concha.

Os companheiros, calados, observavam Smith, que após matar a fome e a sede, cruzou os braços e disse:

— Quer dizer então, meus amigos, que ainda não sabemos se a sorte nos lançou numa ilha ou num continente?

— Não senhor Cyrus! – respondeu prontamente o rapaz.

— Pois vamos ficar sabendo amanhã. Até lá, não há nada a se fazer – replicou o engenheiro.

— E então não temos o que fazer? – perguntou Pencroff.

— O que?

— Fogo! – disse prontamente o marinheiro, que também tinha sua idéia fixa.

— Não se preocupe, Pencroff, que teremos fogo – respondeu Smith. – Mas antes que me esqueça: quando estavam me transportando ontem, não avistamos uma montanha que domina toda esta extensão de terreno?

— Sim – respondeu Spilett, — e a montanha deve ser bem alta...

— Bom – continuou o engenheiro, — amanhã subiremos ao cume dela, e de lá poderemos ver se isto é ilha ou continente. Até então, repito, nada se pode fazer.

— Podemos fazer fogo, por exemplo – disse o teimoso marinheiro.

— E queimá-lo com este fogo! Tenha paciência, Pencroff, que há de ter fogo! – replicou o jornalista.

O marinheiro lançou para Spilett um olhar que queria dizer: "Se não tivermos fogo, tão cedo não teremos carne assada!" Mas Pencroff preferiu se calar.

Cyrus Smith não tinha nem respondido. O engenheiro parecia não ligar a menor importância à tal questão do fogo. Conservou-se ainda por alguns instantes como que absorto nas suas reflexões, e depois disse:

— Meus amigos, a nossa situação é talvez deplorável, mas é simples. Ou estamos num continente, e neste caso, com maior ou menor trabalho e fadiga, acabaremos por encontrar algum lugar habitado, ou estamos numa ilha. Nesta última hipótese, de duas uma: ou a ilha é habitada, e trataremos de nos entender com os habitantes; ou é deserta, e teremos de nos arranjar sós.

— Nada mais simples, realmente – disse Pencroff.

— Mas, que seja ilha ou continente, para que paragens o furacão nos trouxe, Cyrus? – perguntou Spilett.

— Não posso saber com exatidão – respondeu o engenheiro, — mas presumo que o mais provável é que estejamos em terras do Pacífico. Se não, vejamos. Quando saímos de Richmond, soprava o vendaval de nordeste, e a própria violência dele me faz crer que não deve ter mudado de direção. Ora, se a direção do vento se conservou de nordeste para o sudoeste, devemos ter transposto os Estados da Carolina do Norte, da Carolina do Sul e da Geórgia, o golfo do México, o próprio México, na sua parte mais estreita, e por último uma grande extensão do oceano Pacífico; não calculo em menos de seis a sete mil milhas a distância percorrida pelo balão, e basta que o vento tenha saltado então meio quadrante, para devermos ter sido transportados ou ao arquipélago de Mendana, ou às ilhas Pomotoù, ou, ainda, se a velocidade do vendaval era maior do que se supunha, até às terras da Nova Zelândia. Se esta última hipótese foi a que se realizou, facilmente voltaremos à pátria. Sejam ingleses ou sejam maoris, haveremos de encontrar com quem nos entendamos. Mas se, pelo contrário, esta costa pertencer a a alguma ilha deserta de um arquipélago micronésio, veremos do vértice desse cone que domina toda a região. Se assim for, trataremos então de nos estabelecer, como se nunca mais fôssemos sair daqui.

— Nunca mais? – exclamou o jornalista. – Você disse nunca mais, meu caro Cyrus?

— Não há nada melhor do que se prevenir para o pior, assim ao menos não teremos surpresas desagradáveis.

— Bem pensado! – disse Pencroff. – Ainda assim, vamos esperar que esta ilha, se assim o for, não esteja completamente fora das rotas dos navios! Isso seria o cúmulo do azar!

— Enquanto não subirmos aquela montanha, não poderemos saber com o que contar – respondeu o engenheiro.

— Amanhã já estará em estado de agüentar o cansaço dessa caminhada, senhor Cyrus? – perguntou Harbert.

— Assim espero – respondeu o engenheiro, — mas com a condição de que você e mestre Pencroff se mostrem caçadores inteligentes e hábeis.

— Se eu tivesse tanta certeza de ter fogo para assar, como o tenho de trazer a caça... – respondeu o marinheiro.

— Pois então traga a caça, Pencroff – replicou Cyrus.

Ficou combinado que o engenheiro e o jornalista passariam o dia nas Chaminés, a fim de examinar o platô superior e o litoral, e que Harbert, Nab e o marinheiro voltassem às florestas para lá renovarem a provisão de lenha e apanharem toda a caça que conseguissem.

Por volta das dez da manhã, partiram os três: Harbert esperançoso, Nab muito alegre e Pencroff pensando consigo mesmo: "Só se algum raio o acender é que vou encontrar fogo em casa!"

Caminharam todos juntos rio acima até à volta, onde o marinheiro parou dizendo aos companheiros:

— Começaremos caçando ou cortando lenha?

— Vamos caçar primeiro – respondeu Harbert. – Estão vendo como Top já está na busca?

— Então vamos à caça – replicou o marinheiro.

— Vamos à caça então. Depois faremos a provisão de lenha – replicou o marinheiro.

Harbert, Nab e Pencroff arrancaram três galhos de um abeto e seguiram atrás de Top, que já ia aos pulos por entre a erva alta.

Desta vez os caçadores, ao invés de caminharem ao longo do rio, se embrenharam diretamente para o centro da floresta. Por toda a parte encontravam as mesmas árvores, pertencentes à família dos pinheiros; num ou noutro ponto em que o arvoredo crescia menos compacto, as árvores isoladas em moitas, assumiam proporções notáveis, parecendo indicar que aquela terra desconhecida encontrava-se numa latitude muito mais elevada do que o engenheiro supunha. Algumas clareiras, semeadas de troncos corroídos pela ação do tempo, estavam tão cobertas de lenha seca, que eram por assim dizer, reservas inesgotáveis de combustível. Passada a clareira, a floresta era tão densa que se tornava quase impenetrável. Caminhar sem se perder por entre aquele arvoredo tão cerrado, sem nenhuma vereda batida, não era coisa fácil. E o nosso marinheiro quebrava de vez em quando alguns ramos de árvore, para marcar o caminho e poder reconhecê-lo facilmente. Já estava arrependido de não ter seguido rio acima, como havia feito da primeira vez: já estavam caminhando há uma hora e nem uma só caça tinha aparecido. Top, que corria por entre as ramadas baixas, não conseguia despertar senão alguma ave a que não se podia alcançar. Até os surucuás tinham se tornado absolutamente invisíveis, e era provável que o marinheiro se visse obrigado a voltar à parte pantanosa da floresta, em que fora tão feliz na pesca dos tetrazes.

— Então, Pencroff – disse Nab, em tom sarcástico, — se a caçada ficar apenas nisso, me parece que não vai haver necessidade de grande fogo para assar a caça que levará para o meu amo.

— Olhe, Nab – respondeu o marinheiro, — não irá nos faltar caça quando voltarmos!

— Então, confia no senhor Smith.

— Claro que sim.

— Mas não a ponto de acreditar que ele seja capaz de nos arranjar fogo?

— Isso, só quando eu ver a lenha ardendo na lareira.

— Pois se o meu amo disse, tenho certeza de que verá o fogo ardendo!

— Vamos ver.

A exploração continuou e foi assinalada pela útil descoberta, feita por Harbert, de uma árvore cujos frutos eram comestíveis. Era o pinheiro manso, cujos pinhões, espécies de amêndoas saborosas são muito apreciadas nas regiões temperadas da América e da Europa. Os tais pinhões estavam perfeitamente maduros. Harbert mostrou-os aos companheiros, que se deliciaram.

— Ora, ora – disse Pencroff, — isto é mesmo jantar de quem não tem um único fósforo na algibeira! Algas em vez de pão, mexilhão em lugar de carne, e para sobremesa, pinhões!

— Ainda não temos motivos para queixa – respondeu Harbert.

— Eu não estou me queixando – replicou Pencroff, — disse só que nosso jantar não peca pela fartura.

— Top não é da mesma opinião – exclamou Nab, correndo para uma moita fechada, onde o cão desaparecera ladrando.

Os latidos do cão misturavam-se com um grunhido singular.

O marinheiro e Harbert seguiram atrás de Nab, convencidos de que se ali havia alguma caça, mais valia capturá-la do que ficar discutindo se iam poder assá-la.

Mal os caçadores entraram na mata, viram Top lutando com um animal que ele segurava por uma orelha. O tal quadrúpede era uma espécie de porco, de uns dois pés e meio de comprimento, mais ou menos, de cor castanha muito escura, um pouco mais clara no ventre, pêlo raro e hirsuto, e cujos dedos, que estavam fortemente cravados no chão, pareciam ser ligados por membranas.

Harbert julgou reconhecer uma capivara, um dos maiores exemplares da ordem dos roedores.

O animal nem lutava contra o cão. Movia estupidamente os olhinhos. Era talvez a primeira vez que via homens.

Nab já se preparava para atingi-lo com seu porrete, quando o animal, num último esforço, conseguiu se libertar e, precipitando-se sobre Harbert, derrubou-o e escapou por entre o matagal.

— Que velhaco! – exclamou Pencroff.

Correram todos no rastro de Top, mas quando estavam se aproximando dele, o animal desapareceu nas águas de uma grande lagoa, sombreada por enormes pinheiros seculares.

Os caçadores viram Top lutando com um animal que ele segurava pela orelha.

Nab, Harbert e Pencroff ficaram parados, imóveis. Top tinha se lançado à água, mas a capivara, escondida no fundo da lagoa, não aparecia.

— Vamos esperar — disse o rapaz. — Ela vai ter que vir à superfície para respirar.

— Será que não se afogou? — indagou Nab.

— Não — respondeu Harbert. — Apesar de ter pés de palmípede, é quase um anfíbio. Vamos esperar, é mais seguro.

Top continuava dentro da água. Pencroff e os dois companheiros se colocaram cada um em um ponto da margem, a fim de cortar por todos os lados a retirada da capivara, que o cão buscava na água.

Harbert não se enganara. Passados poucos minutos o animal ressurgiu. Top pulou sobre ele, impedindo-o de tornar a mergulhar. Pouco depois o cão arrastou a capivara para a margem.

— Hurra! — exclamou Pencroff. — Arranjem-me umas brasas e eu lhes asseguro que o tal roedor vai ser roído até os ossos!

Pencroff lançou o animal sobre os ombros, e calculando pela altura do sol que já deviam ser quase duas horas da tarde, deu o sinal de retirada.

Graças ao instinto do inteligente Top, os caçadores encontraram facilmente o caminho, e meia hora depois chegavam à volta do rio.

Ali Pencroff arranjou, como da primeira vez, uma boa carga de lenha, mesmo achando que era trabalho perdido.

Era hora de voltarem às Chaminés. Mal havia dado, porém, cinqüenta passos, quando o marinheiro parou, soltou um novo hurra, apontando:

— Harbert, Nab! Olhem!

Era fumaça que saía rodopiando por entre os rochedos!

10

A Ilha

Instantes depois, os três caçadores estavam diante de uma fogueira chamejante. Cyrus Smith e Gedeon Spilett estavam ali. Pencroff olhava ora para um, ora para outro, sem dizer nada, e segurando ainda a capivara.

— É verdade, meu bom Pencroff — exclamou o jornalista. — Fogo! Fogo de verdade, ótimo para assar esta magnífica caça que vocês trouxeram.

— Mas, quem acendeu o fogo? — perguntou Pencroff.

— O sol!

Spilett falava a verdade. O sol é que tinha ministrado aquele calor que tanto maravilhava Pencroff. O marinheiro via e não queria acreditar. Estava de tal maneira assombrado que nem se lembrou de interrogar o engenheiro.

— O senhor então tinha uma lente? — perguntou Harbert a Smith.

— Não, meu filho, não tinha. Mas eu a arranjei deste modo — disse então, mostrando-lhe o aparelho que lhe tinha servido de lente, e que era feito simplesmente dos dois vidros dos relógios dele e do jornalista, que tornados aderentes com um pouco de greda e com água dentro, tinham dado uma verdadeira lente, capaz de concentrar os raios solares sobre um pouco de musgo bem seco, produzindo assim a combustão deste.

O marinheiro analisou com toda a atenção o aparelho, e depois olhou para o engenheiro sem dizer nada. Mas aquele olhar dizia tanto! Pencroff não considerava Smith um deus, certamente, mas o considerava realmente superior. Logo que lhe voltou a fala, o marinheiro exclamou:

— Anote isto, senhor Spilett, não se esqueça de anotar isto lá no seu relatório!

— Já tomei nota – respondeu o jornalista.

Passados os primeiros momentos de pasmo e satisfação, o marinheiro, ajudado por Nab, preparou o espeto e a capivara, já convenientemente preparada, estava a chiar como qualquer simples leitão, diante daquela chama viva e cintilante.

As Chaminés iam-se tornando novamente habitáveis, seja porque os corredores iam se aquecendo com o calor do fogo, seja porque já tinham sido reconstruídos os diferentes tabiques de pedra e areia solta.

O engenheiro e o jornalista realmente tinham aproveitado bem a manhã. Smith já tinha recuperado quase que totalmente as forças, e até tinha querido experimentá-las subindo ao platô superior. Dali, contemplara por um longo tempo, com o seu olhar acostumado a avaliar distâncias e alturas, o cone em cujo vértice pretendia subir no dia seguinte. Aquela montanha estava a aproximadamente seis milhas a nordeste, e parecia ter uns três mil e quinhentos pés acima do nível do mar. Do cume dela, por conseguinte, o olhar de um observador podia abranger o horizonte num raio de pelo menos cinqüenta milhas. Assim, era provável que dali Cyrus Smith conseguisse resolver facilmente o problema, cujas soluções possíveis se exprimiam pelos dois termos "continente ou ilha", problema a que nosso engenheiro, com toda a razão, dera primazia sobre todos os outros.

O jantar foi excelente, e a carne da capivara foi declarada como deliciosa. Sargaços e pinhões foram os pratos complementares nesta refeição, durante a qual o nosso engenheiro pouco falou, tão preocupado estava com os projetos a realizar no dia seguinte.

Pencroff tentou, por uma ou duas vezes, emitir a sua opinião acerca do que seria conveniente fazer, mas Smith era, evidentemente um espírito metódico, e se contentou em abanar a cabeça.

— Amanhã – repetiu ele, — saberemos com o que temos a contar e agiremos de acordo com este resultado.

Acabado o jantar, lançaram-se na lareira mais um pouco de lenha, e os habitantes das Chaminés, incluindo o fiel Top, adormeceram profundamente. Nenhum incidente os perturbou naquela pacífica noite, e no dia seguinte, 29 de março, acordaram bem dispostos e prontos para empreender a excursão que iria lhes fixar a sorte.

Tudo estava pronto para a partida. Os restos da capivara ainda eram o bastante para alimentar o grupo por mais vinte e quatro horas, além do que, os nossos viajantes contavam em se abastecer pelo caminho. Como os vidros dos relógios já tivessem sido recolocados, Pencroff queimou um pouco de trapo para servir de isca.

Por volta das sete e meia da manhã nossos exploradores, armados de cajados, saíram das Chaminés, e seguindo o conselho de Pencroff, acharam melhor ir pelo caminho já percorrido através da floresta, tendo a liberdade então de voltarem por outro caminho que escolhessem. Além disso, este caminho levava diretamente à montanha. Tomada esta decisão, os nossos caminhantes dobraram o ângulo sul, e seguiram pela margem esquerda do rio, até no ponto em que este dobrava para o sudoeste. Ali, Cyrus e os companheiros encontraram a vereda já trilhada por entre o arvoredo, e às nove horas chegavam à orla ocidental da floresta.

O terreno até ali pouco acidentado, pantanoso no começo, seco e arenoso depois, apresentava um ligeiro declive que subia do litoral para o interior das terras. Até ali, o máximo que os náufragos tinham avistado eram alguns animais ariscos, que Top espantava, mas o dono o chamava logo, por achar que a ocasião não era propícia para se tratar de caçadas. Mais tarde o caso seria outro. O nosso engenheiro não era homem que se deixasse distrair do seu objetivo. E era bem provável que não se enganasse quem afirmasse que Cyrus não observava nem a configuração do território, nem as produções naturais dele. O único pensamento então dominante naquela cabeça era o monte que queria escalar, e ele para lá se dirigia sem se desviar.

Às dez horas os caminhantes pararam por alguns minutos, e logo depois que saíram da floresta, encontraram de repente todo o sistema orográfico daquela região. O monte era composto por dois cones sobrepostos. O de baixo, truncado à altura de dois mil e quinhentos pés, mais ou menos, era assentado em contrafortes de forma caprichosa, que pareciam as unhas de uma imensa garra cravada no chão. Entre estes contrafortes abriam-se outros tantos estreitos vales povoados de denso arvoredo. A vegetação na parte da montanha exposta a nordeste, no entanto, parecia menos densa, vendo-se até para aquele lado do monte uns barrancos fundos em ziguezague, que deviam provir de caudais de lava solidificada.

Em cima do primeiro cone se assentava outro, ligeiramente arredondado no vértice e com o eixo um tanto oblíquo. Parecia mesmo um enorme chapéu de copa redonda, colocado de lado. Era este segundo cone formado de um terreno despido de toda a vegetação, mas furado em algumas partes por rochas avermelhadas.

Era exatamente no vértice deste cone superior que os nossos colonos queriam subir, e as arestas do contraforte eram, sem dúvida, o melhor caminho a se seguir.

— Estamos num terreno vulcânico – dissera Smith, e seguido pelos companheiros, começou a subir pelo espinhaço de um contraforte, que ia dar no primeiro platô através de uma linha tortuosa.

O terreno era abundante em intumescências, tendo sido evidentemente revolvido pelas forças plutônicas. Por todos

Os náufragos iam subindo pouco a pouco.

os lados se viam montes de penedos erráticos, enormes destroços de basaltos, pedras-pome e obsidianas. Ali mal vegetavam, em moitas isoladas, algumas coníferas, que pouco mais abaixo, no fundo de estreitas gargantas, formavam matas densas e quase impenetráveis aos raios do sol.

Durante esta primeira parte da subida, Harbert notou e mostrou aos companheiros certos sinais que indicavam a passagem recente de grandes animais ferozes ou não.

— Talvez eles não nos cedam seus domínios de boa vontade! – alertou Pencroff.

— Neste caso – respondeu o jornalista, que já tinha caçado tigres na Índia e leões na África, — tratemos de dar cabo deles. Mas enquanto não soubermos o que são, é bom agirmos com cautela!

Os náufragos iam subindo pouco a pouco, mas o caminho era cheio de voltas e obstáculos, os quais não eram possíveis de se vencer diretamente. Algumas vezes o terreno repentinamente faltava, e os exploradores se achavam na beira de profundos barrancos, aos quais eram forçados a rodear. Todas estas voltas, para trás e para diante, para encontrar um caminho possível, representavam tempo gasto. Quando pararam para almoçar, junto a uma moita de abetos e perto de um regato, os viajantes ainda estavam na metade do caminho do primeiro platô, e tiveram que reconhecer que não chegariam lá antes da noite.

De onde estavam já se abrangia um largo horizonte de mar, porém, o olhar do observador, interceptado pelo agudo promontório a sudoeste, não podia ver se a praia se ligava às terras traseiras. À esquerda, o raio visual ganhava algumas milhas para o norte; mas apesar disto, desde o nordeste até o local onde estavam os exploradores, era inteiramente interceptado pelas arestas de um contraforte de forma irregular, que era um dos mais valentes encontros do cone central. Nestes termos, pouco ou nada se podia ainda pressupor a respeito do ponto que Smith queria tanto resolver.

Uma hora depois retomaram a caminhada, sendo forçoso inclinar a sudoeste e se embrenhar novamente por entre o denso arvoredo. Ali esvoaçavam alguns casais de galináceos da família dos faisões: aves que têm por adorno um papo carnudo que lhes pende sobre a garganta e dois pequenos chifres cilíndricos plantados atrás dos olhos. A fêmea se distinguia por ser inteiramente parda; o macho, pelo contrário, tinha a plumagem vermelha, salpicada por penas brancas, que se pareciam com lágrimas. Com uma pedrada certeira, Spilett matou um dos faisões, que Pencroff, faminto pela longa caminhada, contemplava cobiçoso.

Assim que saíram da mata, tiveram que trepar nas costas uns dos outros para alcançarem um platô superior, onde as árvores eram raras e o terreno apresentava aparência vulcânica. Como ali o caminho se apresentava abrupto e cheio de despenhadeiros, resolveram todos voltar para leste. À frente iam Nab e Harbert, Pencroff na retaguarda, e Cyrus e o jornalista vinham na retaguarda.

Os animais que freqüentavam aquelas alturas, e vestígios deles não faltavam por ali, deviam necessariamente pertencer àquelas raças de pé firme e espinhaço flexível das camurças ou cabras monteses. Não foi esse, porém, o nome que Pencroff lhes deu quando alguns deles apareceram:

— Carneiros! – exclamou, assim que colocou os olhos neles.

Naquele momento, todos os nossos colonos tinham parado a uns cinqüenta passos de meia dúzia de animais de grande estatura, armados de enormes chifres retorcidos para trás e achatados na ponta, com o corpo coberto de espessa lã, escondida por longos pêlos sedosos de cor arruivada.

Aqueles animais não eram carneiros vulgares, pertenciam a uma raça das regiões montanhosas de zonas temperadas, e Harbert logo os identificou como carneiros da Córsega.

— Darão um bom pernil assado? Ou quem sabe uma costeleta? – indagou Pencroff.

— Certamente – respondeu Harbert.

— Pois então, são carneiros, como os outros! – replicou Pencroff.

Os animais permaneciam imóveis, e olhavam para os colonos com olhar de espanto, como se estivessem vendo pela primeira vez homens. Pouco depois, tomados de repentino susto, desapareceram aos pulos pelos rochedos.

— Até a vista! – gritou Pencroff, com uma voz tão cômica, que todos começaram a rir.

Depois deste incidente, a ascensão continuou, e os viajantes tiveram freqüentes ocasiões de observar em certos declives, vestígios de lava caprichosamente estriadas. O caminho era por vezes interrompido por pequenas crateras, sendo preciso seguir pelas bordas delas. Em alguns pontos o enxofre tinha se depositado em forma de concreções cristalinas, no meio das substâncias que precedem geralmente os derramamentos de lava.

Ao chegar ao primeiro platô formado pelo entroncamento do cone inferior, as dificuldades da ascensão se tornaram muito maiores. Por volta das quatro horas já os caminhantes tinham passado além da zona limite do arvoredo. Restavam apenas, aqui e além, alguns pinheiros descarnados e esqueléticos, que para resistirem às ventanias reinantes naquelas alturas, tinham de certo grande força. Felizmente para o engenheiro e seus companheiros, o tempo estava ótimo, a atmosfera perfeitamente sossegada, porque se o vento estivesse forte naquela altura de três mil pés, todas as evoluções dos nossos caminhantes por certo ficariam transtornadas. Através da transparência do ar se percebia a pureza do céu. Em torno dos viajantes reinava profundo sossego. O sol estava encoberto pela enorme pirâmide superior, que ocultava metade do horizonte, e cuja sombra imensa se prolongava até o litoral, crescendo à medida que o sol se punha. A leste começavam a aparecer na atmosfera uns vapores, mais neblina que nuvens, que sob a ação dos raios solares tomavam uma infinidade de cores.

Quinhentos pés apenas separavam então os nossos exploradores do platô a que pretendiam chegar, a fim de armarem acampamento para ali passarem aquela noite; mas os ziguezagues que tinham que fazer levavam estes quinhentos pés a mais de dois mil e quinhentos do caminho. O terreno faltava, por assim dizer, debaixo dos pés, e os declives faziam, em algumas partes, ângulos tão abertos, que quando as estrias gastas pela ação do ar não eram suficiente ponto de apoio, os caminhantes tinham que se deixar escorregar pelos caudais da lava solidificada abaixo. Enfim, a noite ia pouco a pouco chegando, e era quase noite fechada quando Smith e seus companheiros, fatigados pela ascensão, que levara sete horas, chegaram ao platô do primeiro cone.

Quando os caminhantes ali chegaram, trataram logo de organizar o acampamento e de recuperar as forças com um bom jantar, e sono depois. O segundo socalco da montanha se erguia sobre uma base de rochedos, no meio dos quais se descobriu facilmente um abrigo. Abundância de combustível não havia, é verdade, mas os exploradores puderam acender fogo com musgo e tojos secos, que cresciam em certos pontos do platô. Enquanto o marinheiro tratava de preparar uma fogueira, Nab e Harbert, que procuravam combustível, apareceram logo com uma carga de tojos. E com habilidade o negro logo conseguiu acender a fogueira.

O fogo era apenas para diminuir um pouco o frio da noite, e não serviu para assar o faisão, reservado para o dia seguinte. Os restos da capivara e algumas dúzias de pinhões foram o jantar. Ainda não eram seis e meia da tarde, e a refeição já estava terminada.

Smith se lembrou então de explorar, apesar da semi-obscuridade, o enorme alicerce circular onde se assentava o cone superior da montanha. O nosso engenheiro não quis descansar sem saber se poderia dar a volta na base do cone superior da montanha, prevenindo assim a hipótese de serem os flancos da pirâmide escarpados que lhe tornassem o cume inacessível. Esta idéia preocupava um pouco o engenheiro, porque era possível que do lado para onde o chapéu se inclinava, isto é, do norte, o platô não pudesse ser escalado. Ora, se os exploradores não pudessem por um dos lados atingir o cume da montanha, e pelo outro não pudessem contornar a base do cone, seria impossível se examinar a parte ocidental do território, o que lhes impediria obter o resultado esperado desta ascensão.

Em vista disso Smith, sem se lembrar do cansaço, deixou Pencroff e Nab tratando de arrumar lugar para dormir, Spilett anotando os acontecimentos do dia, e foi, acompanhado de Harbert, percorrer a extremidade do platô, se dirigindo sempre para o norte.

A noite estava linda e perfeitamente serena, e a obscuridade era ainda pouco profunda. Smith e o rapaz caminhavam em silêncio. O platô apresentava largos espaços desimpedidos, por onde ambos podiam passar sem dificuldade. Noutros, porém, os desabamentos da penedia obstruíam de tal forma, que mal deixavam duas pessoas caminharem juntas. Depois de vinte minutos de marcha, Cyrus e Harbert tiveram de parar, porque a partir do ponto em que então se achavam, os taludes dos dois cones se reuniam num só declive, sem deixarem a mais estreita saliência que separasse as duas partes da montanha. Dar a volta, caminhando por declives de cerca de setenta graus de inclinação, não era coisa possível.

Os dois caminhantes, porém, apesar de terem que renunciar à idéia de darem a volta na montanha, puderam ter certeza de que era possível continuar a subida.

Com efeito, diante deles, se abria uma profunda cova. Era a boca da cratera superior, ou, para melhor dizer, o gargalo por onde jorravam as matérias eruptivas líquidas, na época em que o vulcão ainda estava em atividade. As lavas endurecidas, as escórias encoscoradas, formavam ali uma espécie de escada natural, com enormes degraus, que deviam facilitar a ascensão da montanha.

De um só relance Smith reconheceu a disposição do terreno, e sem a menor hesitação, apesar da escuridão que crescia, foi se internando pela enorme fenda adentro, acompanhado por Harbert.

Dali ao cume da montanha havia ainda uma altura de mil pés a transpor. Os declives interiores da cratera seriam transitáveis? Era isso que iria verificar. A intenção do engenheiro era continuar o seu caminho, enquanto as circunstâncias não o forçassem a parar. Felizmente, os declives eram longos e sinuosos, descrevendo como que uma espiral no interior do vulcão, favorecendo a marcha dos dois exploradores.

Que o vulcão estivesse completamente extinto, não havia dúvidas. Dos seus flancos não escapava a menor coluna de fumaça, nas suas cavidades mais profundas não se divisava a mais tênue chama. Daquele poço escuro cavado talvez até as entranhas do globo, não saía um rugido, um murmúrio sequer. Dentro da cratera a atmosfera sequer estava saturada de vapores sulfurosos. Era mais que o sono de um vulcão, era a sua extinção completa.

A tentativa de Smith devia ter bom êxito. Pouco a pouco, ele e Harbert, caminhando pelas superfícies internas, notaram que a cratera se alargava por sobre suas cabeças. O raio da porção circular do céu, emoldurado pelas extremidades do cone, crescia sensivelmente; a cada passo, por assim dizer, que davam Smith e Harbert, novas estrelas entravam em seus raios visuais. As magníficas constelações daquele céu austral brilhavam extraordinariamente. A esplêndida Antares do Escorpião brilhava magnificamente, e pouco distante o β do Centauro, que se julga ser a estrela mais próxima do globo. À medida que a cratera se dilatava, apareciam o triângulo austral e finalmente, quase no pólo antártico do mundo, o esplêndido Cruzeiro do Sul, que substitui a estrela Polar do hemisfério norte.

Eram quase oito horas quando Smith e Harbert chegaram à parte superior do monte, ao cimo do cone.

A escuridão era tão completa que não permitia o olhar se estender num raio de duas milhas. Estaria aquela terra desconhecida completamente rodeada pelo mar, ou se uniria a oeste com algum continente do Pacífico? Não se podia divisar ainda. A oeste, uma faixa de pequenas nuvens, perfeitamente desenhada no horizonte, aumentava as trevas, e a noite não deixava ver se o céu e o mar se confundiam na mesma linha circular.

Mas, num ponto do horizonte, apareceu de repente um vago clarão, que descia lentamente à medida que as nuvens desapareciam.

Era o estreito crescente da lua, próximo a desaparecer, mas cuja luz bastava para iluminar a linha horizontal então separada das nuvens. O engenheiro viu sua imagem trêmula se refletir por um momento numa superfície líquida.

Smith agarrou a mão do rapaz, e no momento em que a lua se ocultava, exclamou com voz grave: "Uma ilha!"

11

O Batismo da Ilha

Meia hora depois, Cyrus Smith e Harbert estavam de volta ao acampamento. O engenheiro se limitou a dizer aos companheiros que a terra que o acaso os tinha lançado era uma ilha, como veriam no dia seguinte. Depois, cada um tratou de se arranjar o melhor possível para dormir, e em uma noite sossegada, naquele buraco de basalto, a uma altura de dois mil e quinhentos pés, os "insulares" gozaram de um profundo descanso.

No dia seguinte, depois de uma parca refeição, o engenheiro quis tornar a subir ao cimo do vulcão, a fim de observar com toda a atenção a terra em que ele e seus companheiros estavam presos, talvez para toda a vida, se a ilha estivesse situada a uma grande distância de outra terra qualquer, se estivessem fora da rota dos navios que visitam o arquipélago do oceano Pacífico. Desta vez os companheiros o seguiram na nova exploração, parà poderem decidir quais as providencias a serem tomadas.

Deviam ser mais ou menos sete horas, quando os cinco deixaram o acampamento, nenhum deles parecendo inquieto pela sua sorte. Tinham fé em si próprios, sem dúvida, mas é necessário observar que o ponto em que Smith apoiava a sua fé era bem diferente da dos companheiros. O engenheiro tinha confiança, porque se sentia capaz de arrancar daquela natureza selvagem tudo o que fosse necessário para a vida dos seus companheiros e para a sua, e estes nada temiam precisamente porque Smith estava com eles. É fácil de compreender esta diferença. Pencroff, sobretudo, depois de ter visto o engenheiro conseguir fazer fogo, não desanimava nem por um instante, ainda que estivesse sobre um rochedo inteiramente deserto, se Smith estivesse com ele sobre este rochedo.

— Ora! Nós conseguimos sair de Richmond sem licença das autoridades. Seria bem triste se não conseguirmos sair de um lugar onde ninguém nos prende! – disse o marinheiro.

O engenheiro seguiu o caminho da véspera. Deu a volta pelo platô até a abertura da enorme cova. O tempo estava magnífico. O sol cobria com seus raios todo o lado oriental da montanha.

Chegaram finalmente na cratera. Era exatamente como tinha se afigurado ao engenheiro, no escuro da noite: era uma enorme abertura que se dilatava até a altura de mil pés acima do platô. Abaixo da enorme boca, espessas camadas de lava serpenteavam sobre os lados dos montes, enchendo assim o caminho de matéria eruptiva até os vales inferiores que sulcavam o lado setentrional da ilha.

O interior da cratera, cujo declive não excedia trinta e cinco a quarenta graus, não apresentava obstáculos, nem mesmo dificuldade à ascensão. Notavam-se lá vestígios de lavas muito antigas, que pareciam ter se derramado pelo vértice do cone enquanto esta fenda lateral não lhes proporcionava ainda saída.

A profundidade da chaminé vulcânica que estabelecia a comunicação entre as camadas subterrâneas e a cratera não podia ser calculada à primeira vista. Perdia-se na escuridão. Mas sobre a extinção completa do vulcão, realmente não restava dúvida.

Antes das oito horas Smith e os companheiros estavam todos no cimo da cratera, sobre uma intumescência cônica que lhe tomava o bordo setentrional.

— Mar! Por toda a parte! – exclamaram todos, sem conseguirem reprimir aquele grito.

Realmente, era o mar, aquele imenso lençol de água em volta deles. Talvez Cyrus Smith tivesse a esperança de, subindo ao cimo do cone, descobrir alguma praia ou alguma ilha próxima que não tivesse conseguido avistar na véspera, em conseqüência da escuridão. Mas nada apareceu até os limites do horizonte. Nenhuma terra a vista. Nenhum navio. Toda aquela imensidão estava deserta: a ilha ocupava o centro de uma circunferência que parecia infinita.

Calados, imóveis, o engenheiro e seus companheiros percorreram com os olhos, durante alguns minutos, todos os pontos do oceano, investigando até os mais distantes limites do horizonte. Pencroff não via nada, e com certeza, se alguma terra se erguesse no horizonte, ainda que ela aparecesse na forma da mais tênue neblina, o marinheiro a teria reconhecido, com a sua visão extraordinária de homem do mar.

Do oceano voltaram os olhos para a ilha, que dali podiam divisar na sua totalidade. Gedeon Spilett foi o primeiro a romper o silêncio:

— Qual será o tamanho desta ilha?

É que, na verdade, no meio daquele oceano imenso, a ilha realmente não parecia ser muito grande.

Smith refletiu durante alguns momentos, observou atentamente o perímetro da ilha, sem se esquecer da altura que se encontrava:

— Meus amigos, creio que não me engano ao dizer que a a linha do litoral tem mais de cem milhas.

— Esta é a superfície da ilha?

— Ela é tão caprichosamente recortada, que é difícil de avaliar – respondeu o engenheiro.

Se Smith não se enganava em seus cálculos, a ilha devia ter aproximadamente a extensão da ilha de Malta ou de Zante, no Mediterrâneo; era, porém, muito mais irregular e menos abundante em cabos, promontórios, línguas, golfos, enseadas ou angras. Sua forma estranha era uma surpresa; e quando Gedeon Spilett, a conselho do engenheiro, desenhou seu contorno, descobriu que se parecia com um animal fantástico, uma espécie de pterópode monstruoso, que estivesse adormecido à superfície do Pacífico.

A configuração exata da ilha, que tanto interessa fazer conhecer, era a seguinte:

A parte leste do litoral, isto é, aquela em que os náufragos tinham desembarcado, estava largamente cortada, costeando uma vastíssima baía terminada a sudoeste por um cabo muito agudo, que escondido por uma ponta, tinha escapado à observação de Pencroff na sua primeira exploração. A nordeste, dois outros cabos fechavam a baía, e entre eles aprofundava-se um estreito golfo, que se assemelhava na forma à queixada entreaberta de um imenso esqualo.

De nordeste a noroeste a praia tomava a forma de um crânio achatado, para se tornar a elevar mais adiante, formando uma espécie de corcova, que não permitia desenhar com grande precisão aquela parte da ilha, cujo centro estava ocupado pela montanha vulcânica.

Daquele ponto o litoral continuava regularmente para norte e sul, escavado a dois terços do seu perímetro por uma pequena angra, até acabar tomando a forma semelhante de uma enorme cauda de crocodilo.

Esta cauda formava uma verdadeira península, que se estendia mais de trinta milhas pelo mar adentro, a contar do já mencionado cabo sudoeste da ilha, descrevendo uma enseada bem aberta, debruando o litoral inferior daquela terra tão extraordinariamente recortada.

Na parte mais estreita, quer dizer, entre as Chaminés e a angra que se via na praia ocidental, e que lhes correspondia em latitude, a ilha tinha apenas dez milhas; mas o seu maior comprimento, da queixada de nordeste à extremidade da cauda de sudoeste, não era menos do que trinta milhas.

Quando ao interior da ilha, o seu aspecto geral era o seguinte: coberta de matas em toda a sua parte meridional, desde a montanha até no litoral, árida e arenosa na parte setentrional. Cyrus Smith e os companheiros ficaram surpresos ao verem entre o vulcão e a praia leste um lago rodeado de árvores vigorosas, do qual eles nem sequer suspeitavam da existência. Visto daquela altura, o lago parecia estar no mesmo nível que o mar. Refletindo melhor, porém, o engenheiro explicou aos companheiros que a altitude daquele lençol de água devia ser de trezentos pés, pois o platô que lhe servia de bacia era o prolongamento do que havia na costa.

— Será um lago de água doce? – perguntou Pencroff.

— De certo – respondeu o engenheiro, — e é necessariamente alimentado pelas águas que se escoam das montanhas.

— Parece que há um riacho que vai se lançar lá – disse Harbert, indicando um estreito regato, cuja nascente devia se encontrar nos contrafortes de oeste.

— Realmente – respondeu Smith, — e já que o regato alimenta o lago, é provável que exista do lado do mar algum escoadouro pelo qual desapareça o excedente das águas. Quando voltarmos, veremos isto.

Aquela corrente de água, bastante sinuosa, e o regato já conhecido, representavam todo o sistema hidrográfico da ilha, ou pelo menos assim parecia aos olhos dos exploradores. Contudo, era possível que debaixo daquela espessa floresta que ocupava quase dois terços da ilha, outros riachos corressem para o mar. Devia mesmo se supor isto, já que a região se mostrava tão rica e fértil nos mais maravilhosos exemplares das zonas temperadas. Na parte setentrional da ilha não havia indício de água corrente; talvez houvesse águas estagnadas na parte pantanosa do nordeste, mas tudo o que se via eram montões de areia, dunas enfim, uma aridez que contrastava visivelmente com a opulência do terreno em sua maior extensão.

O vulcão não estava no centro da ilha, pelo contrário, elevava-se na região do nordeste e parecia servir de limite às duas zonas. A sudoeste, sul e sueste, os primeiros planos de contrafortes desapareciam sob bastas massas de verdura. Ao norte, pelo contrário, podia se seguir todas as suas ramificações, que iam acabar nas planícies de areia. Era também daquele lado que nos tempos de erupção os derramamentos de lava tinham aberto passagem, e que se prolongava uma enorme parede de lava até a estreita queixada que formava o golfo a nordeste. Cyrus e os companheiros ficaram por uma hora no cimo da montanha. A ilha, se desdobrando sob seus olhos, parecia um mapa em relevo, com suas cores diversas: verde nas florestas, amarelo nas areias e azul nas águas. Desta forma puderam nossos exploradores apreciar perfeitamente o aspecto geral da ilha, escapando apenas às investigações somente o terreno escondido debaixo da imensa verdura, as encostas dos vales sombrios e o interior das gargantas estreitas cavadas ao pé do vulcão.

Havia ainda um problema grave a resolver, e que devia influir extraordinariamente no futuro dos náufragos.

Seria a ilha habitada? A esta pergunta, feita pelo jornalista, parecia que, depois do minucioso exame que acabavam de fazer das suas diversas regiões, podia se responder negativamente. Não havia vestígio de alguma obra feita pela mão humana, nem aglomeração de casas, nem sequer uma cabana isolada, nem uma pescaria no litoral. No ar não se elevava fumaça alguma que traísse a presença do homem. Mas nossos exploradores estavam separados dos pontos extremos da ilha, e mesmo para os olhos experientes de Pencroff, seria difícil se descobrir uma habitação a trinta milhas de distância. Por outro lado, eles também não podiam ver o que se escondia sob a densa floresta. Geralmente, os insulares destas pequenas ilhas, que parecem emergir das ondas do Pacífico, habitam preferencialmente o litoral, e esse parecia deserto. Até nova exploração, portanto, era natural se admitir que a ilha era desabitada.

Mas seria ela, ao menos temporariamente, freqüentada pelos indígenas das ilhas vizinhas? Era difícil responder a esta pergunta; não se avistava terra num raio de cinqüenta milhas. Mas esta distância podia ser facilmente transposta, quer pelos paraus malaios, quer pelas enormes pirogas da

Polinésia. Tudo dependia, portanto, da localização da ilha, o quanto ela estava próxima dos outros arquipélagos do Pacífico. Smith conseguiria mais tarde descobrir sua exata posição em latitude e longitude? Seria difícil, mas na dúvida, era conveniente tomar desde já algumas precauções contra a possível invasão dos indígenas vizinhos.

A exploração da ilha terminara, o mapa estava pronto. Hidrografia e orografia reconhecidas. A disposição das florestas e planícies estavam indicadas. Faltava descer o declive da montanha, e explorar o solo sob o ponto de vista dos seus recursos minerais, vegetais e animais.

— Eis aqui, meus caros amigos, o cantinho da terra em que a mão da Providência nos lançou e onde teremos que viver, talvez por muito tempo – disse Smith, antes de dar o sinal da partida. – Pode ser que algum socorro inesperado nos apareça, na forma de algum inesperado navio... Digo inesperado, porque a ilha, além de ser pouco importante, não tem porto que possa servir de abrigo aos navios, o que me faz supor que esteja fora das rotas comuns, seja muito ao sul para os navios que freqüentam os arquipélagos do Pacífico, ou muito ao norte para os que vão até a Austrália. Não quero esconder nossa situação...

— E tem toda a razão, meu caro Cyrus – respondeu o jornalista. – Aqui estão homens corajosos, que depositam em você toda a confiança que possa precisar. Não é assim, meus amigos?

— Vamos obedecê-lo sempre, senhor Cyrus – disse Harbert, apertando a mão do engenheiro.

— Meu amo, em tudo e para tudo! – exclamou Nab.

— Quanto a mim – disse o marinheiro, — que eu perca o meu nome se me negar a qualquer trabalho; se quiser, transformaremos esta ilha numa pequena América, edificaremos cidades, construiremos estradas de ferro, instalaremos telégrafos, e um belo dia, quando estiver completamente transformada, bem arranjada e civilizada, iremos oferecê-la ao governo da União! E para isto, só peço uma coisa...

— O que é? – perguntou o jornalista.

— Que a partir de hoje não nos consideremos mais como náufragos, mas sim colonos, que vieram aqui para colonizar!

Smith não pôde deixar de sorrir, e sendo a idéia do marinheiro aprovada, este agradeceu aos companheiros, dizendo contar com sua energia e com o auxílio divino.

— Vamos para as chaminés! – exclamou Pencroff.

— Meus amigos, esperem – disse então o engenheiro. – Parece-me que devemos dar um nome a esta ilha, assim como a todos os cabos, promontórios e correntes de água que temos debaixo dos olhos.

— Muito bem – disse o jornalista. – Isso nos simplificará no futuro qualquer instrução que precisemos dar ou seguir.

— E na verdade – disse então o marinheiro, — já é alguma coisa podermos dizer onde vamos e de onde viemos.

— Viemos das Chaminés, por exemplo – disse Harbert.

— Exato – respondeu Pencroff. – Esse nome já é familiar. Vamos conservar o nome de Chaminés ao nosso primeiro acampamento, senhor Cyrus?

— Sim, Pencroff, já que você assim o batizou.

— Bom! Quanto aos outros será fácil – disse o marinheiro, que estava de excelente humor. – Inventemos mais alguns nomes, como faziam os Robinsons, cuja história Harbert me leu mais de uma vez: a "baía Providência", a "ponta dos Baleotes", o "cabo do Desengano"!...

— Nada! Antes os nomes do senhor Smith – replicou Harbert, — do senhor Spilett, de Nab!...

— O meu nome? – exclamou Nab, mostrando os dentes extraordinariamente alvos.

— E por que não? – replicou Pencroff. – O "porto Nab" até soa muito bem! E o "cabo Gedeon"...

— Preferia nomes que nos recordassem nossa pátria – respondeu o jornalista.

— Acho que seria melhor para as baías e mares principais – disse então Smith. — Vamos chamar a vasta baía leste de baía da União, à enorme chanfradura do sul, baía Washington, ao monte onde estamos nesta ocasião, monte Franklin, ao lago que se alonga sob nossos olhos, lago Grant, e não poderíamos escolher melhor. Estes nomes irão nos lembrar o nosso país e os homens que o têm honrado; para os riachos, golfos, cabos e promontórios que avistamos do alto desta montanha, vamos escolher denominações que melhor signifiquem sua configuração particular. Assim nós os decoraremos mais rapidamente. A forma da ilha é tão estranha que certamente teremos dificuldade em arranjar um nome que a simbolize. Quanto às correntes de água que não conhecemos ainda, as diversas partes da floresta que exploraremos mais tarde, as angras que descobriremos adiante, vamos batizá-las à medida que se apresentarem. O que acham disso, amigos?

A proposta do engenheiro foi unanimemente aprovada por seus companheiros. A ilha estava debaixo deles como um mapa desenrolado; era preciso arranjar um nome para cada um dos seus ângulos reentrantes e salientes, assim como para todos os seus pontos elevados. Spilett foi encarregado de tomar nota deles à medida que a nomenclatura geográfica fosse adotada.

Começou anotando os nomes de baía União, baía Washington e monte Franklin, aplicados às duas baías e à montanha, como o engenheiro já tinha indicado.

— Agora — disse o jornalista, — proponho que se dê o nome de península Serpentina a esta península que se projeta a sudoeste da ilha, e o de promontório do Réptil à cauda recurvada que o termina, já que se parece muito com a cauda de um réptil.

— Adotado – disse o engenheiro.

— Na outra extremidade da ilha – disse Harbert, — o golfo se assemelha tanto com uma queixada aberta, que podemos chamá-lo de golfo do Tubarão.

— Bem lembrado – exclamou Pencroff, — e completaremos a imagem chamando de cabo da Mandíbula às duas partes da queixada.

— Mas são dois cabos – observou o jornalista.

— Bem! – respondeu Pencroff, sem se apertar. – Serão cabo da Mandíbula norte e cabo da Mandíbula sul.

— Registrado! – disse Spilett.

— Falta então arranjar um nome para a ponta na extremidade sudoeste da ilha.

— Quer dizer a extremidade da baía União? – perguntou Harbert.

— Cabo da Garra – exclamou logo Nab, que também queria ser padrinho de algum pedaço do seu domínio.

E na verdade Nab tinha arranjado uma excelente denominação; o cabo representava perfeitamente a robusta garra do animal fantástico que figurava aquela ilha tão extraordinariamente desenhada.

Pencroff estava entusiasmado com a forma que as coisas iam tomando. E bem depressa outros nomes foram arranjados: para a ribeira que fornecia água potável aos colonos, e perto da qual o balão os tinha lançado, deram o nome de Mercy, verdadeiro agradecimento à Providência. À ilhota em que os náufragos chegaram, deram o nome de ilhota da Salvação. Ao platô que coroava a grande muralha de granito, acima das Chaminés, e de onde o olhar podia abarcar toda a baía, o nome de platô da Vista Grande; enfim, todo o maciço de bosques impenetráveis, passou a se chamar florestas de Faroeste.

Assim ficou terminada a nomenclatura das partes visíveis e conhecidas da ilha, que se completaria à medida que novas descobertas fossem sendo feitas.

Estava tudo terminado e os colonos nada tinham mais a fazer senão descer o monte Franklin e voltar para as Chaminés.

— Somos uns desastrados! – disse Pencroff, de repente.

— Porque? – espantou-se Spilett, que já tinha fechado seu bloco e se preparava para partir.

— Então não íamos nos esquecendo de batizar nossa ilha?

Harbert sugeriu que se desse o nome do engenheiro, o que os companheiros certamente teriam aprovado, quando Smith disse simplesmente:

— Vamos lhe dar o nome de um grande cidadão, amigos, daquele que luta neste momento em defesa da unidade da república americana! Vamos chamá-la de ilha Lincoln!

Valentes hurras seguiram a proposta do engenheiro.

Naquela mesma noite, antes de adormecerem, os novos colonos falaram da pátria ausente e da terrível guerra que a ensangüentava então; estavam convencidos de que o sul seria bem depressa vencido, e de que a causa do norte, a causa da razão e da justiça, triunfaria graças a Grant e Lincoln!

Tudo isto acontecera no dia 30 de março de 1865. E os nossos colonos nem sequer imaginavam que dezesseis dias depois se havia de cometer um crime terrível em Washington; que na próxima sexta-feira santa, Abraão Lincoln havia de cair fulminado pela bala de um fanático.

12

ANIMAIS, VEGETAIS E MINERAIS

Os colonos da ilha Lincoln lançaram um último olhar em volta, entraram na cratera pela estreita aresta dela, e dali a meia hora estavam no primeiro platô, onde tinham acampado na noite anterior.

Pencroff achou que já era hora de se almoçar, e para isso recorreu aos relógios de Smith e Spilett.

O relógio do jornalista tinha escapado da água do mar, porque Spilett tinha sido lançado na praia, fora do alcance das ondas. Era um relógio excelente, verdadeiro cronômetro de bolso, ao qual Spilett dava corda, cuidadosamente, todos os dias. O do engenheiro, já era um mistério.

Smith então deu corda no relógio, e calculando pela altura do sol que já deviam ser aproximadamente nove horas da manhã, acertou os ponteiros do relógio.

Spilett ia seguir seu exemplo, quando o engenheiro lhe segurou a mão:

— Não faça isto, meu caro Spilett. Conservou a hora de Richmond?

— Conservei.

— Então, seu relógio está ajustado pelo meridiano daquela cidade, que é mais ou menos o de Washington?

— Sem dúvida.

— Então, conserve-o assim. Trate de lhe dar corda regularmente, mas não mexa nos ponteiros. Talvez isso possa nos servir.

Top ia na frente, esquadrinhando todos os recantos.

— Para que? – pensou o marinheiro.

Depois disso, comeram, e com tanto apetite, que a reserva de caça e pinhões desapareceu completamente. Pencroff não se inquietou com isso. Contava em se abastecer novamente no caminho. Top, cujo quinhão tinha sido bem diminuto, saberia procurar nova caça nos bosques. Além disso, o marinheiro tencionava pedir a Smith que fabricasse alguma pólvora, e uma ou duas espingardas de caça, estando convencido de que a coisa não ofereceria grandes dificuldades.

Smith propôs aos companheiros, quando deixaram o platô, de voltarem por um caminho diferente. Desejava rever o lago Grant, tão esplendidamente encaixado na moldura de árvores. Seguiram então pela aresta sinuosa de um dos contrafortes entre os quais o riacho, que alimentava o lago, devia talvez ter as suas nascentes. Enquanto conversavam, os colonos usavam sempre os nomes que tinham escolhido, o que lhes facilitava enormemente a troca de idéias. Harbert e Pencroff, um por ser criança, outro por ser uma eterna criança, estavam encantados:

— Veja, Harbert, como isto é útil! É impossível se perder, meu rapaz, quer tomemos o caminho do lago Grant, quer seja o do Mercy, através dos bosques de Faroeste, e por conseqüência à baía da União.

Tinha-se combinado que os viajantes não se distanciariam muito uns dos outros, porque era quase certo que as espessas florestas da ilha eram habitadas por animais perigosos. Pencroff, Harbert e Nab, precedidos por Top, que esquadrinhava todos os recantos, iam na frente. O engenheiro e o jornalista iam atrás, sendo que o engenheiro estava pronto a tomar nota de qualquer incidente que ocorresse. O engenheiro seguia sempre calado, e não se afastava do seu caminho senão para apanhar aqui ou acolá alguma substância vegetal ou mineral, que metia no bolso sem comentários.

— Que diabos ele estará apanhando? – murmurava Pencroff. – Por mais que olhe, não vejo nada que valha a pena pegar!

Às dez horas o grupo subia as últimas rampas do monte Franklin. Viam-se apenas algumas moitas dispersas e poucas árvores. O terreno era amarelado e calcinado, formando uma planície de cerca de uma milha até a orla da floresta. Alguns pedaços enormes daquele basalto que, segundo as experiências de Bischof precisavam para arrefecer de trezentos e cinqüenta milhões de anos, juncavam a planície, bastante acidentada em certas partes. Ali, contudo, não havia vestígios de lava, que tinha se derramado mais particularmente pelos declives setentrionais. Cyrus Smith julgava já poder atingir sem incidentes o curso do riacho, que na opinião dele corria por baixo do arvoredo, no extremo da planície, quando viu Harbert voltando precipitadamente, enquanto que Nab e o marinheiro se escondiam por entre os rochedos.

— O que aconteceu, rapaz? – perguntou Spilett;

— Fumaça – respondeu Harbert. – Vimos uma coluna de fumaça que subia entre os rochedos, a cem passos de distância de nós.

— Homens, aqui! – exclamou o jornalista.

— Vamos evitar aparecer, enquanto não soubermos quem são – respondeu Smith. – Se há indígenas na ilha, creio que mais os temo do que os desejo. Onde está o Top?

— Lá na frente.

— Não está latindo?

— Não.

— Extraordinário. Mas é melhor chamá-lo.

Instantes depois o engenheiro, Spilett e Harbert tinham-se juntado aos outros dois companheiros, se escondendo com eles atrás dos penedos de basalto.

Dali divisavam distintamente uma colunazinha de fumaça que se elevava nos ares, rodopiando, com uma cor amarela bem característica. Top, chamado pelo assobio do dono, veio logo. Smith então fez sinal para que os companheiros o esperassem, enquanto se escondia por entre os rochedos.

Os colonos, imóveis, esperavam ansiosos o resultado da exploração, quando Smith os chamou. Depressa se reuniram com ele, ficando surpresos com o cheiro desagradável que impregnava a atmosfera.

Aquele cheiro, que facilmente se reconhecia, era suficiente para o engenheiro adivinhar de onde provinha a fumaça que, a princípio e com razão, tanto o tinha inquietado.

— A natureza é a causa única desta fumaça. Ali está uma nascente sulfurosa, que nos permitirá tratar eficazmente nossas laringites.

— Ora, ora! – exclamou Pencroff. – Que pena que não estou gripado!

Os colonos foram então para o lugar de onde saía a fumaça, e viram ali uma nascente sulfurada sódica, que corria abundantemente por entre os rochedos, e de cujas águas exalava um cheiro fortíssimo de ácido sulfúrico.

Metendo a mão na água, Smith notou que era oleosa. Depois, provou-a e achou o sabor bem adocicado. Calculou que sua temperatura estava por volta de 35° C. Harbert então lhe perguntou como tinha feito o cálculo.

— É bem simples, meu rapaz – respondeu o engenheiro. – Quando mergulhei a mão na água, não senti impressão de frio nem de calor, o que prova que ela está na temperatura do corpo humano, que é de aproximadamente 35° C.

Como a nascente sulfurosa não oferecesse utilidade real, os colonos se dirigiram para a basta orla da floresta, que se avistava a poucos passos de distância.

Como tinham presumido, o rio ali espraiava as suas águas límpidas entre escarpadas margens de barro vermelho, o que indicava a presença de óxido de ferro, e que fez com que se desse imediatamente o nome de riacho Vermelho àquela corrente de água.

O riò era largo, profundo e claro, formado das águas da montanha, metade rio, metade torrente; aqui correndo pacificamente sobre a areia, ali se encrespando de encontro às rochas ou se precipitando em cascata; corria dali até o lago na extensão de milha e meia e com a largura variando entre trinta e quarenta pés. A água era doce, o que fazia supor que a do lago o seria também, circunstância esta bem favorável se os colonos encontrassem em suas margens alguma habitação mais confortável que as Chaminés.

As árvores, que a alguns metros mais abaixo sombreavam as margens do riacho, pertenciam na maior parte às espécies que abundam na zona moderada da Austrália ou da Tasmânia, enquanto que as coníferas abundavam na parte da ilha já explorada, a algumas milhas do platô da Vista Grande. Naquela época do ano, começo de abril, que corresponde naquela hemisfério ao princípio do outono, as árvores ainda conservavam a sua folhagem. O maior número era de casuarinas e eucaliptos, alguns dos quais deviam dar na primavera próxima, uma espécie de maná açucarado, em tudo semelhante ao maná do Oriente; havia também alguns cedros da Austrália, e as clareiras eram atapetadas de uma relva alta; o coqueiro, tão abundante nos arquipélagos do Pacífico, parecia faltar na ilha, cuja latitude era sem dúvida demasiadamente baixa.

— Que pena! – disse Harbert. – Uma árvore tão útil, e que dá frutos tão belos!

As aves voavam em bandos sobre os ramos delgados dos eucaliptos e das casuarinas. Cacatuas pretas, brancas ou cinzentas, papagaios e periquitos com as penas matizadas de todas as cores, aves-rei de um verde brilhante com penas vermelhas na cabeça em forma de coroa, louros azuis, "blue mountains" que pareciam se ver através de um prisma, saltando de ramo em ramo e cantando e piando de forma ensurdecedora.

De repente, um estranho concerto de vozes discordantes soou, e os colonos ouviram diversos cantos de aves, gritos de quadrúpedes e uma espécie de estalos que julgaram sair dos lábios de um indígena. Nab e Harbert, esquecendo toda a prudência, se embrenharam na moita; felizmente ali não havia feras terríveis, nem indígenas perigosos, havia apenas meia dúzia de aves cantoras, conhecidas como "faisões das montanhas". Algumas certeiras porretadas terminaram com a cantoria, fornecendo ao mesmo tempo excelente caça para o jantar.

Harbert mostrou aos companheiros uns magníficos pombos de asas bronzeadas, outros completamente emplumados de verde como os seus congêneres de Port-Macquarie; os colonos tentaram, mas não conseguiram alcançá-los, assim como não alcançaram os corvos e pegas que fugiam em bandos. Um tiro de chumbo miúdo teria provocado uma verdadeira hecatombe, mas infelizmente os colonos só possuíam como arma pedras e porretes, que deixavam muito a desejar numa caçada.

A ineficiência destes armamentos ficou ainda mais clara quando apareceu um bando de quadrúpedes, saltando, dando pulos de trinta pés, verdadeiros mamíferos voadores, se escondendo depois por cima das árvores, com tanta ligeireza e tal altura, que pareciam saltar de uma árvore para outra com a agilidade de esquilos.

— Cangurus! – exclamou Harbert.

— E isso se come? – perguntou Pencroff.

— Recheados – respondeu o jornalista, — valem tanto quanto a melhor caça da América.

E nem bem Spilett tinha acabado de dizer esta frase, já o marinheiro, seguido por Nab e Harbert, tinha se lançado na pista dos cangurus. Smith os chamou em vão, assim como em vão os caçadores perseguiram aqueles ágeis animais, que tinham desaparecido por entre a floresta. Top também não teve sorte.

Quando o engenheiro e o jornalista se aproximaram, Pencroff exclamou:

— Senhor Cyrus, é indispensável que fabriquemos espingardas. Isso será possível?

— Talvez – respondeu o engenheiro. – Mas comecemos por fabricar arcos e flechas, e estou certo de que, dentro em pouco, os estaremos manejando tão bem quanto qualquer caçador da Austrália.

— Arcos e flechas! – desdenhou Pencroff. – Isto é para as crianças!

— Não desdenhe – respondeu o jornalista. – Foi com arcos e flechas que o mundo se ensangüentou durante séculos. Infelizmente, a guerra é tão velha quanto a raça humana, e a pólvora, pode-se dizer que foi inventada apenas ontem.

— Tem razão, senhor Spilett. Peço desculpas, já que muitas vezes eu falo sem pensar – disse o marinheiro.

Harbert, entretanto, envolvido em sua ciência favorita, a história natural, voltou ao assunto do canguru:

— No final das contas, estou convencido de que estes animais são difíceis de se agarrar. Estes são de uma espécie de gigantes de pêlo cinzento comprido; mas, se não me engano, existem cangurus pretos e marrons, cangurus de rochas, cangurus ratos, todos mais fáceis de se apanhar. Enfim, existe cerca de uma dúzia de espécies...

— Para mim, Harbert – replicou o marinheiro, — existe somente uma espécie, que é o "canguru de espeto"; e é esta raça que vai nos fazer falta hoje.

Ninguém pôde deixar de rir ao ouvir a nova classificação feita por mestre Pencroff. O bravo marinheiro não podia esconder seu desgosto ao ver seu jantar reduzido a faisões; mas a sorte, mais uma vez, se mostrou propícia.

Com efeito, Top, compreendendo que tratavam de negócio de seu próprio interesse, andara, esquadrinha, com todo o instinto excitado por um enorme apetite que, se alguma caça lhe caísse nos dentes, o cão provaria que caçava por sua conta e nada deixaria aos caçadores; Nab, porém, o vigiava.

Por volta das três horas, o cão desapareceu por entre a floresta, e alguns grunhidos que dentro em pouco se ouviram, indicaram que ele estava lutando com algum animal.

Nab correu para o lugar onde lhe parecia que vinham aqueles sons, e ali viu Top devorando com extraordinária avidez um quadrúpede que dez segundos mais tarde seria impossível reconhecer no estômago do cão: felizmente ele tinha encontrado uma ninhada, e mais dois animais jaziam no chão, mortos.

Nab reapareceu triunfante, trazendo nas mãos aqueles roedores, maiores que lebres, com o pêlo amarelado.

Os colonos reconheceram rapidamente aqueles animais. Eram "marás", espécie de agutis, um pouco maiores que seus congêneres das regiões tropicais, verdadeiros coelhos da América, com as orelhas compridas e grandes mandíbulas.

— Hurra! – exclamou Pencroff. – Agora que já temos comida, podemos voltar para casa.

As límpidas águas do riacho Vermelho corriam sob a abóbada de casuarinas, gomeiras gigantes e liliáceas enormes, que se elevavam à altura de vinte pés. Havia ainda outras espécies de árvores, desconhecidas ao jovem naturalista, e que cresciam debruçadas sobre o riacho, que sussurrava sob aquela esplêndida verdura.

Como a corrente do riacho ia se alargando sensivelmente, Smith acreditava que dentro em pouco chegariam à sua embocadura. Com efeito, ao sair de um espesso maciço de árvores, o lago apareceu de súbito.

Os exploradores tinham chegado na margem ocidental do lago Grant, e o lugar valia a pena ser analisado. Aquela extensão de água, com uma circunferência de cerca de sete milhas e superfície de duzentos e cinqüenta acres jazia no meio de uma moldura de árvores variadas. A leste, podia-se ver o mar. Ao norte, o lago fazia uma curva ligeiramente côncava, contrastando perfeitamente com o recorte agudo da fonte inferior. As aves aquáticas eram inúmeras. Um rochedo emergia da superfície do lago, a uma distância de algumas centenas de passos da margem meridional. Nesse rochedo haviam alguns casais de guarda-rios; empoleirados nas pedras, graves, imóveis, espreitando a passagem do peixe, se lançando logo sobre ele, mergulhavam dando um grito agudo, e reapareciam com a presa no bico. Nas margens e na ilhota, estavam alguns patos selvagens, pelicanos, galinhas d´água, bicos vermelho, e um ou dois exemplares de aves cuja cauda se desenvolve com as curvas graciosas da lira.

As águas do rio eram doces, límpidas, um pouco escuras, e pelos borbotões e círculos concêntricos que se cruzavam à superfície deles, se via bem que o lago devia ser muito abundante em peixes.

— Este lago é realmente lindo! – disse Spilett. – Pode-se viver admiravelmente nestas margens.

— E é aqui que devemos nos estabelecer definitivamente – completou Smith.

Os colonos, querendo voltar para as Chaminés pelo caminho mais curto, desceram até o ângulo formado ao sul pela junção das margens do lago. Com grande trabalho conseguiram abrir caminho por entre a densa floresta e os matagais, e se dirigiram para o litoral, para chegarem ao norte do platô da Vista Grande. Caminharam ainda duas milhas nessa direção, e passando a última fileira de árvores que lhes encobria o horizonte, apareceu-lhes afinal o platô, coberto de espessa vegetação, e mais além o mar.

Para voltar às Chaminés, bastava atravessar obliquamente o platô no espaço de uma milha, e tornar a descer até ao cotovelo formado pela primeira volta do Mercy. Mas como o engenheiro desejava conhecer como e por onde se escoava o excedente das águas do lago, a exploração continuou à sombra do arvoredo, pelo espaço de mais de uma milha para o norte. Com efeito, devia existir um escoadouro em alguma parte, e era quase certo que devia ser através de alguma falha no granito. Enfim, o lago era apenas uma cova imensa que se enchia pouco a pouco pela vazão do riacho, e era evidente que o seu excedente de água corria para o mar. Sendo assim, o enge-

135

nheiro tinha esperança de ser possível utilizar aquela queda d´água, aproveitando a sua força atualmente perdida e sem vantagem para ninguém. Nesse intuito continuaram pelas margens do lago Grant, e subiram ao platô; já tinham caminhado uma milha naquela direção, e Smith ainda não tinha achado o escoadouro que certamente devia existir.

Eram quase quatro e meia da tarde, e como os preparativos para o jantar exigiam que os colonos voltassem para as Chaminés, o grupo tomou o caminho já percorrido, pela margem esquerda do Mercy, chegando assim às Chaminés.

Chegando ali, acenderam o fogo, e Nab e Pencroff, que assumiram as funções de cozinheiro, prepararam rapidamente uns agutis grelhados, aos quais os colonos fizeram as maiores honras.

Terminada a refeição, antes que fossem dormir, Cyrus Smith tirou do bolso pedaços de diferentes espécies minerais, e limitou-se a dizer:

— Meus amigos, isto é ferro, isto é pirita, isto é argila, e isto é carvão. Eis o que a natureza nos fornece, esta é a sua contribuição! A nossa contribuição, sobre esta, falaremos amanhã!

13
INDUSTRIALIZA-SE A ILHA

Então, senhor Cyrus, por onde devemos começar? – perguntou Pencroff, no dia seguinte.
— Pelo princípio – respondeu Smith.

Era, na verdade, pelo princípio que os colonos se viam obrigados a começar, sem possuírem o material necessário para fabricar utensílios e não se achando nas condições da natureza que "como tem tempo, economiza trabalho". Faltava-lhes o tempo, por isso tinham de prover imediatamente as necessidades da subsistência, e se, aproveitando da experiência adquirida, não tinham nada a inventar, tinham tudo para fabricar; o ferro e o aço estavam ainda no estado de minério, a olaria no estado de argila, as roupas no estado de matérias têxteis.

Contudo, é preciso notar que os colonos eram "homens" na verdadeira acepção da palavra, e que o engenheiro Smith não podia ter ao seu lado companheiros mais inteligentes e dedicados, e ele sabia plenamente disto.

Gedeon Spilett, jornalista inteligentíssimo, homem que estudara tudo para poder falar de tudo, devia contribuir manual e intelectualmente para a colonização da ilha. Não recuaria diante de nenhuma empresa, e como caçador entusiasta, tomaria como ofício aquilo que até então lhe tinha servido como divertimento.

Harbert era um rapaz corajoso, bem instruído em ciências naturais, um auxiliar importante na obra comum.

Nab era a dedicação personificada. Esperto, inteligente, solícito, incansável, com uma saúde de ferro e habilidades no trabalho de forja, sendo extremamente útil à colônia.

Pencroff tinha navegado todos os oceanos, tinha sido carpinteiro nos estaleiros em construção, alfaiate nos navios, jardineiro, etc., enfim, como homem do mar, sabia fazer de tudo um pouco.

Seria difícil reunir cinco homens melhores do que estes para lutar com a sorte, e mais seguros de triunfarem.

"Pelo princípio", havia dito Smith. Ora, este princípio de que falava era a construção de um aparelho que servisse para transformar as substâncias naturais. Como se sabe, o calor é parte importante nestas transformações: ora, o combustível, lenha e carvão de pedra, podia-se utilizar já, mas era necessário construir um forno para esse fim.

— Para que serve o forno? – perguntou Pencroff.

— Para fabricar louça, da qual temos necessidade.

— E com que faremos o forno?

— Com tijolos.

— E os tijolos?

— Com argila. A caminho, amigos. Para evitar transporte, devemos estabelecer a oficina no lugar da produção. Nab trará as provisões; não faltará fogo para cozinhar os alimentos.

— Fogo não faltará – respondeu o jornalista, — mas talvez os alimentos nos faltem, porque não temos armas.

— Se tivéssemos ao menos uma faca! – exclamou o marinheiro.

— Para que? – perguntou Smith.

— Para que? Se eu tivesse uma faca, faria rapidamente arcos e flechas, e a caça, com certeza, não nos faltaria!

— Uma faca, uma lâmina cortante – disse o engenheiro, falando consigo mesmo.

No mesmo instante olhou para Top, que andava de um lado para o outro na praia.

— Aqui, Top! – gritou ele.

O cão correu ao chamado do dono. Smith então tirou a coleira que Top trazia no pescoço, partiu-a em dois pedaços, dizendo:

— Aqui estão suas facas, Pencroff.

Dois hurras foram a única resposta do marinheiro. A coleira de Top era feita de uma lâmina delgada de aço temperado, que bastava amolar na borda de uma pedra para afiar. Duas horas mais tarde, os colonos dispunham de duas lâminas cortantes, às quais tinham atado cabos bem fortes.

A conquista do primeiro utensílio, conquista preciosa na verdade, e que seria tão útil, foi saudada como um triunfo.

Partiram. A intenção de Smith era voltar à margem ocidental do lago, local onde tinha visto uma porção de terra argilosa. Seguiram às margens do Mercy, atravessaram o platô da Vista Grande, e, depois de caminharem cerca de cinco milhas, chegaram a uma clareira distante duzentos passos do lago Grant.

Enquanto caminhavam, Harbert descobriu umas árvores utilizadas pelos índios da América Meridional para o fabrico de arcos. Cortaram os ramos mais compridos e retos, tiraram as folhas e talharam-nos mais grossos ao meio e mais finos nas extremidades. Faltava só achar uma planta própria para fazer a corda do arco. Serviram-se de uma espécie de hibisco, da família das malváceas, cujas fibras eram de tal maneira rijas que se podiam comparar a tendões de animais. Pencroff conseguiu assim obter arcos de tamanho razoável. Agora só faltavam as flechas, mas estas eram fáceis de se arranjar, usando-se ramos rijos e retos, sem nós, mas não era fácil encontrar uma substância qualquer para substituir o ferro para o bico das flechas. Pencroff se consolava com a idéia de que, se ele fizesse o principal, o acaso faria o restante do trabalho.

Os colonos tinham chegado ao terreno reconhecido na véspera, que se compunha de argila própria para fazer tijolos e telha, e por conseqüência muito conveniente para o que se tratava de levar a cabo. Bastava desengordurar a argila com a areia, moldar os tijolos e cozê-los ao fogo de lenha.

Normalmente, se usam moldes para os tijolos, mas o engenheiro contentou-se em fazê-los à mão, empregando neste trabalho aquele dia e o seguinte. A argila, embebida na água, amassada depois com as mãos, foi dividida em prismas de igual tamanho. Um trabalhador experiente podia fazer, sem auxílio de maquina, até dez mil tijolos em doze horas, mas os tijoleiros da ilha Lincoln fizeram, em dois dias de trabalho, três mil, que colocaram lado a lado, até que secassem completamente, e pudessem ser cozidos em três ou quatro dias.

No dia 2 de abril, Cyrus Smith tratou de determinar a localização da ilha. Na véspera, o engenheiro tinha tomado nota exata da hora em que o sol tinha desaparecido debaixo do horizonte, levando-lhe em conta a refração. Na manhã do dia 2 também tomou nota da hora em que ele reapareceu, e viu que tinham decorrido doze horas e vinte e quatro minutos, entre o por do sol e o nascer dele no dia seguinte, e que, portanto, seis horas e doze minutos depois de nascer, o sol passaria naquele dia exatamente no meridiano. O ponto que ele ocupasse naquela ocasião devia ser norte.

À hora calculada, Smith marcou aquele ponto, usando duas árvores que deviam servir como pontos de referência, obtendo assim uma meridiana invariável para outras operações.

Durante os dois dias que precederam o cozimento dos tijolos, os colonos trataram de se abastecer de combustível, apanhando toda a lenha caída embaixo das árvores. Não deixaram também de caçar pelos arredores, já que Pencroff possuía algumas dúzias de flechas com pontas aguçadas. Fora Top quem fornecera aqueles picos, apanhando um porco-espinho, peça insignificante de caça, mas de valor incontestável pelos muitos espinhos que tinha. Uniram-se solidamente os espinhos às extremidades das flechas, cuja direção se assegurou usando penas de cacatuas. Dentro em pouco, o jornalista e Harbert tornaram-se ótimos atiradores, e a caça não faltou. A maior parte dos animais foram apanhados na floresta da margem esquerda do Mercy, que recebeu o nome de bosque do Jacamar, como recordação do animal que Pencroff e Harbert tinham perseguido em sua primeira exploração.

Os colonos comiam caça fresca, guardando só os presuntos de capivara, defumando-os com lenha verde. Mas, apesar de ser uma comida rica e saborosa, estavam todos cansados de só comerem assado, e ficariam felizes se ouvissem o chiar de uma panela ao fogo. Mas era preciso esperar que a panela fosse fabricada, e portanto, que o forno estivesse construído.

Durante estas excursões, todas feitas num raio muito restrito em volta da olaria, os caçadores puderam se certificar da passagem recente de alguns animais de grande porte e garras fortes, cuja espécie não puderam reconhecer. Smith recomendou-lhes a maior prudência, convencido de que havia feras terríveis na floresta.

Ele tinha razão. Spilett e Harbert avistaram certo dia um animal muito semelhante a um jaguar; a fera não os atacou, e felizmente, porque talvez não saíssem do combate sem alguma ferida grave. Assim que tivessem uma arma, uma daquelas espingardas pela qual Pencroff tanto ansiava, Spilett prometia a si mesmo fazer guerra encarniçada a estes animais ferozes.

Durante aqueles dias os colonos nada fizeram para tornar as Chaminés mais confortáveis, porque o engenheiro contava descobrir, ou então construir uma habitação mais conveniente. Contentaram-se em colocar uma camada de musgo e folhas secas na areia, onde os colonos, extenuados, dormiam profundamente.

Calcularam também os dias decorridos desde a chegada à ilha Lincoln, de forma a terem um calendário regular. No dia 5 de abril, uma quarta-feira, fazia doze dias que o vento arrojara os náufragos naquelas terras desertas.

No dia 6 de abril, ao despontar da manhã, o engenheiro e seus companheiros estavam reunidos na clareira, no mesmo lugar onde deviam cozinhar os tijolos. Naturalmente que esta operação iria ser feita ao ar livre, e não em fornos, mesmo porque a enorme aglomeração dos tijolos seria um forno enorme que cozinharia a si mesmo. Feixes de madeira bem preparados foram postos no chão, e em volta empilharam os tijolos secos, que dali a pouco formavam um grande cubo, no exterior do qual se deixaram alguns respiradouros. Este trabalho durou todo o dia, e só à noite é que os colonos puderam colocar fogo na madeira.

Naquela noite ninguém dormiu, velando com o maior cuidado o fogo.

A operação durou quase dois dias, mas foi bem sucedida. Era preciso, agora, deixar esfriar aquela massa fumegante. Nab e Pencroff, guiados por Smith, aproveitaram este tempo para colocar sobre uma esteira feita de vime entrelaçado, cargas imensas de carbonato de cal, pedra muito comum, que se achava com abundância ao norte do lago. Estas pedras, se decompondo pelo calor, dava uma cal tão pura, como se fosse produzida pela calcinação de mármore ou giz. Misturada com a areia, cujo efeito é atenuar o retraimento de volume da massa quando se solidifica, esta cal deu uma argamassa excelente.

Como resultado destes diversos trabalhos, no dia 9 de abril o engenheiro já tinha à sua disposição uma certa quantidade de cal preparada e alguns milheiros de tijolos. Começou então, sem perda de tempo, a construção do forno que devia servir para cozer os diversos objetos de louça, indispensáveis ao uso doméstico. Isto foi feito sem grandes dificuldades, e cinco dias depois se enchia o forno de carvão de pedra, tirado do jazigo que o engenheiro tinha encontrado na embocadura do riacho Vermelho. Dali a pouco, se via sair a fumaça por uma chaminé de vinte pés de altura. A clareira estava transformada em oficina, e Pencroff não duvidava de que daquele forno, sairia toda a espécie de produtos da indústria moderna. A primeira coisa que os colonos fabricaram foi louça comum, própria para cozinhar alimentos. A matéria-prima era argila, à qual Smith juntava alguma cal e

A primeira coisa que os colonos fabricaram foi louça comum.

um pouco de quartzo, tornando-a assim um verdadeiro "barro de cachimbo", com o qual fizeram potes, xícaras, pratos, enormes jarras, garrafas para água, etc. A forma destes objetos era torta e defeituosa, mas logo que o forno chegou à temperatura necessária, e que tudo ficou bem cozido, a cozinha das Chaminés estava provida de utensílios tão preciosos como se fossem da mais fina porcelana.

Pencroff, desejoso de saber se aquela argila assim preparada justificava o nome de "barro de Cachimbo", fabricou alguns bem grosseiros, mas que ele achava magníficos. Faltava-lhe, porém, o tabaco, e isto era para Pencroff uma das maiores privações.

— Ora, o tabaco há de aparecer, como as outras coisas têm aparecido! – repetia ele, nos seus ímpetos de confiança absoluta.

Estes trabalhos duraram até o dia 15 de abril, e o tempo foi bem aproveitado. Os colonos não fizeram mais nada senão louça de barro. Quando Smith entendesse que convinha fazer deles ferreiros, haviam de ser ferreiros. No dia seguinte era domingo, e domingo de Páscoa; combinaram então descansar neste dia. Eram homens religiosos, observadores dos preceitos da Bíblia, e a situação que enfrentavam só servia para afirmar ainda mais os sentimentos de confiança no autor de todas as coisas.

Na tarde de 15 de abril, os colonos voltaram definitivamente para as Chaminés, levando o resto da louça. O forno apagou-se, esperando novo destino. A volta dos colonos foi assinalada por uma feliz descoberta que o engenheiro fez de uma substância, própria para substituir a isca. Era uma substância esponjosa e macia, que provém de certos cogumelos do gênero políspsoro, e que, convenientemente preparada, é extremamente inflamável, sobretudo se for anteriormente saturada de pólvora ou fervida numa solução de nitrato ou de cloreto de potássio. Mas até então os colonos não tinham encontrado estes tais polísporos, nem mesmo outra espécie de cogumelos que os pudessem substituir. O engenheiro tinha notado, naquele dia, uma certa planta pertencente ao gênero artemísia, cujas espécies principais são o absinto, a erva cidreira, o estragão, etc.; arrancou alguns molhos dela, e apresentando-os ao marinheiro, exclamou:

— Aqui está algo, Pencroff, que vai te dar muita satisfação.

Pencroff analisou atentamente a planta, coberta de pêlos compridos e sedosos e com as folhas revestidas de uma penugem que parecia algodão.

— O que é isto, senhor Cyrus? – perguntou o marinheiro. – Deus seja louvado! Será tabaco?

— Não – respondeu Smith. – É artemísia, e nos servirá como isca.

E com efeito aquela artemísia, depois de convenientemente seca, se torna uma substância bastante inflamável, e mais ainda depois que o engenheiro a impregnou de nitrato de potássio, que abundava na ilha, e que não é outra coisa senão salitre.

Naquele noite, reunidos na câmara central, os colonos jantaram admiravelmente. Nab tinha preparado um caldo de aguti e um presunto de capivara aromatizado, juntando alguns tubérculos de tinhorão cozidos, espécie de planta herbácea da família das aráceas, e que debaixo da zona tropical teria tomado uma forma arborescente. Estes rizomas tinham um gosto excelente, eram muito nutritivos e semelhantes à substância que se vende na Inglaterra com o nome de "sagu de Portland", podendo até substituir o pão, que ainda faltava aos colonos da ilha Lincoln.

Antes de irem dormir, todos foram passear um pouco pela praia. Eram oito horas e a noite prometia ser magnífica. A lua, que cinco dias antes tinha sido lua cheia, não aparecera ainda, mas o horizonte já brilhava com aquela luz prateada a que bem se poderia chamar de aurora lunar. No céu austral as constelações circumpolares brilhavam, e destacando-se entre todas, o Cruzeiro do Sul, que o engenheiro tinha saudado do cume do monte Franklin dias antes.

Smith observou durante algum tempo aquela esplêndida constelação que tem no cimo e na base duas estrelas de primeira grandeza, no braço esquerdo uma estrela de segunda e no braço direito uma de terceira.

— Harbert — disse ele ao rapaz, depois de alguns momentos de reflexão, — hoje não é dia 15 de abril?

— Sim, senhor Cyrus — respondeu Harbert.

— Pois bem, se não me engano, amanhã será um dos quatro dias do ano em que o tempo verdadeiro se confunde com o tempo médio, quer dizer, meu rapaz, que amanhã, com diferença de apenas alguns segundos, o sol vai passar no meridiano justamente ao meio-dia dos relógios. Portanto, se o tempo estiver bom, creio que vou obter a longitude da ilha com a aproximação de alguns graus.

— Sem instrumentos, sem sextante? — espantou-se Spilett.

— Mesmo assim — disse o engenheiro. — E como a noite está clara, vou obter hoje ainda nossa latitude, calculando a altura do Cruzeiro do Sul, quer dizer, do pólo sul, acima do horizonte. Compreendam, amigos, que antes de empreendermos trabalhos mais sérios de instalação, não basta termos verificado que esta terra é uma ilha, é preciso, na medida do possível, reconhecer a que distância está situada, quer do continente americano quer do continente australiano ou dos principais arquipélagos do Pacífico.

— Certamente — disse o jornalista. — Talvez ganhemos mais em construir um barco em vez de uma casa, se descobrirmos que estamos a apenas alguns centos de milhas de qualquer costa habitada.

— É por isso mesmo — respondeu Smith, — que eu vou tentar esta noite obter a latitude da ilha Lincoln, e amanhã ao meio-dia tratarei de calcular a longitude.

Se o engenheiro possuísse um sextante, aparelho que permite medir com grande precisão a distância angular dos objetos pela reflexão, não ofereceria dificuldade a operação, e naquela noite pela altura do pólo, e no dia seguinte pela passagem do sol no meridiano, teria obtido as coordenadas da ilha. Mas como não tinha tal instrumento, tinha que arranjar um substituto.

Smith voltou às Chaminés, e à luz do fogo talhou duas réguas pequenas e chatas, reunindo-as depois por uma das extremidades, de maneira a formarem uma espécie de compasso, cujas pernas pudessem se afastar ou aproximar, sendo o eixo de junção feito com um enorme espinho de acácia, que o engenheiro achou entre a lenha seca da fogueira.

O engenheiro, depois de terminar o instrumento, voltou para a praia. Como, porém, era preciso medir a altura do pólo num horizonte claramente desenhado, isto é, um horizonte de mar, e o cabo Garra lhe escondia o horizonte do sul, o engenheiro teve que procurar um lugar melhor. Mas, para atingir o litoral sul, certamente o mais apropriado para a observação, seria preciso atravessar o Mercy. Só que, fundo como o lago estava, seria difícil.

Sendo assim, Smith resolveu fazer suas observações do platô da Vista Grande, não se esquecendo de anotar a altura que estava do nível do mar, altura que ele tencionava calcular no dia seguinte, por um simples processo de geometria elementar.

Os colonos então foram para o platô, subindo pela margem esquerda do Mercy, e se posicionando depois da orla que se orientava de nordeste a sudoeste, quer dizer, sobre a linha de rochas caprichosamente talhadas que costeavam o rio.

Essa parte do platô dominava cerca de cinqüenta pés as alturas da margem direita, que descia por um duplo declive até a extremidade do cabo da Garra, e até a costa meridional da ilha. Ali, nenhum obstáculo tolhia a vista do observador que abrangia o horizonte numa semicircunferência desde o cabo até o promontório do Réptil. Ao sul, aquele horizonte iluminado pelas primeiras claridades da lua, destacava vivamente no céu, e podia ser observado com certa precisão.

O Cruzeiro do Sul se apresentava ao observador, naquele momento, inteiramente invertido, marcando a estrela alfa a base da constelação, que é a parte mais próxima do pólo sul.

Esta constelação não estava tão próxima do pólo antártico como a estrela polar está do pólo ártico. A estrela alfa está a cerca de vinte e seis graus do pólo, e Smith sabia disso, devendo levar em conta no seu cálculo esta distância. Também teve todo o cuidado em observá-la no momento em que ela passava no meridiano abaixo do pólo, o que devia simplificar a sua operação.

Smith dirigiu uma das pernas do compasso de madeira para o horizonte do mar, a outra para alfa, como teria feito com as lentes do círculo repetidor, e o espaço que ficou entre as duas pernas lhe indicou a distância angular que separava a alfa do horizonte. A fim de fixar o ângulo obtido, pregou com espinhos as duas réguas do aparelho sobre uma terceira, colocada transversalmente, para que a sua abertura ficasse invariável.

Feito isso, restava apenas calcular o ângulo obtido, reduzindo a observação ao nível do mar, de maneira que se atendesse a depressão do horizonte, e para isso era preciso medir a altura do platô. O cálculo do ângulo daria a altura da alfa, e por conseqüência a do pólo acima do horizonte, quer dizer, a latitude da ilha. Isso porque a latitude de um ponto do globo é sempre igual à altura do pólo acima do horizonte desse ponto.

E como todos estes cálculos fossem deixados para o dia seguinte, às dez horas todos dormiam profundamente.

14

LOCALIZAÇÃO DA ILHA

No dia seguinte, 16 de abril, domingo de Páscoa, nossos colonos trataram de lavar suas roupas. O engenheiro pretendia fabricar sabão, assim que tivesse conseguido as matérias-primas essenciais para a saponificação, soda ou potássio, e uma gordura ou óleo qualquer. O importante problema da renovação do guarda-roupa foi adiado para ocasião mais oportuna.

As roupas que os colonos usavam, em todo caso, agüentariam mais alguns meses, porque eram fortes e capazes de resistir ao uso. Todos estes assuntos, no entanto, estavam pendentes até se saber a localização exata da ilha em relação a quaisquer territórios habitados, e este ponto ia ser definitivamente resolvido naquele dia, caso o tempo o permitisse.

Por uma feliz coincidência, o sol que então transpunha o horizonte claro prenunciava um dia magnífico, um daqueles lindos dias de outono, que são como que a última despedida da calma estação.

Era urgente, portanto, que se terminasse o cálculo iniciado na véspera, medindo agora a que altura do nível do mar estava o platô da Vista Grande.

— Não será necessário um outro instrumento, como o senhor fez ontem, senhor Cyrus? – inquiriu Harbert.

— Não, filho, não – respondeu ele. – Hoje vamos operar de maneira diversa, mas com igual precisão.

Harbert, sempre ansioso em aprender, qualquer que fosse o assunto, acompanhou o engenheiro, que, afastando-se da base da muralha de granito, caminhou praia abaixo até a borda do mar. Neste meio tempo, Pencroff, Nab e o jornalista estavam ocupados em diversos trabalhos.

Smith trazia uma espécie de vara reta, de uns doze pés de comprimento, que ele próprio medira com a maior exatidão possível, comparando-a com a sua própria altura. Harbert levava um fio de prumo, que o engenheiro lhe entregara, quer dizer, uma pedra atada na extremidade de uma fibra flexível.

Pararam há uns vinte pés da orla da praia, mais ou menos, tendo a muralha de granito perpendicularmente erguida em frente dele. Smith então enterrou dois pés de vara na areia, e a arrumou de modo que ficasse perpendicular ao plano do horizonte. Para isto, utilizou o fio de prumo.

Realizada esta primeira parte da operação, Smith recuou o espaço necessário para, deitando-se na areia, ter no seu campo visual, na mesma altura, a vara e a crista da muralha; e marcando com uma estaca o ponto onde estivera, disse para Harbert:

— Conhece os princípios elementares da geometria?

— Alguma coisa, senhor Smith – respondeu Harbert, não querendo se adiantar muito.

— Lembra alguma coisa sobre as propriedades dos triângulos semelhantes?

— Lembro – respondeu Harbert. – Têm os lados homólogos proporcionais.

— Muito bem, rapaz. A operação que acabo de fazer consistiu em construir dois triângulos semelhantes, ambos retângulos; o primeiro, o menor, tem por lados a vara perpendicular e a distância entre a estaca e o pé da vara, e por hipotenusa uma parte do meu raio visual; o segundo, tem por catetos a altura da muralha, que é exatamente o que pretendemos medir, e a distância entre a estaca e o pé da muralha, a sua hipotenusa, é a do outro triângulo prolongado.

— Compreendi! Compreendi! – exclamou Harbert. – A relação que há entre a distância da estaca até a vara, e a distância da estaca à base da muralha é igual à que deve existir entre a altura da vara e a da muralha.

— Isso mesmo, Harbert – replicou o engenheiro. – Logo que tivermos medido as duas primeiras distâncias, como conhecemos a altura da vara, basta-nos resolver uma proporção para termos a altura da muralha sem ter o incômodo de a medir diretamente.

E mediram-se as duas distâncias por meio da vara, cujo comprimento fora da areia era exatamente de dez pés. A primeira deu quinze pés, entre a cabeça da estaca e o ponto onde a vara enterrava na areia. A segunda, entre a cabeça da estaca e a base da muralha, mediu quinhentos pés.

Concluídas estas operações, Cyrus e Harbert voltaram para as Chaminés, onde o engenheiro, pegando uma pedra chata que trouxera de outras excursões, espécie de xisto ardósia, em que era fácil escrever com uma concha aguçada, estabeleceu e resolveu a seguinte proporção:

$$15 : 500 :: 10 : X$$
$$500 \times 10 = 5000$$
$$\frac{5000}{15} = 333{,}33$$

Daí se concluía que a altura da muralha de granito era cerca de trezentos e trinta e três pés.

Feito isto, Smith tornou a pegar o instrumento que fabricara na véspera, e cujas duas réguas lhe davam, pela medida do seu afastamento, a distância angular entre a estrela alfa e o horizonte. Mediu com a maior exatidão a abertura do ângulo com uma circunferência que dividiu em trezentas e sessenta partes iguais. O ângulo assim medido, acrescentado com os vinte e sete graus que constituem a distância angular da alfa ao pólo antártico, e reduzida ao nível do mar à altura do platô de onde a observação fora feita, deu cinqüenta e três graus. Subtraídos estes cinqüenta e três graus de noventa – distância do pólo ao equador, — restavam trinta e sete. Destes cálculos, Cyrus concluiu que a ilha Lincoln devia estar situada a trinta e sete graus de latitude sul, ou com maior exatidão, supondo um erro provável de cinco graus, entre o trigésimo quinto e o quadragésimo paralelo.

Faltava só obter a longitude para completar as coordenadas geográficas da ilha, e era esta falta que o engenheiro tentava preencher ainda naquele dia, ao meio-dia, isto é, no momento em que o sol passasse pelo meridiano.

Resolveu-se que aquele domingo seria dia de passeio, ou melhor, uma exploração da parte da ilha situada entre o norte do lago e o golfo do Tubarão, e que, caso o tempo o permitisse, os colonos fariam o reconhecimento até a costa setentrional do cabo da Mandíbula sul. O almoço devia se realizar nas dunas e o regresso à noite.

Às oito e meia da manhã o grupo já caminhava pela borda do canal. Na outra margem, na ilhota da Salvação, passeavam inúmeras aves. Eram mergulhadores da espécie dos pingüins, muito fáceis de reconhecer pela sua desagradável voz, que parece o zurrar de um burro. Pencroff, sempre pensando sob o ponto de vista culinário, ouviu com satisfação que a carne dos tais pingüins, ainda que negra, era comestível.

Pela areia também se via, caminhando lentamente, grandes anfíbios, provavelmente focas, que pareciam ter escolhido a ilhota como refúgio. Estes animais não serviam para a alimentação, porque a carne, oleosa, é simplesmente detestável. Smith, no entanto, observou-os com grande atenção, e sem dar a conhecer o que tinha em mente, anunciou aos companheiros que em breve iriam fazer uma visita à ilhota.

A praia por onde os colonos seguiam estava semeada por inúmeras conchas, algumas das quais fariam a felicidade de qualquer amante da malacologia. Mas útil, porém, foi a descoberta que Nab fez de uma grande ostreira, que a maré baixa revelava, cerca de quatro milhas das Chaminés.

— Nab não perdeu o dia — exclamou Pencroff, examinando o banco de ostras que se estendia mar adentro.

— Foi uma boa descoberta — disse o jornalista, — e, se for verdade, como alguns dizem, que cada ostra dá por ano cinqüenta a sessenta mil ovos, temos aqui uma mina inesgotável.

— O pior é que me parece que a ostra não é lá muito nutritiva — disse Harbert.

— Não é não — respondeu Smith. — As ostras contêm pouquíssima matéria azotada. Para alimentar um homem que só consumisse ostras, seriam necessários nada menos que quinze a dezesseis dúzias por dia.

— Ora, temos o suficiente então! — replicou Pencroff. — Podemos nos fartar de ostras, antes que o reservatório se esgote. Vamos apanhar algumas para o almoço?

E sem esperar resposta, o marinheiro, ajudado por Nab, foi catar os moluscos. Concluída a tarefa, meteu as ostras numa espécie de rede de fibra de hibiscos, fabricada pelo negro, e na qual já estava o restante do almoço. E retomaram o caminho costa acima, entre as dunas e o mar.

De tempos em tempos, Cyrus consultava o relógio, para não perder o meio-dia exato, quando devia realizar sua observação.

Toda aquela porção da ilha, dali até a ponta que fechava a baía da União, e que fora batizada com o nome de cabo da Mandíbula sul, era de uma grande aridez. O que mais se encontrava ali era areia e conchas, misturadas com alguns restos de lava. Aquela triste costa era freqüentada por algumas aves marinhas: gaivotas, albatrozes e alguns patos selvagens que, por motivos justos, aumentavam o apetite de Pencroff. O marinheiro bem que tentou matar alguns à flechadas, mas sem resultado. Isso fez Pencroff repetir ao engenheiro sua queixa usual:

— Nada, senhor Cyrus! Nada! Enquanto não tivermos uma espingarda ou duas, nossos equipamentos de caça serão bem deficientes!

— Não há dúvida, Pencroff — acudiu o jornalista, — mas você tem tudo nas mãos! Arranje-nos ferro para os canos, aço para a fecharia, salitre, carvão e enxofre para a pólvora, mercúrio e acido nítrico para os fulminantes e chumbo para as balas, que Cyrus fabricará espingardas excelentes!

— Nem tanto! – replicou o engenheiro. – Podemos vir a encontrar todas estas substâncias na ilha. Uma arma de fogo, porém, é um instrumento delicado, cuja construção exige ferramenta de grande precisão. Mais para a frente, veremos o que vai ser possível.

— E pensar que jogamos fora todas as nossas armas, todas as ferramentas, até as navalhas!

— Se não fosse assim, Pencroff, agora estaríamos no fundo do mar, junto com a barquinha! – replicou Harbert.

— Isso é verdade, rapaz! – concordou o marinheiro. – O que me faz lembrar agora, o espanto de Jonathan Forster e seus amigos ao procurarem o balão e nada encontrarem!

— O que eles pensaram ou não, não nos interessa! – disse o jornalista.

— E fui eu, fui eu o autor desta idéia! – disse Pencroff, com ar de satisfação.

— Grande idéia, Pencroff – zombou Spilett. – Por causa dela é que estamos nesta situação!

— Antes estar aqui, e assim, do que nas mãos dos partidários do sul! – exclamou o marinheiro. – Ainda mais que o senhor Cyrus teve a bondade de vir conosco!

— Pois eu também concordo, verdade seja dita! – replicou o jornalista. – E além disso, o que nos falta aqui? Nada.

— A não ser... Tudo! – respondeu Pencroff, desatando a rir. – O que vale é que mais cedo ou mais tarde havemos de encontrar um meio de sair daqui!

— E talvez mais cedo do que imaginam, meus amigos – disse então o engenheiro, — se a ilha Lincoln estiver a perto de algum arquipélago habitado ou de um continente. Daqui a menos de uma hora o saberemos. Não tenho nenhum mapa do Pacífico, é verdade, mas tenho na memória a recordação clara da parte meridional de sua costa. Segundo a latitude calculada ontem, a ilha está entre a Nova Zelândia a oeste, e a costa do Chile a leste. Entre estas duas costas, porém, há pelo menos seis mil milhas de distância. Resta por conseqüência determinar que ponto a nossa ilha ocupa neste amplo espaço de mar. Com a observação de longitude que vou fazer, espero solucionar esta questão.

— A terra que temos mais próxima em latitude, então, não seria o arquipélago de Pomotou? – perguntou Harbert.

— Sim – respondeu o engenheiro, — mas ainda assim a mais de mil e duzentas milhas!

— E para lá? – disse Nab, que seguia a conversa interessado, apontando para o sul.

— Para além, nada... – respondeu Pencroff.

— E assim é, nada – acrescentou o engenheiro.

— Então, Cyrus – perguntou o jornalista, — se a ilha Lincoln estiver só a duzentas ou trezentas milhas da Nova Zelândia ou Chile?...

— Então... – respondeu o engenheiro. – Em vez de construirmos uma casa, construiremos um barco, e mestre Pencroff se encarregará desta tarefa...

— Pois não! Senhor Cyrus, não tenho problemas em ser promovido a comandante... Principalmente em se tratando de achar um modo de construir uma embarcação que agüente o mar.

— Se for necessário, acharemos! – respondeu Smith.

Mas enquanto aqueles homens, para quem não havia dificuldades invencíveis, conversavam, ia-se aproximando a hora em que devia ser feita a observação. Como Cyrus procederia para verificar a passagem do sol pelo meridiano da ilha, sem instrumento algum? Isso é o que Harbert não conseguia adivinhar.

Os observadores estavam a seis milhas de distância das Chaminés, não muito longe das dunas onde o engenheiro fora encontrado, depois de ter-se salvo de maneira tão enigmática. Pararam naquele local, e trataram de preparar tudo para o almoço, já que eram onze e meia. Harbert foi buscar água doce no ribeiro que corria ali perto, colocando-a numa bilha que o previdente Nab trouxera.

Enquanto se preparava o almoço, Smith ia arrumando tudo para a sua observação astronômica. Escolheu na areia um lugar limpo de pedras e perfeitamente nivelado pela vazante. A areia naquele lugar era tão fina que a faixa de areia estava lisa como um espelho. Que o plano fosse horizontal ou não, pouco importava, assim como a vara que lá enterrou o engenheiro ficasse ou não perpendicular. Tanto assim que o engenheiro, quando meteu a vara na areia, fez com que ela pendesse para o sul, isto é, para o lado oposto ao sol, porque convém não esquecer que os colonos da ilha Lincoln viam o sol descrever seu arco acima do horizonte norte, e não do horizonte sul, já que estavam no hemisfério sul.

Foi então que Harbert compreendeu como o engenheiro iria proceder para determinar o instante da culminação do sol, quer dizer, da sua passagem pelo meridiano da ilha, por outras palavras, o meio dia do local. Era por meio da sombra projetada pela vara na areia, meio este que, na falta de instrumento próprio, lhe daria uma aproximação satisfatória para os resultados que tinha em mira.

Efetivamente, no momento em que a sombra da vara atingisse o mínimo comprimento, devia ser exatamente meio-dia, e para determinar esse momento era preciso acompanhar com os olhos, e de relógio em punho, a extremidade da sombra, e marcar com precisão o instante em que esta, depois de ter gradualmente diminuído, recomeçasse a crescer. Pelo fato de inclinar a vara para o lado oposto ao sol, Cyrus conseguira tornar a sombra mais comprida, e portanto seria mais fácil de se verificar as modificações dela. E assim é: quanto maior é um ponteiro de mostrador, mais facilmente se lhe podem observar os deslocamentos da extremidade. E a sombra da vara fazia ali exatamente o papel do ponteiro do mostrador.

Assim que julgou o momento apropriado para começar a observação, Cyrus ajoelhou-se e começou a marcar, com palitos enterrados na areia, as sucessivas posições da extremidade da sombra. Seus companheiros seguiam a operação com grande interesse.

O jornalista estava com o cronômetro em punho, pronto para marcar a hora assim que Cyrus desse sinal. Deve-se registrar que tudo isto acontecia no dia 16 de abril, dia em que o tempo verdadeiro e o tempo médio são iguais, a hora marcada pelo cronômetro de Gedeon dava a hora verdadeira que então marcavam os relógios de Washington, fato este que simplificava o cálculo.

O sol ia caminhando lentamente: a sombra da vara diminuía pouco a pouco.

— Que horas são? – perguntou Cyrus, quando achou que a sombra recomeçava a crescer.

— Cinco horas e um minuto – respondeu prontamente o jornalista.

Feito isto, agora só restava o cálculo. Como se acabava de ver, a diferença, em números redondos, entre o meridiano de Washington e o da ilha Lincoln era de cinco horas, ou para melhor dizer, era ainda meio-dia na ilha Lincoln quando já eram cinco da tarde em Washington. O sol, no seu movimento aparente em volta da terra, percorre um grau em quatro minutos, ou seja, quinze graus por hora. Quinze multiplicado por cinco, dão setenta e cinco graus.

Por conseqüência, como a longitude de Washington é de 77° 3′1′′, ou, desprezando frações, de setenta e sete graus contados do meridiano de Greenwich – que os americanos, bem como os ingleses, tomam como ponto de partida das longitudes, — calculava-se que a ilha estava entre setenta e sete ou setenta e cinco graus a oeste do meridiano de Greenwich, isto é, a cento e cinqüenta e dois graus de longitude oeste.

Smith informou aos seus companheiros o resultado do cálculo, e atendendo aos prováveis erros de observação, como já fizera no caso da latitude, considerou estar a ilha entre o trigésimo quinto e o trigésimo sétimo paralelo, e entre cento e cinqüenta e cento e cinqüenta e cinco graus de longitude a oeste do meridiano de Greenwich.

O máximo de erro que Cyrus admitia nas observações feitas, era de cinco graus para mais ou para menos, erro que a sessenta milhas por grau, podia dar o de trezentas milhas em latitude ou em longitude na apreciação da situação exata da ilha.

Tal erro, porém, não era coisa que influísse na resolução que tinham a tomar. Qualquer que fosse ele, entre os limites indicados, era evidente que a ilha estava bem distante de qualquer terra firme ou arquipélago, e que não seria sensato arriscar-se a transpor semelhante extensão num simples e frágil barco.

Realmente, os cálculos feitos colocavam a ilha há pelo menos mil e duzentas milhas do Taiti e do arquipélago das Pomotou, há mais de mil e oitocentas milhas da Nova Zelândia e a mais de quatro mil da costa americana!

Por mais que Cyrus se esforçasse, não conseguia se recordar da existência de uma ilha qualquer, naquela parte do Pacífico, que correspondesse à localização da ilha que tinham batizado de Lincoln.

15

O PERÍODO METALÚRGICO

Então, senhor Spilett, em que trabalharemos hoje? – foram as primeiras palavras de Pencroff no dia seguinte.

— Não sei! No que Cyrus quiser! – respondeu o jornalista.

O caso é que, depois de serem tijoleiros e oleiros, os companheiros do engenheiro iam se transformar em metalúrgicos.

A exploração iniciada na véspera, fora levada até ao extremo do cabo da Mandíbula, cerca de sete milhas das Chaminés. Naquela ponta terminava a longa série de dunas, e o terreno começava a apresentar aspecto vulcânico. Ali já não haviam altas muralhas, como no platô da Vista Grande, mas sim uma singular e caprichosa orla de rochedos que emoldurava o estreito golfo, compreendido entre os dois cabos formados das substâncias minerais vomitadas pelo vulcão. Os colonos, tendo chegado até aquela ponta, tinham voltado pelo mesmo caminho, chegando ao cair da noite nas Chaminés; não adormeceram, porém, sem decidir se deviam ou não pensar em abandonar a ilha.

A distância de mil e duzentas milhas, que separava a ilha do arquipélago das Pomotou, era algo a se considerar. Transpô-las num barco, principalmente nas proximidades da estação tempestuosa, nem era para se considerar. Essa tinha sido a opinião de Pencroff. Ora, construir um barco simples, mesmo com todas as ferramentas necessárias, já era obra difícil, imagine para os nossos colonos, que precisavam fabricar martelos, machados, serras, brocas, verrumas, plainas etc. Isto levaria ainda algum tempo. Assim, decidiram passar o inverno na ilha Lincoln, procurando um local mais confortável do que as Chaminés para passar os meses de inverno.

Convinha, antes de tudo, utilizar certo minério de ferro, do qual o engenheiro tinha percebido alguns jazigos na região noroeste da ilha, e transformar esse minério em ferro e em aço.

Geralmente, em terreno algum se encontram metais em estado de perfeita pureza. Na maior parte dos casos, se encontram combinados com o oxigênio ou com o enxofre. Efetivamente, as amostras que Cyrus trouxera da excursão eram de ferro magnético não carbonatado, a outra era de pirita de ferro, ou sulfureto de ferro. A primeira destas amostras, na verdade óxido magnético de ferro, convinha reduzir a carvão, isto é, tirar o oxigênio para obter ferro puro. Esta redução se faz submetendo o minério em presença do carvão a uma elevada temperatura; ou pelo método fácil e rápido intitulado "método catalão", quem tem além disso a vantagem de transformar diretamente o minério em ferro numa única operação, sendo que o método dos altos fornos, que transforma primeiro o minério em ferro fundido, depois em ferro puro, roubando ao primeiro os três a quatro por cento de carvão que sob aquela forma o metal tem sempre combinados.

Ora, do que Cyrus necessitava? De ferro puro, e não de ferro fundido; e assim devia utilizar o método mais rápido de redução.

De mais a mais, o minério de que o engenheiro colhera amostra era puríssimo e muito rico, daquela espécie de minério oxidulado, que se encontra em massas confusas de cor pardo-escura, negro quando reduzido a pó, que se cristaliza em octaedros regulares, de que se fazem os imãs naturais, e que na Europa, serve para fabricar as primeiras qualidades de ferro, em que abundam a Suécia e a Noruega. Não longe do jazigo de ferro magnético estavam os jazigos de carvão de pedra já começados a explorar pelos nossos colonos. Desta proximidade havia de vir grande facilidade no aproveitamento do minério, pois que estavam um ao pé do outro os dois elementos da fabricação do metal. De um fato análogo a este é que vem a prodigiosa riqueza das explorações metalúrgicas do Reino Unido, onde a hulha que serve para fabricar o metal é com ele extraída ao mesmo tempo e do mesmo terreno.

— Quer dizer então, senhor Cyrus, que vamos extrair o tal minério de ferro?

— Sim, meu amigo – respondeu o engenheiro, — e para isso mesmo começaremos, o que de certo não vai ser muito agradável, por ir até a ilhota caçar focas.

— Caçar focas? – exclamou o marinheiro, voltando-se para Spilett. – Então, para fabricar ferro são necessárias as focas?

— Cyrus é quem está dizendo! – respondeu o jornalista.

Mas o engenheiro já saíra das Chaminés, e Pencroff, sem esperar mais explicações, foi se preparar para a caçada.

Dali a pouco todos estavam reunidos num ponto da praia onde o canal tinha uma espécie de vau na maré baixa, e como a maré estava então na maior baixa do refluxo, os caçadores conseguiram atravessar o canal com a água chegando, quando muito, até o joelho.

Cyrus pisava na ilhota pela primeira vez, já os seus companheiros tinham sido lançados ali durante a tempestade.

A chegada dos caçadores teve por expectadores muitos pingüins, bom número dos quais poderiam ter matado a porretadas; mas nem sequer se cogitou tal carnificina duplamente inútil, porque o que importava era não assustar as focas, que estavam deitadas na areia, a poucos metros dali. Os caçadores também respeitaram certos pingüins mais que inocentes, cujas asas, reduzidas ao estado de cotos, eram chatas, à maneira de barbatanas e guarnecidas de penas de aparência escamosa.

Os colonos avançaram com toda a prudência em direção à ponta do norte, pisando num terreno crivado de tocas, outros tantos ninhos de aves aquáticas. No extremo da ilha apareciam, nadando na superfície, grandes pontos negros. Poderia se dizer que eram cabeças de cachopos, mas móveis.

Pois eram exatamente as focas, em cuja captura estavam empenhados os nossos caçadores. Para conseguir este resultado, era preciso esperar que a caça chegasse em terra, já que as focas, por terem a bacia estreita, pêlo curto e espesso, e a forma fusiforme, são excelentes nadadoras, e portanto difíceis de serem apanhadas no mar. Já na terra, os pés curtos e espalmados apenas lhe permitem um movimento rastejante e lento.

Pencroff, que conhecia os hábitos dos anfíbios, aconselhou aos companheiros que esperassem os animais se estenderem ao sol, cujo calor não tardaria a mergulhá-los em sono profundo. Aí sim, poderiam capturá-las.

Os caçadores então ocultaram-se por detrás dos rochedos do litoral, e ali esperaram silenciosos.

Passou-se bem uma hora antes que as focas se decidissem a vir brincar na areia. Devia haver uma meia-dúzia delas. Pencroff e Harbert iriam apanhar a caça pela retaguarda, ao mesmo tempo que Smith, Spilett e Nab caminhavam rastejando ao longo das rochas, para alcançar o local do combate.

De repente, o marinheiro levantou-se e soltou um grito. O engenheiro e seus companheiros correram rapidamente para onde ele estava. Duas focas estavam ali, mortas na areia. As outras haviam conseguido escapar para o mar.

— Aqui estão as focas que pediu, senhor Cyrus! – disse Pencroff.

— Muito bom, muito bom! – respondeu Smith. – Daqui vamos tirar dois famosos foles de ferreiro!

— Foles de ferreiro? – exclamou Pencroff.

De fato o engenheiro pretendia usar a pele das focas para fazer uma máquina de soprar, necessária na preparação do minério. Os animais eram apenas médios, não passando de 1 metro de comprimento cada. O formato da cabeça lembrava a de um cão.

Como fosse inútil carregar tamanho peso, Nab e Pencroff esfolaram as focas ali mesmo, enquanto Cyrus e o jornalista exploravam a ilhota.

Devia haver uma meia-dúzia de focas. Os caçadores partiram então para o ataque.

Nab e Pencroff se saíram muito bem da operação, e dali a três horas, Smith tinha à sua disposição duas peles de foca, das quais contava servir-se mesmo no estado em que estavam, sem tentar de forma alguma curti-las.

Terminado este trabalho, os colonos tiveram que esperar a maré vazante, para assim atravessarem o canal e voltarem para as Chaminés.

Foi trabalhoso estender as duas peles em dois caixilhos de madeira, para que não encolhessem e enrolassem, e costurá-las depois com fibras vegetais, dando-lhes a forma de foles, sem que o ar tivesse muito por onde escapar. Foi necessário repetir a operação por duas vezes. Cyrus Smith, dispondo apenas de duas lâminas de aço tiradas da coleira de Top, foi tão hábil, e tão inteligente o auxílio que recebeu dos companheiros, que três dias depois a pequena colônia já contava com nova ferramenta, uma máquina de soprar, destinada a injetar o ar no meio do minério, quando fosse tratado pelo calor, condição indispensável para o bom êxito da operação.

No dia 20 de abril, logo pela manhã, começou o "período metalúrgico", como o jornalista descreveu em suas anotações. Smith resolveu operar no local onde estavam os jazigos de hulha e minério. Segundo suas observações, estes jazigos estavam no sopé dos contrafortes do monte Franklin, isto é, a umas seis milhas de distância. Seria inútil pensar em voltar todos os dias para as Chaminés, e todos concordaram que a pequena colônia deveria acampar lá, abrigada por uma choupana de ramos, de forma que a importante operação não fosse interrompida de noite nem de dia.

Assim decidido, partiram logo pela manhã. Nab e Pencroff levaram, em cima de uma esteira, o fole e certa quantidade de provisões, fáceis de refazer no caminho.

Atravessaram obliquamente, de sueste a noroeste, o bosque do Jacamar, atravessando-o pela parte mais espessa da devesa, sendo até necessário abrir um caminho, que mais adiante haveria de ser uma ligação direta entre o platô da Vista Grande e o Monte Franklin. O arvoredo, que continha muitas espécies já conhecidas, era magnífico. Harbert, contudo, sempre conseguia descobrir algumas árvores novas, entre elas alguns dragoeiros, que Pencroff apelidou de "alhos bravos" porque, apesar do tamanho, pertenciam à mesma família das liliáceas a que pertencem a cebola, a cebolinha e o aspargo. Dos tais dragoeiros também se podia aproveitar as raízes linhosas, que cozidas são excelentes, e submetidas à fermentação, dão um agradável licor; razão pela qual se fez uma boa provisão delas.

A caminhada através da mata fechada foi comprida, durou um dia inteiro, verdade que bem aproveitado para observar a fauna e flora da floresta. Top, encarregado particularmente da fauna, corria entre o mato, fazendo levantar toda espécie de caça. Harbert e Spilett mataram dois cangurus à flechadas, e além destes, um outro animal muito semelhante a um ouriço e a um tamanduá.

— E dentro da panela, com que será que o tamanduá irá se parecer? – lembrou-se Pencroff.

— Com um excelente pedaço de vaca! — respondeu Harbert.

— Pois mais não lhe peço! – tornou o marinheiro.

Durante aquela excursão, os caçadores puderam ver alguns porcos monteses, que não se atreveram a atacar o grupo, e todos já pensavam que não haveria nenhuma fera para ser verdadeiramente temida, quando o jornalista julgou ver a poucos passos, entre a vegetação, um animal que ele tomou por um urso, tratando logo de desenhá-lo.

Para grande sorte de Spilett, o animal não era um urso. Era uma simples preguiça. Apresentava o tamanho de um grande cão, tinha o pêlo hirsuto e de cor suja, e as patas guarnecidas de fortes garras, circunstância que lhe permitia trepar em árvores e alimentar-se de folhas. Verificada a identidade do animal, os colonos decidiram que não deviam incomodá-lo em suas inofensivas ocupações. Spilett teve que trocar em suas anotações a palavra "urso" pela palavra "preguiça". Terminado o incidente, os caçadores retomaram seu caminho.

Por volta das cinco horas da tarde, Smith deu sinal de parada. Estavam já fora da floresta, na raiz dos contrafortes em que se escorava, na parte leste, o monte Franklin. A poucos passos dali corria o riacho Vermelho, que serviria como fonte de água potável.

Ali organizaram o acampamento. Em menos de uma hora, fizeram entre as árvores, no extremo da floresta, uma choupana de ramos entrelaçados com trepadeiras e amassados com barro, abrigo suficiente para os colonos. As explorações geológicas ficaram para o dia seguinte. Acendeu-se uma boa fogueira diante da choupana, um grande pedaço de carne foi assado, e por volta das oito horas da noite, cansados, todos estavam dormindo, depois de terem decidido os turnos de quem iria vigiar o fogo, destinado a afastar algum animal perigoso que andasse vagueando por aqueles lados.

No dia seguinte, 21 de abril, Smith e Harbert foram em busca dos terrenos onde o engenheiro tinha encontrado a amostra do minério. Encontraram logo o jazigo, que estava à superfície do terreno, e muito perto do local onde nascia o riacho, ao pé da base lateral de um dos contrafortes ao nordeste. O minério encontrado era riquíssimo em ferro e encerrado numa ganga fundível, e por conseqüência, perfeitamente adequado ao modo de redução que o engenheiro contava servir-se, isto é, o método catalão, mais simplificado, tal como usam na Córsega.

O método catalão propriamente dito, exige construções de fornos e cadinhos, em que o minério e o carvão, colocados em camadas alternadas reciprocamente se transformam e reduzem. Smith, porém, pretendia poupar-se a tais construções, e desejava formar simplesmente com minério e carvão uma única massa de forma cúbica, para cujo centro devia apontar a corrente de ar do fole já construído. Foi este, certamente, o processo empregado por Tubal-Caïn e pelos primeiros metalúrgicos do mundo habitado. E o que dera tão bons resultados aos netos de Adão, e que servia com tanto êxito ainda nos países ricos de minério e combustível, deveria produzir igual resultado nas circunstâncias em que se achavam os colonos da ilha Lincoln.

A colheita da hulha se fez como a do minério, sem grande trabalho, a pouca distância, e também à superfície do terreno. Antes de começarem propriamente as operações, o minério foi partido em pedaços, e limpo à mão das muitas impurezas que apresentava na superfície. Em seguida, fez-se um monte de carvão e de minério dispostos em camadas sucessivas, como fazem os carvoeiros com a madeira que pretendem carbonizar. Arranjadas as coisas deste modo, o carvão, sob o influxo da corrente de ar projetada pelo fole, devia se transformar, primeiro em ácido carbônico, e depois em óxido de carbono, elemento encarregado de reduzir o óxido de ferro, isto é, de lhe roubar o oxigênio.

Assim procedeu o engenheiro. O fole, guarnecido na extremidade com um bico de barro refratário, fabricado no forno da louça, foi assentado junto do monte de minério. O fole era movido por um maquinismo, que consistia em caixilhos de madeira, cordas de fibras têxteis e contrapesos, e lançava na massa mineral uma provisão de ar que, enquanto elevava a temperatura, ajudava simultaneamente na transformação química de onde havia de sair ferro puro.

A operação era difícil e exigia toda a paciência e engenho dos colonos para se obter um bom resultado; mas tudo saiu bem, e eles obtiveram um pedaço de ferro esponjoso, que foi forjado para separar do ferro a ganga derretida. Claro que faltava aos improvisados ferreiros o primeiro martelo, mas afinal, eles estavam nas mesmas condições em que se encontrou o primeiro forjador de metais, e o que este fez, eles também, provavelmente, o fizeram.

O primeiro pedaço de ferro mesmo sem forjar foi encavado num pau, e usado para forjar o segundo, num pedaço de granito que serviu como bigorna. E assim conseguiram uma boa porção de metal, de baixa qualidade, mas bastante útil.

Enfim, depois de tantos esforços, de tantos trabalhos, no dia 25 de abril, estavam forjadas muitas barras de ferro, algumas transformadas em ferramentas e utensílios, tais como pinças, tenazes, torqueses, enxadas, picaretas, etc., objetos que Pencroff e Nab declararam serem verdadeiras jóias.

Não era, porém, em estado de ferro puro que o metal elaborado podia prestar grandes serviços, mas sim depois de transformado em aço. O aço é uma combinação de ferro e carvão que se tira, quer do ferro fundido, tirando-lhe um certo excesso de carvão, quer do ferro puro carbonado num certo grau. A primeira destas espécies de aço, obtido pela retirada do carvão, dá o aço natural; a segunda, resulta no aço chamado de cimentação.

Era esta última espécie de aço que Smith queria fabricar, preferencialmente, já que possuía ferro puro. E este resultado foi obtido aquecendo-se o metal com carvão em pó num cadinho de barro refratário.

Em seguida, trabalhou o aço assim obtido, que era maleável tanto quente quanto frio. Nab e Pencroff, sob a hábil direção do engenheiro, fabricaram alguns ferros de machado, que aquecidos até ficarem rubros e mergulhados em seguida em água fria, ficaram com excelente têmpera.

Muitos outros instrumentos, grosseiramente moldados é verdade, foram fabricados, como ferros de plainas, machados, machadinhas, fitas de aço para fazer serras, torqueses de carpinteiros, martelos, pregos, etc.

No dia 5 de maio estava terminado o primeiro período metalúrgico, e os nossos ferreiros voltaram às Chaminés, onde tantos outros trabalhos iam em breve dar-lhes direito a nova qualificação.

16
O Monstro Desconhecido

Era o dia 6 de maio, que corresponde ao dia 6 de novembro das regiões do hemisfério norte. O céu já começava a nublar-se, e como iam passar o inverno ali, convinha se tomar certas resoluções neste sentido. A temperatura, todavia, não baixara ainda sensivelmente, e se existisse um termômetro na ilha Lincoln, marcaria ainda uma média de dez a doze graus acima de zero. Uma média tal não é de se surpreender, porque a ilha Lincoln, provavelmente situada entre o trigésimo quinto e o quadragésimo paralelo, devia, no hemisfério sul, achar-se submetida às mesmas condições climáticas da Sicília ou da Grécia no hemisfério norte. Mas assim como na Grécia e na Sicília há frio intenso, que chega a produzir neve, também na ilha Lincoln, certamente, o período mais acentuado de inverno devia resultar em temperaturas baixas, das quais convinha se prevenir.

Em todo caso, se o frio ainda não era intenso, a estação chuvosa estava próxima, e naquela ilha isolada, exposta a todas as intempéries do mar, situada no meio do oceano Pacífico, as tempestades deviam ser freqüentes e provavelmente terríveis.

Era urgente a necessidade de pensar e resolver a questão de arranjar habitação mais protegida e cômoda que as Chaminés.

Pencroff, naturalmente, tinha certa predileção pelo abrigo que descobrira, mas concordava com a necessidade de se buscar outro lugar, lembrando-se de que o mar já entrara nas Chaminés. Expor-se novamente a tal perigo não seria conveniente.

— Temos que tomar certas precauções – acrescentou Smith, que conversava sobre este assunto com seus companheiros.

— Precauções, por que? Se a ilha não é habitada – espantou-se o jornalista.

— É provável que não seja — respondeu o engenheiro, — ainda que nós não tenhamos explorado toda a ilha. Mas se não se encontra aqui nenhum ser humano, receio que abundem animais perigosos. Por isso, precisamos estar ao abrigo de qualquer agressão possível, para não sermos obrigados a fazer turnos durante a noite, para conservar uma fogueira acesa. E depois, amigos, convém sempre prever o pior. Estamos numa parte do pacífico muito freqüentada pelos piratas malaios...

— O que? – exclamou Harbert. – Mas estamos tão distantes de qualquer outra terra!

— Sim, filho – respondeu o engenheiro. – Esses piratas são ousados marinheiros e temíveis malfeitores, e devemos tomar medidas de precaução.

— Pois bem – respondeu Pencroff. – Vamos nos fortificar contra toda a espécie de selvagens, seja de dois ou de quatro pés. Mas não seria razoável explorar toda a ilha antes de decidirmos qualquer coisa?

— Seria o melhor – acrescentou Spilett. – Quem sabe na outra costa não encontremos uma dessas cavernas que em vão procuramos aqui?

— Vocês se esqueceram que nos convém estabelecer-nos nas vizinhanças de um rio qualquer, e que do cume do monte Franklin não vimos nem sequer um arroio do lado oeste? – alertou o engenheiro. – Aqui, pelo contrário, ficaremos entre o Mercy e o lago Grant, o que seria uma enorme vantagem. De mais a mais esta costa não fica exposta aos ventos que sopram do nordeste!

— Nesse caso, senhor Cyrus, é melhor construir uma casa nas margens do lago – disse o marinheiro. – Tijolo e ferramenta não faltam! Diabos! Se já fomos tijoleiros, oleiros, fundidores, ferreiros e até serralheiros, porque não podemos ser também pedreiros?

— Sim, mestre Pencroff, mas antes de tomarmos qualquer resolução, convém procurar obra feita. Uma habitação já preparada pela natureza irá nos poupar muito trabalho, e também nos oferecerá abrigo mais seguro – replicou o engenheiro.

— Mas, se já examinamos toda essa massa de granito, e não achamos um buraco, nem sequer uma fenda! – disse o jornalista.

— É verdade! – acrescentou Pencroff. – Ah! Se pudéssemos abrir uma habitação nesse muro, numa certa altura, que ficasse fora de alcance, isso é que seria bom! Estou mesmo a vê-la, na fachada que se abre para o mar, cinco ou seis quartos!...

— Todos com janela! – disse Harbert, rindo.

— E uma escada para podermos subir! – disse Nab.

— Estão rindo por que? O que há de impossível no que estou propondo? – irritou-se Pencroff. – Não temos picaretas e enxadas? Acaso seria grande coisa para o senhor Cyrus fabricar pólvora para arrebentarmos as minas? Pois então não é verdade, senhor Cyrus, que quando precisarmos de pólvora, o senhor não vai fabricá-la?

O engenheiro escutara o entusiasmado Pencroff expondo seus projetos um tanto fantásticos. Atacar a imensa massa de granito, mesmo usando pólvora, era um trabalho hercúleo, e era uma pena, na verdade, que a natureza não tivesse se encarregado da parte mais penosa da obra. Mas a única resposta que Smith deu a Pencroff foi a uma proposta de examinarem novamente a muralha de granito, desde a embocadura do rio até ao ângulo que pelo lado do norte terminava a penedia.

Esta exploração foi feita então, num comprimento de aproximadamente duas milhas de muralha, com todo o cuidado. Mas a parede, completamente lisa, não apresentou nenhuma cavidade. Os próprios ninhos dos pombos selvagens que voavam no alto da penedia não passavam, na realidade, de buracos abertos na crista da montanha, e na orla irregularmente recortada do granito.

Esta circunstância era pouco agradável, porque atacar aquela imensa massa de granito, seja com picareta, seja com pólvora, para abrir nela uma habitação, era impossível. Será que Pencroff descobrira nas Chaminés o único abrigo possível, mas que era obrigatório ser abandonado?

Quando a exploração terminou, nossos colonos estavam junto do ângulo norte da muralha, onde esta terminava por declives alongados que vinham morrer no areal. Dali até a extremidade oeste, onde a penedia transformava-se numa espécie de talude, grande aglomeração de penedos, terra e areia, tudo ligado por muitas plantas, arbustos ou ervas, e com uma inclinação de quarenta e cinco graus apenas. Num ou noutro ponto ainda se via o granito como que furando com agudas pontas aquele imenso penhasco. No declive todo atapetado de erva, nasciam muitas moitas de árvores. A vegetação porém, não ia além; do sopé do talude nascia um imenso areal que se estendia até o mar.

Cyrus achou que o excesso de águas do lago devia escoar-se por aquele lado, formando uma cascata. Efetivamente, era forçoso que o excesso de água fornecida pelo riacho Vermelho tivesse uma saída qualquer. E esta saída é que o engenheiro ainda não encontrara em nenhuma parte da margem já explorada, ou seja, da foz do riacho a oeste, até o platô da Vista Grande. Assim, o engenheiro propôs aos companheiros que subissem o talude, e voltassem depois para as Chaminés pelo monte, aproveitando a caminhada para explorar as margens setentrionais e orientais do lago.

A proposta foi aceita, e dali a poucos minutos Harbert e Nab já estavam no platô superior. O restante do grupo foi atrás, mas em passo mais pausado.

A duzentos pés de altura, resplandecia o belo lençol de água, refletindo os raios de sol. A paisagem era encantadora.

As árvores, já amareladas na copa, agrupavam-se deliciando a vista. Alguns troncos antigos e enormes, caídos de velho, destacavam-se pela casca enegrecida, no verdejante tapete do chão. No meio do arvoredo cacatuas ruidosas voavam de galho em galho.

Os colonos, ao invés de irem direto para a margem norte do lago, rodearam a orla do platô, de forma que foram dar na embocadura do riacho na margem esquerda. A volta foi de cerca de milha e meia, se muito. O passeio era fácil, porque as árvores, bem distantes umas das outras, davam livre passagem. Percebia-se que era ali o limite da zona fértil; a vegetação começava a mostrar menos vigor que em toda a região compreendida entre o curso do riacho e o Mercy.

Smith e os companheiros caminhavam atentos naquele terreno, inteiramente novo para eles. Arcos, flechas e paus ferrados eram as únicas armas que possuíam. Contudo, nenhuma fera apareceu; o mais provável era que os animais ferozes freqüentassem de preferência as densas florestas do sul; mas os colonos tiveram a desagradável surpresa de verem Top parado diante de uma enorme serpente, que não tinha menos de quatorze a quinze pés de comprimento. Nab matou-a logo com uma paulada. Smith examinou então o réptil, e declarou que não era venenoso, porque pertencia à espécie das serpentes diamantes, de que se alimentam os indígenas da Nova Gales do Sul. Mas era possível que ali existissem espécies venenosas. E como Top, passado o susto, caçava os répteis com entusiasmo, Smith o chamava a todo instante.

Os colonos logo chegaram à embocadura do riacho Vermelho, no local onde este devia desaguar no lago, e avistaram a margem oposta do local onde já tinham estado, quando desceram o monte Franklin. Cyrus verificou que o volume de água fornecido pelo riacho era muito importante; a conseqüência disto é que era forçoso que a natureza tivesse aberto num local qualquer um escoadouro para a água transbordante do lago. Era preciso descobrir este escoadouro, porque decerto formava uma queda d'água, cuja potência mecânica seria possível utilizar.

Os colonos caminhavam sem se afastarem muito uns dos outros, rodeando a margem do lago, que era muito escarpada. As águas pareciam abundantes em peixe, e Pencroff jurou logo que iria fabricar alguns engenhos de pesca.

Antes de tudo, foi preciso dobrar a ponta aguda a nordeste. Era presumível que fosse aquele local onde se realizava o escoamento das águas excedentes do lago, porque ali sua extremidade chegava quase na orla do platô. Mas não era assim, e os nossos colonos continuaram a explorar a margem, que, depois de ligeira curva, tornava a descer paralelamente ao litoral.

A encosta naquele lado era menos arborizada, no entanto, aqui e ali haviam moitas de árvores, que tornavam ainda mais pitoresca a paisagem.

Daí se avistava toda a extensão do lago Grant, sem que a mais ligeira brisa lhe enrugasse a superfície. Top, que continuava a caçar, fez levantar diversos bandos de aves, saudadas por flechadas por Spilett e Harbert. Uma destas aves caiu no meio das ervas. Top correu para apanhar a caça e trouxe na boca uma bela ave nadadora, cor de ardósia, de bico curto, ossos frontais muito desenvolvidos, dedos ligados por uma palma recortada e asas orladas de branco. Era uma galinha d'água do tamanho de uma boa perdiz. Triste caça era aquela na verdade, cujo sabor por certo não havia de ser dos mais agradáveis. Mas como o cão não era tão exigente, a galinha d'água foi destinada para o seu jantar.

Os colonos seguiam pela margem oriental do lago, e dentro em pouco iam chegar na porção já explorada. O engenheiro estava admirado por não encontrar o menor indício de escoadouro do excedente das águas, mas não manifestou sua opinião para seus companheiros.

Naquele momento, Top começou a dar sinais de agitação. O inteligente animal andava irrequieto de um lado para

Top estava parado diante de uma enorme serpente.

outro, e ora parava de repente, olhando para as águas com uma pata no ar, como se estivesse parado diante de alguma peça invisível, ora ladrava enfurecido, como quem pede auxílio, calando-se logo de súbito.

A princípio, ninguém ligou para a agitação de Top; porém, os latidos do animal foram-se tornando tão freqüentes, que afinal chamaram a atenção do engenheiro.

— O que foi, Top? – perguntou ele.

O cão, escutando a voz do dono, deu alguns pulos, manifestando sua inquietação, e correu novamente para a margem. Logo depois, sem hesitar, precipitou-se no lago.

— Aqui, Top! – gritou Smith, que não queria que o cão se aventurasse naquelas águas suspeitas.

— O que estará acontecendo debaixo da água? – perguntou Pencroff, examinando a superfície do lago.

— Top deve ter farejado algum anfíbio! – respondeu Harbert.

— Algum crocodilo? – disse o jornalista.

— Acho que não – respondeu Smith. – Crocodilos só se encontram em regiões de latitude inferior.

No entanto, Top voltara à margem, ouvindo o chamado do dono, mas não conseguia ficar quieto; dava saltos pelo mato, parecia que, guiado pelo instinto, seguia algum animal invisível que se deslocava por sob as águas do lago, ao longo da margem. A água, contudo, estava serena, e nem uma só ruga lhe perturbava a superfície. Os colonos pararam muitas vezes à borda do lago, observando atentamente, mas não viram nada. Ali havia algum mistério.

O engenheiro estava deveras preocupado.

— Vamos levar a exploração até o fim – disse ele.

Dali a meia hora chegaram ao ângulo sueste do lago, e encontraram-se exatamente no platô da Vista Grande. Completava-se assim o exame das margens do lago, e todavia,

Smith não conseguira descobrir como e nem por onde se escoava a água.

— Seja como for – repetia ele, — o tal escoadouro existe, e como não é exterior, forçosamente deve ser algum canal cavado no interior da montanha de granito da costa!

— Mas o que isto tem de tão importante, Cyrus? – indagou Spilett.

— Muita importância – respondeu o engenheiro. – Se a saída das águas se realiza através da penedia, é possível que nela exista alguma cavidade fácil de tornar habitável, começando por desviar o curso das águas.

— Mas, senhor Cyrus, não será possível que elas tenham saída pelo fundo do lago – perguntou Harbert, — indo parar no mar por algum canal subterrâneo?

— É possível, e se for esse o caso, teremos que construir nossa habitação, já que a natureza não nos ajudará.

Os colonos já se dispunham a atravessar o platô, para voltar às Chaminés, quando Top manifestou novamente sinais de viva agitação. O cão ladrava raivoso, e antes que o dono pudesse segurá-lo, arremessou-se novamente nas águas do lago.

Todos correram, mas o animal já nadava a mais de vinte pés da margem, apesar dos insistentes chamados de Smith, quando uma enorme cabeça emergiu da superfície das águas, que ali não pareciam ser profundas.

Harbert logo reconheceu a espécie de anfíbio a que pertencia a tal cabeçorra cônica, de olhos muito abertos e compridos bigodes.

— É um manati! – exclamou o rapaz.

Não era na verdade um manati, mas sim um espécimen da ordem dos cetáceos, com o nome de vaca-marinha, porque as ventas se abriam na parte superior do focinho.

O enorme bicho arremessara-se sobre o cão, que tentou fugir nadando para a margem, em vão. Smith nada mais podia fazer para salvá-lo, e antes que Spilett ou Harbert conseguissem armar o arco, Top já desaparecera debaixo da água, puxado pela vaca-marinha.

Nab quis lançar-se na água com seu porrete, para socorrer o cão, mas o engenheiro segurou seu valente servo.

No entanto, debaixo da água havia luta, inexplicável, porque em tais condições, era evidente que Top não podia resistir. Mas, subitamente, no meio de um círculo de espuma, Top reapareceu. Lançado ao ar por alguma força desconhecida, subiu dez pés acima da superfície do lago, tornou a cair no meio das águas profundamente agitadas, e dali a pouco voltava à margem sem ferimento grave, salvo por um milagre.

Ninguém conseguia acreditar no que estava vendo. O que era ainda mais inexplicável, era que a luta sob a água continuava. Certamente a vaca-marinha tinha sido atacada por um animal mais forte, e por isso largara o cão, para defender-se.

Tudo isto, porém, não durou muito. As águas tingiram-se de sangue e o corpo da vaca-marinha, emergindo de uma onda escarlate, veio dentro em pouco dar numa praia junto ao ângulo sul do lago.

Os colonos correram para lá. A vaca-marinha estava morta. Era um animal enorme, com cerca de quinze a dezesseis pés de comprimento, e que não pesava menos de treze ou quatorze quilos. No pescoço havia uma grande ferida, que parecia ter sido feita por um instrumento cortante.

Qual teria sido o anfíbio que conseguiu, com tão terrível golpe, vencer a formidável vaca-marinha? Isso ninguém poderia dizer, e todos voltaram para as Chaminés, preocupados com o incidente.

Top foi lançado ao ar por alguma força desconhecida.

17
Nitroglicerina

No dia seguinte, 7 de maio, Smith e Spilett, deixando Nab encarregado de preparar o almoço, subiram até o platô da Vista Grande, enquanto Harbert e Pencroff caminhavam rio acima para renovar a provisão de lenha.

O engenheiro e o jornalista chegaram dali a pouco à praia, situada junto da ponta sul do lago, onde ainda estava o cadáver do anfíbio.

Grandes bandos de aves já tinham caído sobre aquele monte de carne, e foi necessário afugentá-las a pedradas, porque Smith desejava aproveitar a gordura da vaca-marinha para as necessidades da colônia. A carne do animal devia ser excelente, já que em certas regiões dos países malaios, ela é reservada para as mesas dos principais indígenas. Pelo menos era o que dizia Nab.

Naquele momento, Cyrus Smith meditava sobre um assunto muito diverso. O incidente da véspera não saíra de sua memória, e ansiava por desvendar o mistério daquele combate submarino, de saber qual outro monstro marinho tinha ferido a vaca-marinha de forma tão estranha.

Era com este intuito que ele permanecia na borda do lago, olhando, observando; mas das tranqüilas águas que cintilavam sob o sol, nada aparecia.

Na praia em que estava o corpo da vaca-marinha, a água era rasa; a partir daquele ponto, no entanto, havia um desnível gradual, e era provável que o centro do lago fosse bem profundo. Podia-se considerar o lago como uma grande cova, que as águas do riacho Vermelho tinham enchido completamente.

— Então, não acha que estas águas apresentam alguma coisa suspeita? – inquiriu o jornalista.

— Não sei como explicar o incidente de ontem! – respondeu o engenheiro.

— A ferida que apareceu na vaca-marinha é singular, eu admito – ponderou Spilett. – E o fato de Top ter sido violentamente atirado para fora da água, também não é muito claro. Na verdade, o que parece é que um possante braço o arremessou ao ar, e que o mesmo braço, armado de um punhal, matou a vaca-marinha!

— Também penso assim – respondeu Smith, pensativo. – Há nisto tudo alguma coisa que não consigo compreender. E a maneira como eu próprio fui salvo, arrancado das ondas, transportado para as dunas, compreende melhor o meu caso, meu caro Spilett? Aqui existe um mistério, que algum dia vamos descobrir. Portanto, o melhor a fazer é nos mantermos alertas. Mas, guardemos nossas desconfianças para nós, e não toquemos neste assunto com os outros. E agora, vamos trabalhar.

O engenheiro ainda não conseguira descobrir como as águas excedentes do lago davam vazão, mas como não vira indícios também de que ele alguma vez tivesse transbordado, alagando os terrenos adjacentes, tinha certeza da existência de um escoadouro qualquer. Por coincidência, Cyrus teve a a agradável surpresa de perceber que existia uma corrente bem pronunciada que se fazia notar naquele lugar. Colocou alguns pedaços de madeira na água e viu que se dirigiam para o ângulo sul. Seguiu então a corrente, caminhando pela margem, e assim chegou à ponta meridional do lago. As águas ali apresentavam uma espécie de depressão, como se sumissem de repente por alguma fenda do terreno.

Cyrus colou o ouvido no nível do lago, e ouviu distintamente o ruído de uma queda de água subterrânea.

— Aqui é onde acontece a vazão, é por aqui que as águas, por via cavada na penedia do granito, certamente vão parar no mar, através de cavidades que saberemos aproveitar em benefício próprio! – disse o engenheiro, levantando-se.

Smith cortou um grande ramo, desfolhou-o completamente, e mergulhando-o no ângulo das duas margens, descobriu haver ali um grande buraco aberto a um pé somente abaixo do nível superior das águas. Esse buraco era o orifício de um escoadouro até então debalde procurado; a força da corrente ali era tal que arrancou o ramo das mãos do engenheiro, desaparecendo logo.

— Agora não há mais dúvidas – repetiu Smith. – O orifício do escoadouro é ali, e eu vou colocá-lo a descoberto!

— Mas como? – indagou Spilett.

— Fazendo o nível das águas do lago baixar em três pés.

— Mas como faremos isso?

— Abrindo outra saída mais ampla que esta.

— Em que local?

— Na parte da margem que está mais próxima da costa.

— Mas a margem aí é puro granito! – lembrou o jornalista.

— Se é granito, faremos voá-lo em pedaços, e as águas depois hão de baixar tanto, que descobrirão o tal orifício! – replicou Smith.

— E vão formar uma queda de água até a praia – acrescentou o jornalista.

— Uma queda de água que também vai nos ser bem útil! – respondeu o Smith. – Venha! Venha!

E o engenheiro levou consigo o companheiro, cuja confiança nele era tamanha, que nem por um instante duvidou do bom êxito da empresa. E no entanto, como abrir aquela margem de granito, como explodir sem pólvora e com instrumentos tão precários, aqueles duros penedos? A obra em que o engenheiro ia empenhar todos os seus esforços não estaria acima de suas forças?

Quando os dois retornaram às Chaminés, já encontraram Harbert e Pencroff descarregando a carga de lenha.

— Os lenhadores estão acabando o serviço, senhor Smith – disse sorrindo o marinheiro, — e quando forem necessários os pedreiros...

— Pedreiros não, químicos! – respondeu o engenheiro.

— É verdade! – acrescentou o jornalista. – Vamos fazer a ilha voar pelos ares...

— Pelos ares... a ilha? – exclamou Pencroff.

— Pelo menos partes dela! – replicou Spilett.

Smith então contou o resultado de suas observações. O buraco que ele encontrara, e pelo qual se escoava a água do lago, devia ser também uma cavidade na massa de granito que sustentava o platô da Vista Grande. Para penetrar nesta cavidade, era preciso tornar esta abertura acessível, fazendo o nível das águas do lago baixarem, ao proporcionar-lhe um escoadouro maior e mais eficiente. Por isso, a necessidade de se fabricar uma substância explosiva qualquer, capaz de produzir noutro ponto da margem uma boa abertura. E era isto o que Smith ia tentar, utilizando-se dos minerais que a natureza colocara à sua disposição.

O projeto foi recebido com entusiasmo, especialmente por Pencroff. Empregar meios heróicos, explodir o granito, criar uma cascata, tudo isto agradava ao bom marinheiro! E como o engenheiro precisava de químicos, Pencroff desempenharia este papel, assim como faria o de pedreiro ou sapateiro se fosse preciso. Estava pronto para tudo, até para "aula de dança e boas-maneiras", dizia ele a Nab.

Antes, porém, coube a Nab e Pencroff o encargo de extrair a gordura do peixe-boi, e preparar sua carne para a alimentação. E os dois saíram sem pedirem mais explicações, já que confiavam plenamente em Smith.

Pouco depois, Smith, Harbert e Spilett encaminharam-se rio acima, levando a esteira, indo para o jazigo de hulha, onde abundavam certas piritas xistosas, das quais Smith já colhera amostras.

Levaram todo o dia para transportar as piritas para as Chaminés. De noite, já tinham uma boa quantidade delas.

No dia seguinte, 8 de maio, o engenheiro começou suas manipulações. A composição essencial das piritas xistosas era carvão, sílica, alumina e sulfeto de ferro – este em excesso; o que havia a fazer era isolar o sulfeto de ferro e transformá-lo em sulfato com a maior rapidez possível; e obtido o sulfato, extrair dele o ácido sulfúrico.

Era este o alvo que o engenheiro tinha em mente. O ácido sulfúrico é agente muito empregado na indústria, e a importância industrial de um país pode, por assim se dizer, ser avaliada pelo gasto que neste país tem esse reagente. Para os nossos colonos, particularmente, o ácido sulfúrico seria muito útil na fabricação de velas, curtimento de peles, etc., tudo isto no futuro, já que a urgência do engenheiro agora era outra.

Smith escolheu um terreno bem plano atrás das Chaminés, onde mandou colocar uma grande porção de ramos e lenha miúda; em cima deste monte, pedaços grandes de xistos piritosos foram intercalados; por cima de tudo, uma camada de piritas do tamanho de uma noz.

Feito isto, o engenheiro mandou tocar fogo na lenha, cujo calor logo se comunicou, inflamando os xistos, compostos principalmente de enxofre e carvão. Em cima da fogueira, novas camadas de piritas quebradas e pisadas foram colocadas, até se fazer um enorme monte, que em seguida, à exceção de meia dúzia de respiradouros, todo tapado com terra e ervas, como se tratasse de carbonizar uma grande quantidade de lenha para fazer carvão.

Terminados estes preparativos, os nossos colonos deixaram que a transformação se realizasse por si só; e como demoraria por volta de dez ou doze dias para que o sulfeto de ferro se transformasse em sulfato de ferro, e o alumínio em sulfato de alumínio, substâncias estas igualmente solúveis, o que não sucedia com os outros produtos da operação: sílica, resíduos de carvão ou cinzas.

Enquanto esperavam pelo fim deste processo químico, Smith não se descuidou das outras operações. Trabalhava com um zelo redobrado.

Nab e Pencroff tinham retirado toda a gordura da vaca-marinha, guardando-a em grandes vasilhas de barro. O que Cyrus pretendia fazer daquela gordura era isolar, pela saponificação, um dos elementos dela, a glicerina. Para obter este resultado, bastava tratar a substância gordurosa pela soda ou pela cal, que havia de sobra. Efetivamente, qualquer uma destas substâncias, atacando a matéria gorda, formaria sabão, isolando a glicerina, elemento que Smith pretendia obter. Contudo, o tratamento das gorduras pela cal tinha o inconveniente de resultar em sabões calcários, insolúveis, inúteis, ao passo que o tratamento pela soda, pelo contrário, daria sabão solúvel, que teria emprego nas limpezas e lavagens domésticas. Prático como era, Cyrus deu preferência ao tratamento pela soda. O resultado foi uma massa compacta pardacenta, muito conhecida pelo nome de "soda natural".

Conseguido este primeiro resultado, Cyrus cuidou de tratar as substâncias gordurosas pela soda, o que lhe deu não só sabão solúvel, como também a glicerina.

Isto não era tudo, porém. Para conseguir o resultado principal, Cyrus precisava ainda de outra substância, nitrato de potássio, mais conhecido pelo nome de salitre.

Se o engenheiro tivesse azotato, poderia fabricar o azotato de potassa, tratando por meio daquele ácido o carbonato de potassa, que facilmente se extrai das cinzas vegetais. Mas ele se queixava exatamente da falta de ácido azótico, sendo até mesmo esse ácido que ele pretendia obter. A fabricação do azotato parecia, pois, um círculo vicioso do qual não havia saída. Por sorte, a natureza ia encarregar-se de fornecer salitre, e sem o menor trabalho para os colonos. Harbert descobrira um jazigo de salitre no norte da ilha, junto ao monte Franklin, e todo o trabalho se reduziu a purificar o sal.

Estes trabalhos levaram oito dias, estando concluídos antes de terminar a transformação do sulfureto em sulfato de ferro. Nos dias que se seguiram, nossos colonos tiveram tempo de fabricar vasos refratários de argila plástica, e de construir um forno de tijolos disposto de maneira especial, destinado à destilação do sulfato de ferro, assim que este sal fosse obtido. Tudo isto estava pronto em 18 de maio, mais ou menos na época em que terminava a transformação química. Os colonos, sob o comando de Smith, haviam se transformado nos operários mais hábeis do mundo. E depois, a necessidade é o melhor mestre.

Logo que o montão de piritas foi completamente reduzido pelo fogo, o resultado da operação, que consistiu em sulfato de ferro, sulfato de alumínio, sílica, resíduos de carvão e cinzas, foi lançado num tanque de água. Batida, deixada descansar e decantada esta mistura, um líquido de cor clara resultou destas três operações, dissolução aquosa de sulfato de ferro e sulfato de alumina, visto que as outras substâncias, por serem insolúveis, se tinham precipitado para o fundo do tanque.

Vaporizado o líquido em parte, depositaram-se nas paredes do tanque numerosos cristais de sulfato de ferro, e as águas mães, isto é, a parte não vaporizada do líquido que continha sulfato de alumínio, foram abandonadas. Smith tinha agora à sua disposição grande quantidade de sulfato de ferro em cristais, e agora era preciso extrair deles ácido sulfúrico.

Na prática industrial, as despesas da instalação que exige a fabricação do ácido sulfúrico são realmente vultosas. E não admira que assim suceda demandando o fabrico aperfeiçoado deste reagente edificações importantes e utensílios especiais, aparelhos de platina, câmaras de chumbo, inatacáveis ao ácido, e em que a transformação se realiza, etc. O engenheiro não possuía nada disto, mas sabia que o ácido, como particularmente se faz na Boêmia, pode ser fabricado por meios mais simples, que têm até a vantagem de dar o reagente em concentração superior. É assim que se fabrica o ácido conhecido como ácido de Nordhausen.

Para obter por idêntico processo ácido sulfúrico, Smith tinha que realizar uma só operação: calcinar em vaso fechado os cristais de sulfato de ferro, de forma que o ácido sulfúrico se destilasse em vapores, os quais viriam a dar ácido líquido pela condensação.

Para este fim é que serviram os vasos refratários, a fim de encerrarem os cristais de sulfato, e o forno de tijolos para destilar o ácido sulfúrico. Tudo correu perfeitamente, e a 12 de maio, doze dias depois do início do processo, o engenheiro estava de posse do agente químico do qual contava tirar proveito de várias maneiras.

Mas, para que Cyrus queria obter o ácido? Simplesmente para produzir ácido nítrico, o que foi fácil, pois o salitre, atacado pelo ácido sulfúrico, deu-lhe pela destilação este ácido.

E por fim, em que ele queria empregar o ácido nítrico?

Isto é o que os seus companheiros ignoravam, já que Cyrus nunca lhes comunicara o intuito secreto de todos aqueles trabalhos.

O engenheiro, no entanto, estava quase alcançando sua meta, e com mais uma operação, conseguiu obter a substância que exigira tantas manipulações.

Obtido o ácido nítrico, colocou-o em presença de glicerina previamente concentrada pela evaporação no banho-maria, e assim obteve, sem emprego de mistura frigorífica, muitas camadas de um líquido oleoso e amarelado.

Esta última operação Cyrus realizou sozinho, longe dos companheiros e das Chaminés, porque ela tinha grande risco de explosão. E quando mostrou aos amigos um frasco do tal líquido, apenas disse: "Nitroglicerina!"

Era realmente nitroglicerina, substância terrível, cuja força explosiva, dez vezes mais poderosa que a pólvora ordinária, tinha custado tantas vidas! No entanto, depois que se inventou a maneira de transformar a nitroglicerina em dinamite, isto é, de a misturar com outra substância sólida, suficientemente porosa para absorver e a conservar em si, tal como a argila ou o açúcar, o perigoso líquido pôde ser utilizado com alguma segurança. Na época, porém, em que os acontecimentos aqui narrados se passavam, a dinamite ainda não era conhecida.

— É com este líquido que vamos fazer estes penedos voarem pelos ares? – disse Pencroff, com ar de incredulidade.

— Este líquido sim, meu amigo – respondeu o engenheiro, — e a nitroglicerina vai produzir um enorme efeito. Por isso mesmo que, sendo este granito tão duro, maior será a resistência dele a estalar.

— E quando veremos isso, senhor Cyrus?

— Amanhã, assim que haja tempo de abrir uma mina – respondeu o engenheiro.

No dia seguinte, 21 de maio, logo pela manhã, os improvisados mineiros caminharam para uma ponta formada pela margem leste do lago Grant, a quinhentos passos da costa. O platô ali estava situado num nível inferior ao das águas, retidas ali por uma parede desamparada de granito. Era evidente que, assim que fosse despedaçado aquela espécie de dique, as águas sairiam pela abertura, formando um riacho que, seguindo caminho pela superfície inclinada do platô, iria se precipitar na praia. Conseqüentemente, o nível da água do lago iria abaixar, e a boca do escoadouro, alvo de tantos esforços, ficaria descoberta.

O caso era, então, despedaçar aquela parede. Pencroff, armado de uma picareta, que manejava com destreza e força, e sob a direção do engenheiro, atacou o granito pela parte de fora. O buraco que o marinheiro estava tão empenhado em fazer, partia da aresta horizontal da margem, devendo se aprofundar obliquamente até bem abaixo do nível da água do lago. Desta forma, quando a explosão fizesse abrir a penedia, a abertura ficaria na altura certa para que as águas pudessem derramar-se em abundância para o lado de fora, baixando seu nível, conseqüentemente.

O trabalho foi demorado, porque o engenheiro, desejando produzir um resultado formidável, contava gastar nada menos que dez litros de nitroglicerina na operação. Pencroff e Nab revezavam-se no trabalho, e o fizeram tão bem, que por volta das quatro da tarde o buraco da mina já estava pronto.

Restava inflamar a substância explosiva. Normalmente a inflamação da nitroglicerina é feita por meio de cápsulas preparadas com fulminado que, ao arrebentarem, produzem a explosão. De fato, para provocar a explosão desta substância, é preciso que haja choque, já que o simples contato com o fogo faz com que ela arda, mas não chegue a explodir.

Era certo que Smith poderia ter fabricado cápsulas fulminantes. Na falta de ácido fulmínico, poderia ter obtido qualquer substância análoga ao algodão pólvora, sendo que tinha à sua disposição ácido nítrico. E essa substância, metida num cartucho e introduzida na nitroglicerina, iria arrebentar e produzir explosão por meio de uma mecha.

Cyrus não ignorava a propriedade que a nitroglicerina possui de detonar pelo choque, e resolvera aproveitar justamente esta propriedade, utilizando outro meio qualquer somente se o primeiro empregado não produzisse o resultado desejado.

Sabe-se que basta o golpe de um martelo em algumas gotas de nitroglicerina espalhadas na superfície de uma pedra dura, para se realizar uma explosão. O operador, porém, não podia estar junto dos elementos da operação para dar a martelada, já que seria vitimado pela explosão. Cyrus, então, planejou o seguinte: de uma estrutura montada em cima do orifício da mina, pendurou, usando uma fibra vegetal, um pedaço de ferro pesado. No meio desta primeira fibra, outra estava presa, previamente coberta de enxofre. Esta fibra, recoberta com enxofre, tinha a outra extremidade no chão, a muitos metros de distância da abertura da mina. Assim, bastava colocar fogo nesta fibra para que, ardendo até no ponto onde prendia-se na primeira, colocasse fogo na fibra que prendia o ferro, e quando esta se incendiasse, iria deixar cair o pedaço de ferro sobre a nitroglicerina.

Terminada esta instalação, o engenheiro fez com que seus companheiros se colocassem bem distantes, encheu o buraco da mina até a boca de nitroglicerina, e espargiu algumas gotas do líquido detonante por baixo do pedaço de ferro já suspenso.

Feito isso, Smith acendeu a ponta da fibra recoberta de enxofre, e foi correndo reunir-se com seus amigos.

Segundo os cálculos, a fibra deveria levar cerca de vinte e cinco minutos para arder, e de fato, vinte e cinco minutos não tinham passado quando retumbou uma explosão violentíssima. Um enorme jato de pedras foi lançado pelos ares a tal altura, que parecia ter sido vomitado por algum vulcão. O abalo produzido pelo deslocamento do ar foi tamanho, que até os penedos das Chaminés oscilaram. Nossos colonos, apesar de estarem bem distantes da mina, foram arremessados ao chão.

Logo que conseguiram se levantar, subiram até ao platô, indo diretamente para o local onde a margem do lago devia ter sido aberta pela explosão.

Todos deram vivas, orgulhosos! O dique de granito fendera em grande extensão! E por esta fenda saltava uma torrente de águas que, correndo espumosas pelo platô abaixo até à crista, se precipitavam em seguida na praia de uma altura de trezentos pés!

18
O PALÁCIO DE GRANITO

O plano de Smith dera excelentes resultados. O engenheiro, no entanto, permanecia imóvel, e como era seu costume, com os lábios apertados e olhar fixo, sem dar mostras sequer de satisfação. Harbert estava entusiasmado, Nab dava pulos de contentamento e Pencroff não se cansava de murmurar:

— Ora vamos, que não andou mal o nosso engenheiro!

A nitroglicerina tinha sido possante. Era tão importante a sangria feita no lago, que o volume que saía pelo novo escoadouro era pelo menos o triplo do que se perdia pelo antigo. E este fato iria resultar em um rebaixamento de, pelos menos, dois pés no nível das águas, pouco depois da operação.

Os colonos foram até as Chaminés buscar, entre outras coisas, picaretas, cordas de fibras, iscas. Voltaram ao platô, acompanhados por Top.

— O caso é, senhor Cyrus, que com o tal liquidozinho admirável que fabricou, podia ter feito a ilha inteira voar pelos ares! – disse Pencroff ao engenheiro, enquanto voltavam ao platô.

— Não só a ilha – respondeu Smith, — mas qualquer continente, e até a terra inteira! Tudo se resume à quantidade!

— Não poderíamos usar a tal nitroglicerina para carregar armas de fogo? – perguntou o marinheiro.

— Não, Pencroff, esta substância despedaça tudo. Mas como temos ácido nítrico, salitre, enxofre e carvão, seria fácil fabricar algodão-pólvora, e até pólvora comum. Infelizmente, não temos armas!

— Ora, senhor Cyrus, com um pouquinho de boa vontade! – disse o resoluto marinheiro, que decididamente riscara do dicionário da ilha Lincoln a palavra "impossível".

Os colonos dirigiram-se para a ponta do lago, junto da qual estava a boca do antigo escoadouro, que já devia estar descoberta. Este escoadouro era agora sem dúvida transitável, já que a água não passava mais por ali. Dali a poucos instantes os colonos estavam junto ao ângulo inferior do lago, e puderam ver que haviam tido êxito.

Efetivamente, na parede granítica do lago, e agora acima do nível das águas, aparecia o tão procurado escoadouro. Uma estreita saliência do granito, que a retirada das águas deixara também a descoberto, dava caminho para chegar até à abertura. A boca do escoadouro teria uns vinte pés de largura, mas apenas dois de altura. Parecia uma dessas sarjetas tão comuns nas ruas. Nestes termos, a tal abertura não dava passagem fácil aos colonos, mas Nab e Pencroff pegaram as picaretas, e em menos de uma hora deram-lhe altura suficiente.

O engenheiro então aproximou-se e reconheceu que os penedos do escoadouro, na parte superior, não indicavam declive superior a trinta ou trinta e cinco graus. O canal subterrâneo agora dava passagem, e como o declive não crescia, seria fácil descer por ali até ao nível do mar. Por conseqüência se, como era provável, existisse alguma ampla cavidade no interior da montanha, talvez houvesse um modo de se aproveitá-la.

— E então, senhor Cyrus, o que nos detém agora? – perguntou o marinheiro, impaciente para aventurar-se pelo corredor adentro. – Olhem o Top, como já vai na nossa frente!

— Esta bem – respondeu o engenheiro. – Mas não vamos entrar às escuras.

Harbert e Nab correram até as margens do lago, ensombrecida por milhares de pinheiros e outras árvores, e voltaram dentro em pouco com um certo número de ramos arranjados na forma de archotes. Os colonos então, precedidos por Cyrus, entraram pela estreita passagem.

Ao contrário do que se supunha, o diâmetro do canal ia gradualmente aumentando, de forma que daí a pouco os explorados já não precisavam caminhar agachados. As paredes de granito, desde tempos infinitos gastas e polidas pelas águas, eram escorregadias, e era preciso tomar cuidado para não cair. Os colonos, no entanto, tiveram o cuidado de se prenderem uns aos outros por meio de uma corda, como fazem os alpinistas. Felizmente, algumas saliências do granito formavam como que degraus, tornando a descida menos perigosa. Aqui e ali apareciam ainda algumas gotas de água suspensas do rochedo, e que, eriçadas pela chama dos archotes, faziam crer que as paredes do canal estavam guarnecidas de inúmeras estalactites. O engenheiro observou o granito negro não encontrou nem um extrato, nem uma folha. A massa era perfeitamente compacta.

O canal era tão antigo como a ilha. Não fora a lenta ação das águas que o abrira pouco a pouco. Nas paredes ainda se percebiam os vestígios do trabalho eruptivo que abrira o canal, e que a lavagem contínua das águas não conseguira apagar de todo.

Os colonos desciam muito devagar, e não era sem um certo abalo de ânimo que se aventuravam pelas profundezas daquela massa granítica, onde evidentemente nunca havia entrado um ser humano. Não falavam, mas pensavam, e a alguns deles decerto acudiu a idéia de que as cavidades internas da penedia, comunicando-se com o mar, podiam bem ser a habitação de algum enorme polvo, ou outro cefalópode qualquer. Convinha avançar com prudência. Além disso, Top ia na frente do grupo, e podia-se confiar na sagacidade do esperto animal, que não deixaria de dar sinal de alarme, caso ocorresse algum estranho incidente.

Smith, que ia na frente, depois de descer uns cem pés por caminho bastante sinuoso, parou para esperar os companheiros. O lugar onde pararam era bastante escavado e formava uma espécie de caverna de dimensões medianas. Do teto ainda caíam alguns pingos de água, os últimos vestígios da torrente que por tanto tempo correra rugindo por aquelas cavidades. O ar, levemente úmido, era puro.

— E então, meu caro Cyrus? – disse Spilett. – Chegamos afinal a uma guarida ignorada, oculta nestas profundezas, é verdade, mas que não me parece habitável!

— Por que não? – perguntou o marinheiro.

— É muito pequena e escura!

— E não podemos alargá-la, escavá-la, abrir um vão por onde entre ar e luz? – replicou Pencroff, para quem tudo era possível.

— Vamos continuar a exploração – interrompeu Smith. –Talvez mais para frente a natureza nos apresente alguma coisa que nos poupe todo esse trabalho.

— Ainda não chegamos nem na terça parte da descida – notou Harbert.

— Realmente, descemos já uns cem pés, e é bem possível que cem pés mais abaixo...

— Onde está o Top? – interrompeu Nab.

— Continuou descendo, certamente – disse Pencroff.

— Pois vamos ter com ele – disse então Smith.

Recomeçaram a descida. O engenheiro observava com cuidado os desvios do escoadouro por onde caminhavam, e apesar de tantas voltas e rodeios, fazia perfeita idéia da direção geral do caminho seguido, que ia direto ao mar.

Teriam descido mais uns cinqüenta pés, contados na vertical, quando um ruído distante, que parecia vir lá das profundezas da penedia, chamou a atenção dos colonos. Os sons que ouviram, levados através do corredor, como se fosse um tubo acústico, chegavam-lhes distintos ao ouvido.

— É o Top latindo! – exclamou Harbert.

— É, e parece que o nosso valente cão está enfurecido! – acrescentou Pencroff.

— Não larguem os porretes, disse Smith. – Vamos avançar com cautela!

— Isto está ficando cada vez mais interessante – murmurou Spilett para o marinheiro, que concordou.

Todos correram em socorro do cão. Os latidos de Top estavam cada vez mais próximos. Na voz entrecortada do animal, adivinhava-se estranha fúria. Estará ele lutando com algum animal que ali se abrigava? Os colonos, sem pensarem no perigo a que se expunham, sentiam-se dominados por irresistível curiosidade. Escorregavam pelo corredor abaixo, e tão rapidamente, que em poucos minutos tinham descido uns 18 metros, e estavam junto a Top.

O corredor ali alargava-se numa vasta e magnífica caverna. Top estava ali, andando de um lado para outro e latindo com fúria. Pencroff e Nab sacudiram os archotes, iluminando todas as asperezas do granito, ao mesmo tempo que Smith, Harbert e Spilett estavam com os porretes em punho, prontos para o que pudesse acontecer.

A enorme caverna, porém, estava vazia. Os colonos percorreram-na em todos os sentidos, mas nada encontraram. No entanto, Top continuava a latir. Nem festas, nem ameaças, foram capazes de o fazer calar.

— Deve haver aqui alguma abertura, por onde as águas do lago corriam para o mar – disse o engenheiro.

— É verdade – disse Pencroff, — e precisamos ter cuidado para não cair em algum buraco.

— Anda, Top, procura! – incitava Smith.

O cão, instigado pela voz do dono, correu logo para o extremo da caverna, e aí voltou a latir com fúria redobrada.

Quando os colonos iluminaram aquela parte da caverna, apareceu a boca de um verdadeiro poço aberto no granito.

Era ali, certamente, por onde escoava a água do lago; desta vez, porém, não era um canal oblíquo e transitável, mas sim um poço perpendicular, no qual era impossível aventurar-se.

Por mais que se inclinassem os archotes para a boca do poço, não se via nada. Smith lançou um archote no abismo. Mas de nada adiantou. Rapidamente a chama se apagou, com um ligeiro crepitar, indicando assim que chegara ao nível do mar.

O engenheiro, que calculara o tempo gasto na queda do archote, conseguiu avaliar a profundidade do poço, que era de cerca de noventa pés. Assim, o pavimento da caverna estava situado a esta distância do nível do mar.

— Ora, temos aqui uma boa morada! – disse Smith.

— Mas antes de nós, algo morava aqui! – respondeu Spilett, que ainda estava curioso.

— Não duvido, mas esse ser qualquer, anfíbio ou não, safou-se por esta saída e cedeu-nos o lugar – replicou o engenheiro.

— Pode ser, mas apesar de tudo, nem por isso queria estar na pele de Top quando encontrou o animal! Se ele latia tanto, devia ter suas razões! – replicou o jornalista.

— Sim, sim! Se Top pudesse falar, ele é que poderia dizer, melhor do que nós, acerca desta e de muitas outras coisas! – disse Smith, baixinho, sem que seus companheiros o escutassem.

No entanto, os desejos dos colonos estavam em grande parte realizados. O acaso, com auxílio da sagacidade de Smith, tinha-os servido perfeitamente. Tinham ali à disposição uma caverna vastíssima, cuja capacidade mal podiam apreciar à luz vacilante dos archotes, mas que seria facilmente dividida em quartos, por meio de paredes de tijolo, transformando-se numa espaçosa habitação. As águas que tinham abandonado a caverna não podiam lá voltar. A acomodação estava segura.

Restavam duas dificuldades a vencer: primeiro, iluminar aquela escavação aberta num penedo maciço; e segunda, facilitar o acesso àquele local. Iluminar a caverna pela parte de cima era im-

Tinha ali à disposição uma caverna vastíssima.

possível, pois o teto era uma enorme massa de granito; talvez, porém, fosse possível furar a parede que dava para o mar.

Smith, que enquanto descera, calculara com exatidão a obliqüidade, e por conseqüência, o comprimento do escoadouro, tinha razões para supor que a parte anterior da parede devia ser pouco espessa. De mais a mais, este meio tinha a dupla vantagem de servir ao mesmo tempo como fonte de iluminação e acesso, porque tanto daria abrir uma porta ou uma janela. E foi isto que ele comunicou aos seus companheiros.

— Mãos à obra! – foi a resposta de Pencroff. – Com esta picareta, estou pronto a abrir o caminho! Onde é que devo começar?

— Aqui! – e o engenheiro apontou para um recôncavo bem fundo da parede, onde esta devia ser mais fina.

Pencroff atacou o granito com a picareta, e por mais de meia-hora os estilhaços voaram à sua volta. O penedo faiscava a cada golpe. Nab substituiu o marinheiro, e depois foi Spilett quem o rendeu nesta tarefa tão árdua.

Havia cerca de duas horas que o trabalho tinha começado, e já se receava que a parede nunca cederia, quando Spilett deu uma pancada, e o picareta passou através do parede.

— Viva! Viva! – exclamou Pencroff.

A muralha de granito ali tinha a espessura de cerca de três pés apenas.

Cyrus foi examinar a abertura, que estava uns noventa pés acima do chão. À sua frente estendia-se a praia, a ilhota, e mais além, a imensidão do mar a perder-se de vista.

Pela ampla abertura entravam ondas de luz que, inundando a esplêndida caverna, produziam efeitos de verdadeira magia. A escavação que do lado esquerdo teria, quando muito, uns trinta pés de altura e de largura e cem de comprimento; do lado direito, pelo contrário, era enorme e terminava numa abobada de mais de oitenta pés de altura, cujos encontros se apoiavam, por partes, em alguns pilares de granito irregularmente dispostos. Parecia a nave de uma catedral. A imensa cúpula, apoiada em torno numa espécie de meias colunas laterais, abatendo aqui em arcos de volta, levantando-se além em cúpula de nervuras ogivais, perdendo-se mais longe por entre as escuras sinuosidades, cujas caprichosas arcadas mal se enxergavam na sombra, profusa de ornamentos, cujas saliências formavam outras tantas abóbadas pendentes, realizava um pitoresco misto de tudo quanto tem produzido a mão do homem no gênero bizantino, romano ou gótico. E, no entanto, todas aquelas magnificências eram obra da natureza. Ela é que escavara, no seio da penedia, aquele castelo de fadas!

Todos estavam pasmos de admiração. Onde esperavam encontrar uma acanhada cavidade, deparavam-se com uma espécie de palácio maravilhoso; Nab descobrira a cabeça, como se tivesse entrado em algum templo!

E todos soltaram gritos de admiração, que retumbaram na caverna.

— Amigos! – exclamou Smith, entusiasmado. – Com o interior da penedia iluminado, arranjados os nossos quartos, armazéns e oficinas na parte esquerda, teremos ainda esta esplêndida caverna, da qual faremos ao mesmo tempo sala de estudo e museu.

— E qual será o nome? – perguntou Harbert.

— Palácio de Granito! — respondeu prontamente Cyrus.

E a denominação foi recebida com uma salva de palmas e muitos vivas.

Os archotes estavam quase se apagando, e como para sair dali era preciso subir ao cume do platô, subindo pelo corredor, resolveu-se deixar para o dia seguinte todo o trabalho de acomodação interna da nova habitação.

Smith, antes de partir, quis mais uma vez debruçar-se sobre o escuro poço, que ia perpendicularmente até ao nível do mar, e ali escutou atentamente; mas não conseguiu ouvir ruído de espécie alguma, nem mesmo o das águas, que com o ondular das ondas deviam por vezes agitar-se ao fundo.

Tornou a lançar ao poço um archote. As paredes internas do buraco iluminaram-se por um momento, mas daquela vez ainda, como da outra, nada que parecesse suspeito. Se, porventura, algum monstro marinho qualquer fora surpreendido pelo repentino retraimento das águas, àquela hora estava já no meio do mar, onde decerto ia dar o aqueduto subterrâneo que se prolongava por debaixo da praia, e por onde ainda há pouco ocorriam os excedentes do lago, até que se lhes abrira nova e mais ampla saída.

No entanto, o engenheiro permanecia imóvel, à escuta, e com os olhos pregados no abismo, sem dar uma só palavra.

— Senhor Smith? – disse então o marinheiro, tocando-lhe o braço.

— O que foi? – respondeu o engenheiro, como se despertasse de um sonho.

— Os archotes estão se apagando.

— Vamos embora então.

E o grupo saiu imediatamente da caverna, subindo pelo estreito e escuro escoadouro. Top, que ficou atrás, rosnava de uma maneira singular. A subida não foi das mais fáceis. Na gruta superior, que era como uma espécie de patamar a meia altura daquela grande escada de granito, pararam por alguns instantes, para então retomarem a subida.

Dali a pouco o ar já estava mais fresco. E como os archotes estavam no fim, caminharam depressa para não ficarem na escuridão final. Pouco depois o grupo saía pelo orifício superior do escoadouro.

19

A NOVA MORADA

No dia seguinte, 22 de maio, foram iniciados os trabalhos para a troca de habitação. Na verdade, já era mais do que tempo dos colonos trocarem o abrigo insuficiente das Chaminés por aquela vasta e cômoda guarita, cavada no seio da penedia, e ao abrigo das águas do mar e do céu. A antiga habitação, no entanto, não ia ser inteiramente abandonada. Smith queria transformar as Chaminés em oficina.

A primeira coisa que Cyrus fez foi reconhecer onde estava a fachada do Palácio de Granito. Dirigiu-se ao pé da enorme muralha e ali procurou a picareta que caíra das mãos do jornalista, e que devendo ter descido perpendicularmente, daria a conhecer o lugar onde fora aberto o buraco no granito.

A picareta foi logo encontrada, e realmente, oitenta pés acima do local onde ela foi encontrada na praia, via-se um buraco na muralha. Por aquela estreita abertura entravam e saíam esvoaçando alguns pombos selvagens.

A intenção do engenheiro era dividir o lado direito da caverna em muitos quartos, precedidos de um corredor, iluminado por cinco janelas e uma porta, abertas na fachada. Pencroff compreendia a utilidade das janelas, mas não a porta. Para ele, o antigo escoadouro formava uma escada natural, por onde havia de ser sempre fácil entrar no Palácio de Granito.

— Se para nós é fácil esta entrada, para os outros também seria – respondeu Smith. – Por isso, pretendo obstruir a boca do escoadouro, tapá-la hermeticamente, e se for preciso, dissimular completamente a entrada, fazendo subir novamente o nível das águas.

— E por onde iremos entrar? – espantou-se o marinheiro.

— Por uma escada exterior – respondeu Smith, — feita de corda, a qual poderemos tirar e colocar à vontade, quando precisarmos entrar ou sair de nossa casa.

— Mas, para que tanta precaução? – acudiu Pencroff. – Até agora, pelo menos, não apareceu nenhum animal que nos meta medo! E a ilha, ser habitada por indígenas, isso é que não é!

— Está certo disso, Pencroff? – perguntou o engenheiro, olhando fixamente para o marinheiro.

— Certeza, só quando tivermos explorado a ilha em todos os seus cantos – respondeu Pencroff.

— A verdade – continuou Cyrus, — é que mal conhecemos uma pequena porção da ilha. Em todo caso, porém, se aqui não há inimigos, eles podem vir de fora, porque estas paragens do Pacífico não são boas. Assim, é melhor nos precavermos para qualquer eventualidade.

E como estas reflexões de Smith eram muito sensatas, Pencroff não fez mais objeções, e preparou-se para executar as ordens do seu chefe.

A frente do Palácio de Granito ia ser iluminada, então, por cinco janelas e uma porta, comunicações exteriores da habitação propriamente dita, e ainda por meio de uma grande abertura e de várias frestas e óculos, por onde a luz havia de entrar profusamente na maravilhosa nave destinada a servir de salão. A fachada, situada a oitenta pés de altura acima do nível da praia, era a leste; saudavam-na, portanto, os primeiros raios do sol. Ali também se via a foz do Mercy, e uma perpendicular à praia traçada a partir da aglomeração de penedos que formavam as Chaminés. Assim, estavam abrigados dos piores ventos, os de nordeste. Além disso, enquanto não fizessem os caixilhos das janelas, o engenheiro pensava em fechar as aberturas com grossas portas, que não deixassem entrar vento nem chuva, e que em caso de necessidade, pudessem ser dissimuladas.

O primeiro trabalho foi cavar as aberturas. Usar só a picareta para quebrar o granito era um trabalho demorado, e Smith, espertamente, usou o resto de nitroglicerina para acelerar o trabalho. Feito isso, a picareta e a pá terminaram por dar o traçado oval das janelas, óculos e porta, desbastando-lhes os alisares, cujos perfis ficaram um pouco irregulares.

Poucos dias depois, o Palácio de Granito já estava perfeitamente iluminado pela luz do sol, que penetrava até nas mais secretas profundezas da nova habitação.

Estava dividida em cinco aposentos, com vista para o mar: à direita uma entrada com porta, de onde devia partir a escada, em seguida uma cozinha, com trinta pés de comprimento, sala de jantar com quarenta pés, dormitório do mesmo tamanho, e afinal, um "quarto para hóspedes", exigência de Pencroff.

Os aposentos não ocupavam toda a profundidade da caverna. Abriam-se para um corredor, do outro lado do qual ficaria um extenso armazém, vasta arrecadação para utensílios, provisões e reservas. Todas as produções colhidas na ilha, quer as da flora, quer as da fauna, deviam ali estar em excelentes condições de conservação, completamente a salvo da umidade. Lugar não faltava para que tudo ficasse metodicamente arrumado. Os colonos tinham à sua disposição, além disto tudo, a gruta pequena, situada acima da grande caverna, que poderia servir como celeiro da nova habitação.

Adotado este plano, restava executá-lo. E assim os mineiros tiveram que voltar a serem tijoleiros, carregando o tijolo, depois de pronto, para o Palácio de Granito.

Até então, tanto Cyrus como seus companheiros, tinham entrado na caverna sempre pelo antigo escoadouro. Este sistema de comunicação, porém, forçava-os em primeiro lugar a subir ao platô da Vista Grande, dando a volta pela margem do rio, depois descer a duzentos pés na vertical pelo corredor, e a subir outro tanto quando queriam voltar ao platô. Com isso, perdiam tempo e se cansavam. Atento a isto, Smith resolveu fabricar uma resistente escada de corda, que quando fosse içada, tornava a entrada do Palácio de Granito inacessível.

Esta escada foi feita com enorme cuidado. Os montantes formados de fibras de junco tecidas a sarilho, eram tão fortes como um cabo grosso. Os degraus aparelhados com mão de mestre por Pencroff, foram tirados de uma espécie de cedro vermelho, cuja madeira era a um tempo leve e resistente.

Também fabricaram muitas outras cordas de fibras vegetais, que foram usadas para se montar um grosseiro guindaste, por meio do qual se tornou fácil fazer chegar o tijolo até ao nível do Palácio de Granito. Simplificado assim o transporte do material, começaram as obras de acomodação interior propriamente dita. Cal não faltava. Tijolo, estavam ali alguns milheiros, prontos para serem utilizados. A armação dos tabiques, aliás rudimentar, construiu-se rapidamente. Em curto espaço de tempo a habitação ficou dividida em quartos, corredores e armazéns de acordo com o projeto.

Estas obras foram concluídas rapidamente, debaixo da supervisão de Smith, o primeiro a manejar a picareta. Cyrus, assim, dava um exemplo aos seus companheiros, inteligentes e ativos. O trabalho era feito com confiança e alegria, e Pencroff, que ora era cordoeiro, ora pedreiro, entre tantas outras funções, dividia seu bom humor com toda aquela pequena sociedade. O bom marinheiro tinha uma fé sem limites em Cyrus, que nada era capaz de alterar. Julgava o engenheiro apto para qualquer empresa. A questão das roupas e calçados – sem dúvida da maior gravidade, — a da iluminação nas noites de inverno, o aproveitamento dos terrenos férteis da ilha, a transformação da flora selvagem em civilizada, tudo lhe parecia fácil; e com o auxílio de Smith, Pencroff tinha certeza de que tudo iria se realizar a seu tempo. O marinheiro já sonhava com a canalização dos rios, que iria facilitar o transporte das riquezas do solo, com empreendimentos de exploração de minas e pedreiras, com máquinas adequadas a todas as práticas da indústria, e até com estradas de ferro, espalhadas por toda a ilha Lincoln.

Smith deixava Pencroff discorrer, sem dar um basta nos exageros daquela alma entusiasmada. Smith sabia o quanto era importante esta confiança, pois sabia estarem fora da passagem dos navios, e era de se recear que nunca fossem socorridos. Por isso, os colonos deviam contar só consigo, porque a distância entre a ilha Lincoln e qualquer outra ilha ou terra firme, era tal, que arriscar-se aos mares nalguma frágil embarcação, seria perigoso.

Em compensação, como dizia o marinheiro, eles estavam bem acima dos antigos Robinsons, que tudo faziam por milagre. E ele tinha razão, porque onde outros simplesmente "vegetariam", eles sabiam sair-se bem de todas as dificuldades que se apresentavam.

No correr de todos estes trabalhos, Harbert teve ocasião de distinguir-se. O rapaz era tão inteligente e ativo, compreendia tão depressa, executava tão bem, que Smith ia lhe tomando cada vez maior afeição. Harbert, por sua parte, sentia pelo engenheiro viva e respeitosa amizade. Pencroff via esta estreita simpatia que ia ligando aqueles dois, mas não sentia ciúmes.

Nab era Nab, era o que sempre fora e havia de ser, a coragem, o zelo, a dedicação e a abnegação em pessoa. Tinha uma fé no amo igual à de Pencroff, mas manifestava-a com menos espalhafato. Nos acessos de entusiasmo de Pencroff, Nab ouvia sempre com ar de quem ia responder: "Mas isso é muito natural." O caso é que Pencroff e Nab professavam um pelo outro grande afeição.

Spilett desempenhava sempre a sua tarefa no trabalho comum, e com tanto jeito como qualquer outro, o que causava espanto ao marinheiro. Um "jornalista" que além de tudo compreender, ainda executava tudo com habilidade!

A 28 de maio ficou definitivamente instalada a escada, que tinha bem uns cem degraus. Felizmente Smith conseguira dividi-la em duas partes, aproveitando-se de uma aclive da muralha, a uns quarenta pés acima do chão. Esta saliência, cuidadosamente nivelada, transformou-se numa espécie de patamar, onde ficou pendente o primeiro lance da escada, e que se podia içar por meio de uma corda até ao nível do Palácio de Granito. O segundo lance ficou seguro por ambas as extremidades: pela inferior à saliência da penedia, pela superior à entrada da porta. Assim, subir ao Palácio de Granito ficou mais fácil. Smith, porém, tinha a idéia de instalar ali, futuramente, um elevador hidráulico, que haveria de poupar aos colonos muita fadiga e perda de tempo.

Todos habituaram-se ao uso da escada rapidamente. Eram ágeis, e tinham Pencroff como mestre, já que, na sua qualidade de marinheiro, estava acostumado a correr enxárcias e ovéns. Top foi o mais difícil de adestrar, já que o pobre, com suas quatro patas, não fora realmente construído para tal exercício. Pencroff era, porém, um mestre zeloso, e Top acabou por aprender, e dali a pouco subia a escada como se fosse um cachorro adestrado no circo. Nem é preciso dizer o quanto Pencroff se orgulhava de seu discípulo. Porém, mais de uma vez, o marinheiro subiu com o cão nas costas, e quando isso acontecia, Top nunca se queixava.

Estes trabalhos foram realizados aceleradamente, porque o inverno se aproximava. Mas a questão da alimentação não fora esquecida. Spilett e Harbert, encarregados de fornecerem víveres à colônia, dedicavam algumas horas do dia à caça, ainda que não explorassem ainda senão a mata do Jacamar na margem esquerda do rio, já que não tinham pontes ou barcos para atravessá-lo. As imensas florestas Faroeste ainda estavam por explorar. Esta importante excursão ficara reservada para a primavera. Nas matas de Jacamar, porém, havia caça de sobra; cangurus e javalis não faltavam, e além disto, Harbert descobriu nas proximidades do ângulo sudoeste do lago, uma espécie de prado levemente úmido, semeado de salgueiros e coberto de ervas aromáticas que perfumavam o ar, tais como tomilho e manjericão, e que fizeram o jornalista e o rapaz se perguntarem se ali não haveriam coelhos.

Ali nasciam muitas plantas úteis, entre as quais algumas dignas de estudo. Harbert tratou de apanhar molhos de manjericão, rosmaninho, erva-cidreira, bentônica e de muitas outras plantas que possuem diversas propriedades terapêuticas, umas peitorais, adstringentes ou antitérmicas, outras antiespasmódicas ou contra o reumatismo. E quando Pencroff lhe perguntou para que era toda aquela colheita de plantas, o rapaz respondeu:

— Para nos tratarmos, quando estivermos doentes.

— Ora essa, e porque havíamos de ficar doente, se não há médico na ilha? – respondeu com toda a seriedade Pencroff.

O rapaz não teve como responder a isto, mas não deixou de fazer sua colheita, que foi muito bem recebida no Palácio de Granito. Além do que, entre aquela coleção de plantas medicinais, Harbert tinha encontrado uma grande quantidade de monardas, que produz uma bebida excelente.

Um dia, procurando bem, os dois caçadores viram um local onde o chão estava tão cheio de buracos, que parecia uma escumadeira.

— Tocas! – exclamou Harbert.

— Realmente! – respondeu o jornalista.

— Serão habitadas?

— Esta é a questão.

Questão, aliás, que foi logo resolvida. Mal os dois caçadores tinham acabado de falar, safaram-se aos centos, em todas as direções, uns animaizinhos semelhantes a coelhos; e com tal rapidez fugiam, que nem Top conseguiria alcançá-los. Por mais que os caçadores corressem, os tais roedores escapuliam com a maior facilidade. O jornalista, porém, que estava decidido a não voltar sem apanhar meia dúzia daqueles animais, para prover a dispensa e também, quem sabe, domesticar, sugeriu usarem laços na boca das tocas, para ver se conseguiam melhor resultado. Mas não havia como fazer os laços, e o jeito foi esquadrinhar toca por toca, cutucando-as com um pau, realizando assim, à custa de muita paciência, o que não se podia conseguir de outra forma.

Depois de uma boa hora de buscas, apanharam quatro roedores nas tocas. Eram uma espécie de coelhos muito semelhantes aos seus congêneres europeus, e vulgarmente conhecidos pelo nome de "coelhos da América".

O produto da caça foi levado para o Palácio de Granito, onde figurou entre os pratos do jantar. Todos declararam ser a carne deliciosa, e a descoberta destes roedores foi considerada um precioso recurso para a colônia.

A 31 de maio estavam concluídas as paredes divisórias. Restava apenas mobiliar os aposentos, o que era obra para os compridos dias de inverno. No corredor, construiu-se uma chaminé. Tubo destinado a levar a fumaça para fora deu algum trabalho aos improvisados pedreiros. O que pareceu mais simples a Smith foi fabricá-lo com o barro dos tijolos, e como não havia jeito em dar-lhe saída pelo platô inferior, abriu-se um buraco no granito por cima da janela da sobredita cozinha, e por esse buraco é que meteu o tubo da chaminé em direção oblíqua, como o de um fogão metálico. Talvez, quando os ventos açoitassem diretamente a fachada, a cozinha iria ficar enfumaçada. Mas estes ventos eram raros, e Nab, que exercia ali a função de cozinheiro, não se importava com tais insignificâncias.

Assim que estes arranjos internos foram concluídos, o engenheiro tratou de obstruir a boca do antigo escoadouro que ia dar ao lago, de forma que a entrada por ali ficasse completamente vedada com penedos bem cimentados. Smith não realizou o plano de fazer o orifício submergir na água, fazendo o lago voltar ao seu antigo nível por meio de um tapume. Contentou-se em dissimular o local com ervas, arbustos e

Safaram-se aos centos, em todas as direções, uns animaizinhos semelhantes aos coelhos.

tojos, plantados nos intervalos dos penedos, e que deviam se desenvolver com vigor na próxima primavera.

O escoadouro, no entanto, foi aproveitado para trazer à habitação um fio das águas doces do lago. Abriram um canal na rocha, abaixo do nível das águas, que despejava ali vinte e cinco a trinta galões de água por dia, não deixando o Palácio de Granito desabastecido nunca.

Tudo fico pronto a tempo, já que o inverno estava próximo. Enquanto o engenheiro não tivesse ocasião de fabricar vidro, as janelas da fachada fechavam com grossas portas de madeira.

Spilett tinha colocado, em todas as saliências da rocha junto das janelas, um grande número de plantas de variadas espécies, o que dava um efeito agradabilíssimo.

Os colonos tinham motivos de sobra para estarem satisfeitos com as obras do Palácio de Granito, uma habitação segura. As janelas permitiam que enxergassem um horizonte sem limites, encerrado entre os cabos da Mandíbula, a norte, e o cabo da Garra ao sul. A baía da União desdobrava-se, magnífica, à frente. Sim, os esforçados colonos tinham motivos para estarem satisfeitos, e Pencroff não era homem que poupasse elogios ao que ele, com tanta graça, chamava o "seu alojamento no quinto andar, não contando a sobreloja!"

O escoadouro foi aproveitado para trazer à habitação um fio das águas doces do lago.

20
UM GRÃO DE TRIGO

O inverno chegou de vez com o mês de junho, que no hemisfério sul, onde estava a ilha Lincoln, corresponde ao mês de dezembro no hemisfério norte. Inaugurou o seu aparecimento com uma sucessão de aguaceiros e ventanias. Só então os habitantes do Palácio de Granito puderam apreciar realmente as vantagens de uma habitação ao abrigo das intempéries. As Chaminés teriam sido insuficientes para os resguardar dos rigores do inverno, sendo até de se recear que as grandes marés, impelidas pelas ventanias que sopravam do mar, ali irrompessem novamente. Para prevenir esta eventualidade, Smith tomou algumas precauções, com o intuito de preservar quanto possível a forja e os fornos já lá instalados.

O mês de junho foi usado em trabalhos diversos, e a caça e pesca proveram com abundância as reservas da despensa. Pencroff tencionava, assim que tivesse tempo, fazer algumas armadilhas. No entanto, ele já tinha fabricado uma espécie de laço de fibras linhosas, e não se passava um dia sem que se capturasse alguns coelhos. Nab empregara parte de seu tempo salgando e defumando carnes, operação que assegurou excelentes conservas.

Nesta altura, a questão do vestuário teve que ser seriamente discutida. Os colonos só tinham a roupa do corpo. As roupas eram quentes e fortes, e todos tiveram o cuidado para que não se estragassem. Mas, apesar de todos os cuidados, as roupas precisavam já serem substituídas. E, se o inverno fosse rigoroso, os colonos certamente iriam sentir frio.

Mas nem o engenhoso espírito de Smith achou uma solução para este caso. O engenheiro, que se preocupara primeiro com a habitação e o alimento diário, corria o risco de ser apanhado pelo frio antes que a questão do vestuário fosse resolvida. Era preciso que se resignassem a passar aquele primeiro inverno sem se queixarem muito. Mais tarde, quando voltasse o bom tempo, empreenderiam uma caçada a certos carneiros selvagens, cuja presença fora verificada na ocasião da exploração ao monte Franklin. Arranjada a lã, o engenheiro teria que inventar meio de fabricar tecidos fortes e quentes.

— Enfim! – disse Pencroff. – Não temos outro remédio senão assar as pernas na grelha do Palácio de Granito! Como não falta combustível, não há razão para que o poupemos.

— E depois – acrescentou Gedeon Spilett, — a ilha Lincoln não está situada em latitude muito alta, e é provável que os invernos não sejam muito rigorosos. Não nos disse que o trigésimo quinto paralelo correspondia ao da Espanha, Cyrus?

— Disse – respondeu engenheiro, — mas na Espanha há invernos muito frios, com gelo e neve, e aqui na ilha Lincoln pode suceder o mesmo. No entanto, como é uma ilha, podemos esperar que a temperatura seja mais moderada.

— Por que, senhor Cyrus? – perguntou Harbert.

— Porque o mar, meu filho, pode ser considerado como um grande reservatório, onde se conservam os calores do estio. Quando o inverno vem, saem do reservatório os calores absorvidos, e este fato assegura às regiões próximas dos oceanos uma temperatura média, mais elevada no estio, mas em compensação, menos baixa no inverno.

— Isso saberemos depois – resmungou Pencroff. – O melhor é esquecermos do frio, já que não há nada a se fazer. O certo é que os dias estão mais curtos, e as noites mais compridas, e precisamos pensar na iluminação noturna.

— Assunto facílimo – respondeu Smith.

— De estudar? – perguntou o marinheiro.

— De resolver!

— Quando começamos então?

— Amanhã, organizando uma caçada às focas.

— Vamos fabricar velas de sebo?

— Não, Pencroff. Velas de estearina.

Era este o plano do engenheiro; plano, aliás, perfeitamente realizável, porque tendo, como tinha, cal e ácido sulfúrico, com a gordura tirada das focas, teria ali todos os elementos necessários para a fabricação das velas de estearina.

Como o dia seguinte era 4 de junho, domingo de Pentecostes, os colonos adiaram a caçada, dedicando o dia para as orações. Estas orações, porém, eram em ação de graças, já que os colonos da ilha de Lincoln não eram mais os miseráveis náufragos lançados na ilhota. Já não pediam, agradeciam.

No dia seguinte, apesar do tempo incerto, os colonos partiram para a ilhota, esperando a maré baixar para passar a vau o canal. Com isto, combinou-se construir, assim que fosse possível, uma embarcação que, além de tornar mais fácil a comunicação com o ilhéu, servisse também para navegar pelo Mercy, ajudando na projetada excursão do sudoeste da ilha.

As focas apareceram em grande número, e os caçadores não tiveram trabalho para matar meia dúzia delas. Nab e Pencroff trataram de esfolar e esquartejar a caça, levando para o Palácio de Granito unicamente as gorduras e peles, que deviam servir para fabricar excelente calçado.

O resultado da caçada: trezentas libras de gordura, todas destinadas à fabricação de velas.

Esta última operação foi muito simples, e se não resultou em velas perfeitas, ficaram pelo menos muito aproveitáveis. Ainda que Smith não tivesse senão ácido sulfúrico, bastava aquecer este ácido juntamente com qualquer corpo gorduroso neutro, — neste caso a gordura da foca, — para isolar a glicerina. Desta nova combinação seria fácil separar a oleína, a margarina e a estearina, por meio da água a ferver. No intuito de simplificar a operação, Cyrus preferiu saponificar a gordura por meio da cal. Obteve assim sabão calcário que, mergulhado no ácido sulfúrico, logo se decompôs, precipitando a cal no estado de sulfato, e deixando livres os ácidos graxos.

Destes três ácidos, o oléico, o margárico e o esteárico, o primeiro, que é líquido, separou-se por meio de uma pressão suficiente. A mistura dos dois outros era exatamente a substância que se pretendia obter, e da qual se haviam de moldar as velas.

Esta operação não levou mais de vinte e quatro horas. Mergulhados os pavios, que depois de vários ensaios se fizeram de fibras vegetais, na substância derretida, saíram verdadeiras velas de estearinas, moldadas depois à mão. Para ficarem perfeitas, só faltou o branqueamento e polimento. Também lhes faltava a vantagem de terem os pavios impregnados de ácido bórico, que vão se vitrificando ao passo que ardem, e que ardem sem serem carbonizados, mas como Smith teve o cuidado de fabricar um bom atiçador, as tais velas foram muito apreciadas nos serões do Palácio de Granito.

Durante aquele mês não faltou trabalho no interior da nova habitação. Os marceneiros tiveram com o que se entreter. Aperfeiçoou-se todas as ferramentas, que eram mais que rudimentares, e completou-se também a coleção delas.

Entre outros objetos, fabricaram-se, por exemplo, tesouras, o que permitiu aos colonos finalmente cortarem o cabelo, e se não fazer a barba, ao menos apará-la. Verdade que Harbert não tinha barba ainda, e que a de Nab era bem rala. Os outros, porém, tinham uma barba tão abundante e rija, que bastava para justificar a fabricação das tesouras.

A fabricação de um serrote deu um enorme trabalho, mas afinal obteve-se um instrumento que, manejado com vigor, podia dividir as fibras linhosas da madeira. Fizeram-se mesas, cadeiras e armários para mobiliar os principais aposentos. Fizeram também estrados, onde colocaram os colchões e travesseiros de junco.

A cozinha, com suas prateleiras repletas de vasos e utensílios de barro cozido, a fornalha de tijolo e o paiol de lavagens, tinha excelente aspecto, e Nab ali atuava com a gravidade de quem estivesse num laboratório químico.

Os marceneiros, porém, tiveram que ceder lugar aos carpinteiros. E efetivamente, o novo escoadouro exigia a construção de duas pontes de madeira, uma no platô da Vista Grande, outra na praia, porque tanto o platô como a praia estavam agora cortados transversalmente por um riacho que se tinha que passar para ir para o norte da ilha. Para evitar esta passagem, os colonos teriam que dar uma grande volta e subir para oeste, além da nascente do riacho Vermelho. O mais simples, portanto, era construir, tanto na praia como no platô, pontes de vinte a vinte e cinco pés de comprimento, cujo madeiramento consistiria apenas em algumas árvores cortadas e aplainadas a machado. Tudo isto foi feito em poucos dias. Construídas as pontes, Nab e Pencroff aproveitaram para ir até a ostreira que o negro descobrira em frente das dunas. Levaram nesta excursão uma espécie de carroça, em substituição da antiga esteira, que era pouco cômoda, e trouxeram alguns milheiros de ostras, cuja aclimação se realizou rapidamente no meio dos rochedos que formavam vários parques naturais na foz do Mercy. Como os moluscos eram de excelente qualidade, os colonos os consumiam diariamente.

A ilha, apesar de ainda não ter sido completamente explorada pelos colonos, provia já quase todas as necessidades destes. Era provável que, depois de esquadrinhada até nos mais secretos recantos, toda aquela região arborizada que se estendia desde o Mercy até o promontório do Réptil, abundasse em novos e aproveitáveis tesouros.

Havia ainda uma privação que custava bastante aos colonos. Não lhes faltavam alimentos azotados, nem produtos vegetais com que lhes temperassem o uso; as raízes linhosas dos dragoeiros, submetidas à fermentação, davam uma espécie de cerveja, preferível à água pura; tinham até fabricado açúcar, não de cana, nem de beterraba, mas de um líquido que escorre do bordo, espécie de bordo da família das aceráceas, que se dá muito bem em zonas médias, e de que havia na ilha em grande quantidade; com as monardas fazia-se um chá de sabor muito agradável; finalmente, possuíam também, e em abundância, sal, único entre os produtos minerais que entra na alimentação... Mas é de pão que havia carência absoluta.

Era possível que mais para adiante conseguissem substituir este alimento por outro equivalente, tal como a farinha de sagu ou a fécula da árvore do pão, sendo, como era efetivamente, muito possível que entre as essências das florestas do sul se encontrassem aquelas espécies preciosas; até então, porém, nada de semelhante se tinha encontrado.

A Providência, contudo, parecia auxiliar diretamente os nossos colonos em tal ocorrência; verdade é que este auxílio se manifestou em proporções por assim dizer infinitesimais, mas não é menos verdade que Smith, apesar de toda a sua inteligência e engenhosidade, nunca teria conseguido produzir o que Harbert, um dia, e no maior dos acasos, encontrou no forro da jaqueta que estava consertando.

Chovia muito, e os colonos estavam reunidos no salão do Palácio de Granito, quando o rapaz exclamou repentinamente:

— Não é que eu achei um grão de trigo!

E mostrou aos companheiros o grão, um único grão, que estava preso ao forro da jaqueta.

A presença do grão era explicada pelo hábito que Harbert tinha, enquanto estivera em Richmond, de dar de comer aos pombos com que Pencroff o presenteara.

— Aqui está, senhor Cyrus. Mas é só um!

— Ora! Que grande achado, rapaz! – exclamou Pencroff, sorrindo. – O que iremos fazer com um só grão de trigo?

— Iremos fazer pão! – respondeu Smith.

— Pão? E bolos e tortas, porque não? – replicou o marinheiro. – Ora, vamos! Não vamos nos engasgar tão cedo com o pão que sair deste grão!

Harbert também dera pouca importância à sua descoberta, e já ia jogar fora o grão, quando Smith o pegou, examinou-o e viu que estava em bom estado.

— Sabe quantas espigas de trigo produz uma só semente, Pencroff? – disse o engenheiro, calmamente.

— Uma, suponho – respondeu o marinheiro.

— Dez, Pencroff. E sabe quantos grãos tem uma espiga?

— Não tenho nem idéia.

— Oitenta, em média – disse Smith. – Portanto, se semearmos este único grão, colheremos da primeira vez oitocentos, que na segunda colheita darão seiscentos e quarenta mil, na terceira quinhentos e doze milhões, e na quarta mais de quatrocentos milhares de milhões de grãos. Esta é a proporção.

Os companheiros de Cyrus escutavam-no calados. Aqueles algarismos, apesar de exatos, os espantavam.

— Pois é isto mesmo, amigos – prosseguiu o engenheiro. – Estas são as progressões autênticas da fecunda natureza. E esta multiplicação do grão de trigo, cuja espiga tem apenas oitocentos grãos, não é nada quando se compara com a papoula, em que cada pé dá trinta e duas mil sementes, e com o tabaco que dá por pé trezentos e sessenta mil. Estas plantas, se não fossem as numerosas causas de destruição que lhes tolhem a fecundidade, dentro em poucos anos invadiriam a terra inteira.

O engenheiro, porém, não deu por terminada sua preleção.

— Ora, Pencroff, sabe quantos alqueires de trigo representam os tais quatrocentos milhares de milhões de grãos?

— Não — respondeu o marinheiro, — mas o que sei muito bem é que não passo de um estúpido!

— Pois darão mais de três milhões de alqueires, calculando a cento e trinta mil grãos cada alqueire, Pencroff.

— Três milhões! — exclamou Pencroff.

— Exatamente.

— Em quatro anos?

Os colonos foram até o alto do Palácio de Granito.

— Sim, — respondeu Cyrus Smith, — e até em dois, se, como é de esperar, nesta latitude se puderem obter duas colheitas por ano.

A única resposta de Pencroff foi um grito de hurra.

— Fique sabendo, Harbert – acrescentou o engenheiro, — que você fez um achado de enorme importância. Nas nossas circunstâncias, tudo pode nos servir. Não se esqueçam disso.

— Não, senhor Cyrus, não esqueceremos – apressou-se Pencroff a responder, — e se me chegar às mãos uma dessas sementes de tabaco que se multiplicam desta forma, tenha certeza que não a jogarei fora. E agora, o que temos a fazer?

— Semear este grão – respondeu Harbert.

— Sim – acrescentou Spilett, — e com todas as atenções e cautelas de que é merecedor.

— Contanto que o trigo nasça! – exclamou Pencroff.

— Há de nascer – respondeu Smith.

Era o dia 20 de junho. A época era propícia para semear o único e precioso grão de trigo. A princípio pensaram em plantá-lo num vaso; mas resolveram confiar na natureza, e entregar o grão à terra. Foi o que fizeram naquele mesmo dia, cercando-se de todas as precauções para que tudo desse certo.

Como o tempo limpasse um pouco, os colonos foram até o alto do Palácio de Granito, e ali, no platô, escolheram um lugar abrigado do vento e exposto ao sol do meio-dia. Limpando o chão no lugar escolhido, escavaram com cuidado, expulsando da cavidade quaisquer vermes e insetos, e ali colocaram um pouco de terra escolhida e preparada com cal. Rodearam o pedaço de chão com uma paliçada e enterraram o grão na terra umedecida.

Parecia que os colonos estavam assentando a primeira pedra de algum edifício. Isto recordou a Pencroff o dia em que acendera o único fósforo que possuíam, e todos os cuidados que rodearam aquela operação. Desta vez, porém, o caso era mais sério. De fato, os colonos podiam arranjar fogo de uma maneira qualquer, mas um grão de trigo... Que forças humanas poderiam devolver-lhe outro, se por desgraça viesse a não vingar?

21
O PÂNTANO DOS PATOS

Daquele em dia em diante, não se passou um dia sequer sem que Pencroff fizesse uma visita ao que ele chamava, com toda a seriedade, a sua "seara de trigo". E pobre do inseto que ali ousasse se aventurar!

Lá para o fim do mês de junho, depois de uma época de grandes chuvas, o tempo esfriou definitivamente. Se lá houvesse um termômetro, ele teria marcado apenas 10° C.

No dia seguinte, 30 de junho, dia correspondente a 31 de dezembro no hemisfério norte, era sexta-feira. Nab notou que o ano acabava num dia de mau-agouro, ao que Pencroff lhe respondeu que por isso mesmo o ano seguinte começaria num dia propício, o que era melhor.

Na foz do Mercy acumulou-se o gelo em penhas, e dali a pouco o lago estava gelado em toda a sua extensão.

Foi preciso renovar a provisão de combustível mais de uma vez, e Pencroff, antes que o rio estivesse gelado, trouxera enormes cargas de lenha. A correnteza do rio, como motor infatigável que era, foi aproveitada para trazer lenha até o dia em que o frio a coalhou e prendeu. Ao combustível que com tanta abundância se tirava da floresta, juntaram os nossos colonos muitas carroçadas da hulha, que foram buscar nos contrafortes do monte Franklin. E o intenso calor do carvão de pedra foi muito apreciado durante aqueles dias frios, que a 4 de julho chegaram a −13° C. Na sala de jantar, onde era feito o trabalho comum, tinha-se construído outra chaminé.

Enquanto durou o período de frio, Smith ficou satisfeito por ter tido a lembrança de fazer chegar ao Palácio de Granito um filete de água tirado do lago Grant. Esta água, apanhada abaixo da superfície gelada, e seguindo depois pelo antigo escoadouro, conservava-se em toda esta extensão no estado líquido, até chegar a um reservatório escavado no canto do armazém traseiro; o excedente do reservatório corria até o poço, e dali ia para o mar.

Como o tempo estivesse bastante seco, os colonos resolveram que, apesar das roupas pouco apropriadas, iam consagrar um dia inteiro à exploração da parte da ilha compreendida entre o Mercy e o cabo da Garra. O terreno era uma vasta extensão pantanosa, onde provavelmente haveria boa caça, sendo que ali devia existir abundância de aves aquáticas.

A distância a percorrer era de oito a nove milhas, e outras tantas para voltar, portanto, iriam gastar um dia inteiro. Como se tratava de explorar uma porção inteiramente desconhecida da ilha, todos iriam fazer parte da expedição. Por isto, no dia 5 de julho, Smith, Harbert, Pencroff, Nab e Spilett, armados de porretes, chuchos, armadilhas, arco e flechas, e com boa provisão de comida, partiram do Palácio de Granito às seis da manhã, assim que o dia clareou, precedidos por Top, que ia pulando na frente.

Os exploradores tomaram o caminho mais curto, passando pelo Mercy, que estava coberto pelo gelo.

— Mas, isso não pode substituir a ponte para sempre – observou o jornalista.

A construção da ponte, então, foi inscrita no rol dos futuros trabalhos.

Era a primeira vez que pisavam na margem direita do Mercy, e se aventuravam por entre as grandes e magníficas coníferas que a povoavam, então cobertas de neve.

Mal tinham caminhado meia milha, quando saiu de uma espessa moita, uma família inteira de quadrúpedes, posta em fuga pelos latidos de Top.

— Parecem raposas! — exclamou Harbert.

Eram raposas, mas raposas grandes, que soltavam uma espécie de latido, assustando o próprio Top, fazendo-o suspender a caça, dando tempo aos velozes animais de escaparem.

O bom cachorro tinha mais que razão de ficar surpreendido, já que não era versado em história natural. Harbert logo reconheceu os animais, que tinham o pêlo russo-pardacento, e a cauda negra de ponta branca. Estas raposas são encontradas freqüentemente no Chile, nas ilhas Malouines, e em todas as paragens da América cortadas pelo trigésimo até ao quadragésimo paralelo. Harbert sentiu muito que Top não tivesse conseguido apanhar um dos tais carnívoros.

— E aquilo se come? – perguntou Pencroff, que nunca considerava os representantes da fauna da ilha por outro aspecto.

— Não – respondeu Harbert, — mas são animais notáveis. Os zoólogos ainda não conseguiram certificar-se se a pupila desta espécie de raposas é diurna ou noturna, e por conseqüência, se devem ou não classificá-las no gênero *cão* propriamente dito.

Cyrus Smith não pôde conter um sorriso ao ouvir a reflexão do rapaz, que atestava sua seriedade de espírito. O marinheiro, já que as raposas não eram comestíveis, nem se preocupava mais com elas. No entanto, alertou que seria melhor tomar algumas precauções contra as visitas furtivas que estes ladrões de quatro patas certamente fariam às armadilhas montadas pelos colonos. Ninguém lhe contestou a sensatez da advertência.

Dobrando a ponta dos Salvados, os colonos se depararam com um extenso terreno banhado pelo vasto mar. Eram oito da manhã. O céu estava claro, como acontece durante os dias frios; mas eles nem sentiam o frio, já que estavam aquecidos pela caminhada. Além disso, o vento era bem suportável. Do oceano emergia então, parecendo balançar o seu enorme disco no horizonte, um sol típico de inverno, brilhante, mas que não aquecia. O mar formava um lençol de águas tranqüilas e azuladas, como as de um golfo mediterrâneo. O cabo da Garra, encurvando em forma de alfanje, mostrava distintamente a sua ponta delgada a aproximadamente quatro milhas de distância para sueste. Do lado esquerdo, o extremo do pântano terminava bruscamente numa pequena ponta, que os raios solares destacavam com um traço de fogo. Naquela parte da baía da União, nada serviria de abrigo para os navios batidos pelo vento leste, nada os guardaria da agitação do mar, nem sequer um pequeno banco de areia. Pela tranqüilidade daquelas águas, onde nenhuma perturbação dava sinal da existência de abrolhos, pela cor uniforme delas, onde não havia uma só mancha amarelada. Percebia-se que a costa era escarpada, e que o oceano ali encobria profundos abismos. Mais para trás, a oeste, estendiam-se, a quatro milhas de distância, as primeiras árvores das florestas de Faroeste.

O aspecto daqueles lugares era, por assim dizer, o das desoladas costas de alguma ilha das regiões antárticas, invadida pelos gelos. Ali mesmo, naquele local, os colonos pararam para comer. Acendeu-se uma fogueira de tojos e limos secos, e Nab preparou uma sofrível refeição de carne fria.

Os exploradores, que enquanto comiam não deixavam de olhar, notavam que aquela parte da ilha era realmente estéril e contrastava com toda a região ocidental. Este exame levou o jornalista a uma reflexão interessante: se o acaso tivesse lançado os náufragos naquela praia, qualquer um deles teria tido a idéia de que o futuro lhes reservava uma triste sorte.

— Creio que nem teríamos chegado à praia – respondeu o engenheiro, — já que o mar aqui é fundo, e não há um só rochedo que possa servir de refúgio. Em frente ao Palácio de Granito, ao menos, existem dunas de areia e a ilhota, e isto multiplicou nossas probabilidades de salvação. Mas aqui, só há o abismo!

— É admirável – observou Spilett, — que sendo esta ilha relativamente pequena, apresente um território tão variado. Esta diversidade de aspectos só aparece em continentes de certa extensão. Na verdade, o que parece é que a parte ocidental da ilha Lincoln, tão fértil e rica, é banhada pelas águas cálidas do golfo do México ao passo que as praias do norte e sueste estão numa espécie de mar ártico.

— É verdade, meu caro Spilett – respondeu Smith. – Eu também notei isto. Acho esta ilha bem singular, tanto na forma, como na natureza. Parece um resumo completo dos aspectos que apresenta qualquer continente, e não me admiraria se não tivesse sido isto no passado.

— Ora, essa! Um continente, no meio do Pacífico? – exclamou Pencroff.

— E por que não? – respondeu Smith. – Porque razão é que a Austrália, a Nova Irlanda, tudo enfim que os geógrafos ingleses chamam Australásia, não havia de ter outrora formado, juntamente com os arquipélagos do Pacífico, uma sexta parte do mundo, tão importante como a Europa, Ásia, África, ou mesmo qualquer das Américas? A meu ver, todas estas ilhas que emergem deste vasto oceano podem bem ser as cumeeiras de um continente hoje sepulto pelas águas.

— Assim como Atlântida – respondeu Harbert.

— Sim, meu filho... Se é que a tal Atlântida existiu.

— E a ilha Lincoln, então, fazia parte deste tal continente? – perguntou Pencroff.

— É provável – respondeu Smith, — e isso explicaria um pouco a grande diversidade de vegetação da ilha.

— E o grande número de animais que ainda hoje a habitam – acrescentou Harbert.

— Assim é, meu filho – respondeu o engenheiro, — e o que está dizendo é mais um argumento em favor da minha tese. Pelo que nós mesmos vimos, há na ilha grande número de animais, e o que é mais singular ainda, estes animais pertencem a variadas espécies. Todos estes fatos têm uma causa, que a meu ver não é outra senão ter a ilha Lincoln feito parte outrora de algum vasto continente que gradualmente desceu abaixo do nível do Pacífico.

— Com que – replicou Pencroff, que não parecia absolutamente convencido, — um belo dia o que resta do tal antigo continente pode por seu turno desaparecer, e entre a América e a Ásia não fica nada?

— Ficam estes novos continentes, que neste momento milhares de milhões de animais estão construindo – respondeu Smith.

— Então que espécie de pedreiros é essa?

— Os infusórios do canal – respondeu Smith, — que foram quem, com o seu trabalho contínuo, conseguiram fabricar a ilha Clermont-Tonerre, os atóis e as muitas outras ilhas de corais que se encontram por este Pacífico afora. Quarenta e sete milhões desses infusórios não chegam a pesar um grão; e apesar disso, com os sais que absorvem na água do mar, com os elementos sólidos que assimilam, esses animálculos produzem a substância calcária que forma essas enormes substruções submarinas, cuja dureza e solidez são comparáveis com as do granito. A natureza outrora, nas primeiras épocas do mundo, produziu por levantamento as terras, empregando o fogo; agora, porém, encarrega esses animais microscópicos de substituir aquele agente, cuja potência dinâmica no interior do globo tem evidentemente decrescido, o que se prova pelo grande número de vulcões extintos que atualmente se encontra à superfície da terra. E creio firmemente que um dia, quando muitos séculos tiverem sucedido a outros séculos, e muitos milhões de infusórios a outros milhões de infusórios, o Pacífico poderá estar transformado num vasto continente, que será habitado e civilizado por novas gerações.

— Isso vai levar tempo! – acudiu Pencroff.

— A natureza não olha o tempo – disse o engenheiro.

— Mas qual a necessidade novos continentes? – perguntou Harbert. – A extensão dos atuais é mais do que basta à humanidade, e como a natureza não faz nada que seja inútil...

— De fato – respondeu o engenheiro. – A maneira de explicar a futura necessidade de novos continentes, especialmente nesta zona ocupada pelas ilhas coralígenas, é a seguinte, ou pelo menos, para mim, a que parece mais plausível...

— Estamos ouvindo, senhor Cyrus – interrompeu Harbert.

— Muito bem. Os homens de ciência admitem que um dia, o globo há de acabar, ou melhor, um dia, não vai ser possível a vida animal e vegetal, por causa do intenso arrefecimento. No que nem todos concordam é na causa, ou causas, do arrefecimento. Uns acham que ocorrerá por conta da queda de temperatura do sol, em milhões de ano, outros acham que virá da gradual extinção do fogo interno do nosso planeta, fogo que tem uma influência mais pronunciada do que geralmente se supõe. Quanto a mim, sou a favor desta última hipótese, e para isto me fundo no fato de ser a lua um verdadeiro exemplo de um astro que arrefeceu, e que já não é mais habitável, apesar do sol continuar a mandar à sua superfície os mesmo eflúvios de calor. Sendo assim, se a lua arrefeceu, foi porque o fogo interno dela, ao qual, bem como todos os outros astros do mundo estelar, deve a sua origem, se apagou de todo. Enfim, qualquer que seja a causa do fato, o nosso globo há de um dia arrefecer; esse arrefecimento, porém, será gradual. E assim, que acontecerá? Um dia, em época mais ou menos distante, as zonas hoje temperadas serão tão habitáveis como agora o são as regiões polares. E a conseqüência disto será que, tanto as populações humanas como as agregações animais, hão de refluir para as latitudes mais diretamente submetidas ao influxo solar. Realizar-se-á uma emigração imensa. A Europa, a Ásia central, a América do norte, serão pouco a pouco abandonadas, e bem assim a Australásia e as partes baixas da América do sul. A vegetação acompanhará a emigração humana. A flora recuará para o Equador ao mesmo tempo que a fauna. As regiões centrais da América meridional e da África será então os continentes habitados por excelência. Os lapônios, os samoiedas, encontrarão então as condições climatéricas do mar do pólo nas praias do Mediterrâneo. Quem nos diz que nessa época não sejam demasiadamente pequenas as regiões equatoriais para conter toda a humanidade terrestre e alimentá-la? E sendo assim, porque não haveria a previdente natureza lançar desde já abaixo do Equador, no intuito de preparar refugio para toda essa emigração vegetal e animal, os alicerces de um continente novo, cuja construção esteja a cargo desses infusórios? Mais de uma vez tenho refletido em todos estes assuntos, amigos, e creio firmemente modificado, que os mares hão de submergir os velhos continentes, em virtude da emersão de outros novos, e que nos séculos futuros outros Colombos descobrirão as ilhas do Chimborazo, do Himalaia ou do monte Branco, restos de uma América, de uma Ásia e de uma Europa submersa no abismo dos mares. Enfim, mais tarde também esses novos continentes se tornarão inabitáveis; fugirá deles o calor, como o calor de um corpo já sem alma, e a vida desaparecerá do globo, se não definitivamente, ao menos por algum tempo. Talvez que o nosso esferóide descanse então, refazendo-se na morte, para ressuscitar algum dia em condições superiores! Tudo isto, porém amigos, é segredo que só pertence ao Autor de todas as coisas, e a verdade é que, a propósito do trabalho dos infusórios me deixei talvez ir longe demais no perscrutar dos arcanos do porvir.

— Estas teorias, meu caro Cyrus – respondeu Spilett, — são para mim outras tantas profecias que um dia vão se realizar.

— Isso, meus amigos, é segredo que só pertence a Deus – disse o engenheiro.

— Tudo isto é muito bom, muito bonito – arrematou Pencroff, que até ali fora todo ouvidos, — mas a respeito da ilha Lincoln, senhor Cyrus, poderia me dizer se ela foi construída por tais infusórios?

— Não – respondeu Cyrus, — esta ilha é de origem puramente vulcânica.

— Nesse caso, irá desaparecer qualquer dia?

— É provável.

— Tenho esperança de já não estarmos mais aqui quando isso acontecer.

— Não estaremos aqui, Pencroff, sossegue. Afinal, não temos vontade de ficar. Arranjaremos uma forma de sairmos.

— Enquanto isso não acontece – disse Spilett, — vamos nos instalar como se tivéssemos que ficar aqui para sempre. Nunca se deve deixar um trabalho pela metade.

Isto encerrou a conversa. Prosseguiram a exploração, e daí a pouco chegavam na região pantanosa.

Era um verdadeiro pântano, cuja extensão, dali até à costa encurvada que terminava a ilha a sueste, podia ser de umas vinte milhas quadradas. O solo era formado de uma espécie de lodo argiloso, misturado com numerosos despojos vegetais, e aqui e ali camadas de erva espessa como um bom tapete. Em muitos lugares os raios solares cintilavam sob os charcos gelados. Aqueles depósitos de água não podiam atribuir-se nem a chuva, nem a cheias, portanto, era natural concluir que o pântano era alimentado por infiltrações através do solo, e na realidade era assim. Devia-se recear que o ar ali, no tempo quente, estivesse carregado dos miasmas que produzem a febre palustre.

Por sobre as ervas aquáticas, à superfície das águas estagnadas, esvoaçava um mundo inteiro de aves. Um caçador ali não erraria um tiro. Patos selvagens, galinholas e narcejas viviam ali aos bandos, todas aves pouco medrosas, que permitiam a aproximação. Eram tantas, que um tiro de chumbo acertaria em dúzias delas. Não houve outro remédio senão contentar-se com o arco; o resultado foi mais modesto, mas a flechada silenciosa teve a vantagem de não assustar a caça, que com a detonação de qualquer arma de fogo teria se espalhado por todos os cantos do pântano. Os caçadores contentaram-se com uma dúzia de patos de corpo branco cintado de cor de canela, cabeça verde, asa negra, branca e russa, e bico achatado, que Harbert reconheceu serem patos-ferrugíneos. Top correu agilmente para capturar os mais espertos. Ali os colonos tinham uma abundante reserva de caça aquática, e foi decidido que iriam fazer ali nova exploração quando o tempo estivesse mais favorável. Muitas daquelas espécies de aves poderiam, se não se domesticar, pelo menos aclimatar-se nas vizinhanças do lago, o que as poria mais à mão dos consumidores.

Por volta das cinco horas da tarde, os colonos resolveram voltar para casa, atravessando o pântano dos Patos, como resolveram chamar aquele lugar.

Às oito da noite, finalmente, estavam no Palácio de Granito.

22

UM GRÃO DE CHUMBO

O frio intenso durou até 15 de agosto, sem contudo apresentar temperaturas mais baixas do que a observada até então. Quando não havia vento, o frio era suportável, mas quando isso acontecia, era duro para quem estava tão insuficientemente vestido. Pencroff chegava a se lamentar que não houvesse na ilha uma meia dúzia de ursos, ao invés de raposas e focas, cujas peles não lhe pareciam grande coisa.

— Os ursos – dizia ele, — geralmente andam bem vestidos. Quem me dera que algum urso me emprestasse o belo capote que lhe embrulha o corpo.

— Difícil seria achar algum urso que te emprestasse o capote de boa vontade – retorquiu Nab, rindo. – Acha que o urso é algum São Martinho?

— Se não fosse de boa vontade, seria pela força mesmo – replicou Pencroff, num tom autoritário.

Mas na ilha não existiam, ou pelo menos ainda não se tinham encontrado, ursos. No entanto, Pencroff e o jornalista trataram de pôr armadilhas tanto no platô da Vista Grande, como nas circunvizinhanças da floresta. O marinheiro acreditava que, qualquer que fosse o animal que apanhassem, seria boa a caçada, e quer fossem roedores ou carnívoros, aqueles que estreassem os novos laços haviam de ser bem recebidos em Palácio de Granito.

As armadilhas foram das mais simples; uma cova aberta no chão, com um teto de ramos e ervas que lhe escondia o laço, no fundo da cova um isca qualquer que atraísse os animais pelo seu cheiro, e a armadilha estava pronta. Convém notar que nenhuma destas covas fora aberta ao acaso, mas em lugares onde a abundância de pegadas ou quaisquer outros vestígios que indicassem a passagem freqüente de quadrúpedes. Estas covas eram examinadas todos os dias, e nos primeiros, por três vezes, encontraram exemplares das tais raposas que os nossos colonos já conheciam da margem direita do Mercy.

— Que história é esta! Nesta terra só existem raposas? — exclamou Pencroff, quando retirou, pela terceira vez, uma das raposas. — Estes animais não servem para nada!

— Ora, eles devem servir para algo! — acudiu Spilett.

— Para que?

— Para iscas!

E como o jornalista tinha razão, dali por diante o que se colocou nas armadilhas foram cadáveres das tais raposas.

O marinheiro também fabricara laços e armadilhas com fibras de junco, e estas deram mais resultado que as covas. Era raro o dia que não apanhavam algum coelho. Mas como Nab sabia variar o tempero, os colonos nem reclamavam de comerem tanto coelho.

Uma ou duas vezes, contudo, na segunda semana de agosto, as covas ministraram aos caçadores animais diferentes das raposas, e mais úteis, porcos bravos, dos mesmos que já tinham sido vistos ao norte do lago. A respeito destes não entendeu Pencroff que fosse necessário perguntar se eram ou não comíveis; porque lhe estava a dizer a semelhança que apresentavam com os porcos da América ou da Europa.

— Não são porcos – disse Harbert ao marinheiro.

— Ora, deixe-me na ilusão de que são porcos, rapaz – respondeu o marinheiro, debruçando-se na cova e retirando um dos representantes da família dos suínos.

— Mas porque?

— Ora, porque isso me é agradável!

— Então gosta muito de carne de porco, Pencroff?

— Gosto de porco, gosto — respondeu o marinheiro, — principalmente por causa dos pés, e se em lugar de quatro tivessem oito ainda gostaria dobrado!

Os animais em discussão, eram pecaris, sendo fácil de reconhecer pela sua cor escura e pela carência dos grandes caninos que armam a boca dos outros suínos congêneres. Este pecaris vivem ordinariamente em bando, e era provável que abundassem nos pontos arborizados da ilha. Em todo o caso podiam comer-se desde a cabeça até aos pés, única exigência de Pencroff.

Por volta de 15 de agosto a temperatura modificou-se subitamente, por conta de um vento noroeste. A temperatura subiu alguns graus, e nevou, o que cobriu toda a ilha com uma capa branca, deixando-a com um aspecto diferente. A neve caiu tão abundantemente pelo espaço de alguns dias, que dentro em pouco tinha dois pés de espessura.

O vento soprava com tanta violência, que do alto do Palácio de Granito ouvia-se o mar rugindo de encontro aos rochedos. Em certos recantos haviam rápidos redemoinhos no ar, que levantavam a neve em altas colunas.

O furacão, todavia, como soprava do noroeste, apanhava a ilha de través, e o Palácio de Granito, pela orientação da sua fachada, ficava livre do vento direto. No meio daquele temporal, ninguém arriscou-se a sair, por maior que fosse o desejo. Foram cinco dias fechados em casa. Ouvia-se ao longe o rugir da tempestade nas matas de Jacamar, que não deviam sofrer pouco. Muitas e muitas árvores por certo seriam arrancadas pela raiz. Pencroff consolava-se, porém, com a lembrança que isto iria lhe poupar o trabalho de cortá-las.

— O vento está fazendo o trabalho de lenhador. Deixe estar!

E era seguramente o melhor, porque não havia meio de lhe impedir.

Que graças deveram então os habitantes de Palácio de Granito dar a Deus, que lhes preparara aquele sólido e inabalável asilo! A Cyrus Smith cabia também legitimamente boa parte naquela expressão de gratidão, mas enfim a natureza é que escavara a vasta caverna, e o nosso engenheiro nada mais fizera senão descobri-la. No Palácio de Granito estavam todos em segurança, ao abrigo dos furores da tempestade. Se, como chegaram a planejar, tivessem construído uma casa de madeira e tijolo no platô da Vista Grande, esta por certo não resistiria à fúria do vendável. As Chaminés, essas só pelo fragor estrepitoso das ondas que se ouvia, havia razão para supor que estariam aquela hora absolutamente inabitáveis, porque o mar que passara por cima da ilhota devia então batê-las enfurecido. Ali, porém, no Palácio de Granito, no seio da penedia com a qual nem água nem vento entravam, nada havia a recear.

Os colonos não ficaram de braços cruzados durante aqueles poucos dias de encerramento forçado. Como lhes não faltasse madeira no armazém, e já serrado em tábuas e tabuões, foram pouco a pouco completando a mobília com diversas mesas e cadeiras, que por falta de segurança não pecavam por certo; pelo menos na matéria-prima não houve economia. Todos estes móveis eram um tanto pesados e mal justificavam o nome genérico que tira da mobilidade a sua razão de ser; mas, apesar disso, Nab e Pencroff estavam tão felizes com eles, que não os trocariam por móveis de Boule.

Em seguida, os improvisados marceneiros transformaram-se em cesteiros, e não se saíram mal no novo ofício. Haviam descoberto, na ponta norte do lago, um vimeiro abundante, onde haviam milhares de pés de vime púrpura. Pencroff e Harbert tinham feito um bom estoque de varas daqueles úteis arbustos, antes da estação chuvosa. Os ramos então foram preparados, e estavam prontos para serem utilizados. As primeiras experiências foram desastrosas, mas graças a habilidade, jeito e inteligência dos operários que, ora consultando-se, ora recordando os modelos que tinham visto, trabalhavam sem descanso, e muitos cestos de diversos feitios foram acrescentados ao material da colônia. Assim, Nab teve cestas especiais para colocar as suas diferentes colheitas de rizomas, pinhos e raízes de dragoeiro.

Na última semana do mês de agosto, o tempo tornou a modificar-se, acalmando um pouco a tempestade. Os colonos saíram logo de casa, e encontraram a praia coberta por uma camada de neve que não tinha menos de dois pés de espessura. Smith e seus companheiros subiram logo ao platô da Vista Grande.

Que mudança! Os bosques, que poucos dias antes eram frondosos e verdejantes, principalmente na parte onde predominavam as coníferas, desapareciam numa cor uniforme. Desde o cume do monte Franklin até o litoral, florestas, planície, lago, rio, praias, tudo estava branco. A água do Mercy corria por debaixo de uma abóbada de gelo que desabava esmigalhando-se com estrépito a cada alternativa de fluxo e refluxo. Por sobre a superfície solidificada do lago esvoaçava grande número de aves, patos e narcejas, além de maçaricos. Os rochedos por entre os quais corria a cascata na extrema do platô estavam cobertos de penhas de gelo, a ponto de parecer que a água jorrava de uma bica esculpida e cinzelada com toda a fantasia de algum artista da Renascença. Calcular os estragos produzidos pelo vendaval na floresta, não seria possível até que esta imensa camada branca se dissolvesse.

Spilett, Pencroff e Harbert não quiseram perder aquela ocasião de ir examinar as covas, que custaram a achar, já que estavam cobertas de neve. Tiveram mesmo que tomar cuidado para não caírem nalguma delas, o que seria, além de perigoso, também humilhante! Por fim encontraram as covas intactas. Nenhum animal havia sido capturado, apesar de aparecerem nas proximidades delas numerosos vestígios e pegadas, entre outros, sinais de garras perfeitamente marcados. Harbert afirmou, sem hesitar, que algum felino carnívoro devia ter passado por ali, o que comprovava a opinião de Cyrus Smith acerca da presença de feras perigosas na ilha

Lincoln. As tais feras por certo habitavam as densas florestas de Faroeste, e provavelmente, apertadas pela fome, tinham se aventurado até o platô da Vista Grande. Quem sabe se não teriam farejado os habitantes do Palácio de Granito?

— Quais seriam estes felinos? – perguntou Pencroff.

— Tigres – respondeu Harbert, sem hesitar.

— Mas eu pensei que estes animais só vivessem em países quentes.

— Também existem no novo continente – respondeu o rapaz, — onde se encontram desde o México até os pampas de Buenos Aires. E como a ilha Lincoln está na mesma latitude das províncias de La Plata, não admira que aqui se encontrem tigres.

— O melhor então é nos prevenirmos – concluiu Pencroff.

A neve acabou por dissipar-se com o aumento da temperatura. Choveu também um pouco, o que terminou por dissolver o resto da neve. Os colonos, apesar do mau tempo, trataram de renovar suas provisões. Isto os obrigou a algumas excursões à floresta, onde puderam verificar que o último vendaval derrubara grande número de árvores. Nab e o marinheiro foram até o jazigo de hulha, trazendo algumas toneladas de combustível, e de passagem tiveram ocasião de observar que o vento fizera grande estrago nas chaminés do forno da louça, levando pelo menos seis pés da parte superior.

Renovou-se também a provisão de lenha, aproveitando a correnteza do Mercy, que estava livre do gelo, para levar muitas cargas. Podia ser que o período de frio ainda não tivesse terminado.

Os colonos também fizeram uma visita de inspeção às Chaminés, o que os fez darem graças por não terem estado ali durante a tempestade. O mar tinha deixado incontáveis vestígios dos seus estragos. Levantado pelos ventos do largo, a ponto de saltar por cima da ilhota, o mar tinha entrado tão violentamente pelos corredores, que estes estavam quase que entupidos pela areia, e os rochedos cobertos por espessas camadas de limo. Enquanto Harbert, Nab e Pencroff caçavam ou refaziam as provisões de combustível, Smith e Spilett ocupavam-se em desobstruir e limpar as Chaminés, onde encontraram a forja e os fornos quase intactos, protegidos pela areia que tinha se acumulado sobre eles.

A renovação das reservas de combustível veio em boa hora. O frio rigoroso ainda não tinha terminado. No final de agosto, por volta do dia 25, o frio tornou-se penetrante. Pelos cálculos do engenheiro, o termômetro teria marcado – 22º C. Este frio intenso, que uma ventania aguda tornava ainda mais dolorosa, manteve-se pelo espaço de muitos dias.Os colonos tiveram que novamente se trancar no Palácio de Granito, e como fossem obrigados a tapar hermeticamente todas as aberturas da fachada, deixando apenas o estritamente necessário para a renovação do ar, gastaram uma enorme quantidade de velas. Para economizar, muitas vezes contentaram-se com a luz das chamas da lareira, onde não se poupava combustível. Por vezes, um ou outro dos colonos descia à praia, onde o fluxo acumulava grandes pedaços de gelo, mas voltavam logo para o Palácio de Granito, não sem que lhes custassem muitos incômodos e dores por terem que se agarrar aos degraus da escada, que por aquele frio intenso lhes queimavam os dedos. Como era preciso arranjar algo para preencher o tempo naquela prisão forçada, Smith lembrou-se de um trabalho que poderiam fazer ali dentro.

Os colonos não tinham outro açúcar senão a substância líquida que tiravam dos bordos, fazendo-se profundas incisões. O líquido, aparado numa vasilha qualquer, era usado para diversos fins culinários, com melhores resultados quando o líquido, pelo efeito do tempo, ficava branco e na consistência de xarope.

Smith, porém, teve uma idéia, e participou aos companheiros que iriam se transformarem em refinadores.

— Refinadores! – exclamou Pencroff. – Parece que é um ofício tranqüilizador.

— E muito! – respondeu o engenheiro.

— Então, vem mesmo a calhar! – replicou o marinheiro.

Mas que a palavra refinação não desperte no leitor a recordação de alguma fábrica complicada pela variedade dos utensílios e pelo número dos operários. Não! Para cristalizar o tal líquido, bastava purificá-lo por meio de uma operação bem fácil. Colocou-se o líquido ao fogo em grandes vasilhas de barro, submetendo-o a uma certa evaporação, até vir à superfície uma espécie de espuma. Assim que o líquido começou a engrossar, Nab mexeu-o com uma espátula de pau, para acelerar a evaporação e evitar que a substância ficasse com gosto de queimado.

Depois de algumas horas de ebulição, o líquido transformou-se num xarope grosso, que se colocou em formas apropriadas, fabricadas no forno da cozinha mesmo. No dia seguinte, já frio, o xarope estava solidificado em pastilhas de açúcar, um tanto mascavado, mas quase transparente e de sabor agradável. Como o frio continuou até o meio de setembro, os colonos começaram a cansar-se do prolongado cativeiro. Não passavam um dia sem que saíssem, mesmo que por breves intervalos. O trabalho consistia, então, basicamente em se melhorar a acomodação interna da habitação, e como se trabalhava e conversava ao mesmo tempo, Cyrus Smith ia instruindo os companheiros acerca de vários assuntos, principalmente das aplicações práticas da ciência. Os colonos não possuíam biblioteca, é verdade, mas tinham o engenheiro, que era um livro sempre à mão, aberto na página que precisavam ler, livro este que lhes resolvia todos os problemas e que todos folheavam sempre. E assim o tempo ia passando, sem que nenhum daqueles valentes parecesse temer o futuro.

Mas, afinal, já era tempo que terminasse aquele encerramento forçado. Todos ansiavam pelo fim do frio, porque se, pelo menos, tivessem roupas apropriadas, quantas excursões já não teriam empreendido às dunas e ao pântano dos Patos! A caçada seria certamente farta, mas Smith não queria que ninguém arriscasse a saúde, e assim todos seguiram seus conselhos.

Depois de Pencroff, o mais impaciente com esta prisão forçada era Top. O fiel animal, que não se encontrava à vontade no Palácio de Granito, andava de um lado para outro, mostrando a seu modo quanto lhe aborrecia estar ali encerrado.

Cyrus notou que, sempre que o cão passava junto ao escuro poço que ia dar no mar, e cuja boca se abria ao fundo da casa de arrecadação, rosnava de um modo singular. Top dava voltas e voltas em torno do buraco, já coberto com uma tampa de madeira. Às vezes tentava meter as patas por debaixo da tampa, como se quisesse levantá-la, e latia de modo particular, indicando cólera e susto.

O que haveria naquele abismo para impressionar de tal forma o inteligente animal? Que o poço ia dar no mar, era certo. Mas será que se ramificaria em estreitos canais através do corpo da ilha? Acaso estaria em comunicação com alguma outra cavidade interior? Viria algum monstro marinho respirar, de tempos em tempos, ao fundo do poço? O engenheiro não encontrava respostas para estas perguntas. Habituado como estava ao domínio das realidades científicas, custava-lhe perdoar a si próprio quando se deixava arrastar para o domínio do estranho e sobrenatural; mas como explicar que Top, um cão tão sensato, que nunca perdesse tempo em latir, teimasse em farejar aquele abismo, como se lá se passassem coisas que o inquietavam e assustavam! O procedimento de Top causava mais estranheza a Smith do que ele próprio admitia confessar a si próprio.

O engenheiro, contudo, só quis participar estas preocupações a Spilett, porque achava inútil falar aos outros sobre estas reflexões, nascidas do que talvez não passasse de uma mania de Top.

Finalmente o frio cessou. Houve muita chuva, grandes ventanias e neve, mas acabou. O gelo tinha-se dissolvido, a neve derretera; a praia, o platô, as margens do Mercy, a floresta, tudo já era transitável. Esta chegada da primavera foi uma alegria para os colonos, que dentro em pouco só entravam em casa para comer e dormir.

Na segunda metade de setembro, caçou-se muito, e este fato levou Pencroff a voltar a insistir sobre as armas de fogo, que segundo ele, Smith lhe prometera. Cyrus sabia que, sem ferramentas apropriadas, era quase impossível fabricar uma espingarda capaz de servir, e sempre recuava, adiando esta operação, fazendo notar que como Harbert e Spilett eram hábeis arqueiros, a caça não ia faltar. O cabeçudo marinheiro, porém, não era homem de se contentar com boas razões, e prometia não dar ao engenheiro um minuto de descanso se ele não satisfizesse seu desejo. Spilett apoiava Pencroff:

— Se existem na ilha animais ferozes, é conveniente se pensar na melhor maneira de combatê-los. Pode chegar a ocasião em que iremos ter que fazer isto.

Naquela ocasião, porém, não foi a questão das armas de fogo que preocupou Smith, e sim o vestuário. As roupas que usavam tinham agüentado um inverno, mas não durariam até outro. Precisavam arranjar peles de carneiros, ou lã; e como havia ali abundância de carneiros selvagens, o melhor a fazer era arranjar uma forma de se criar um rebanho doméstico, para satisfazer as necessidades da colônia. Murar um cercado para os animais domésticos, arranjar uma capoeira para os pássaros, numa palavra, fazer uma granja em algum ponto da ilha, estes eram os projetos importantes para a primavera.

Para concretizar estas idéias, e no intuito de escolher o melhor local para as futuras instalações, era urgente que se fizesse o reconhecimento da parte ignorada da ilha, isto é, as altas florestas que se estendiam à direita do Mercy, desde a foz deste rio até a extremidade da península Serpentina, bem como em toda a costa ocidental. Para isto era preciso esperar que o tempo firmasse; e assim decorreu ainda mais de um mês sem que pudessem empreender a exploração.

Esperavam todos o momentos oportuno com certa impaciência, quando se deu um incidente que mais veio excitar ainda o desejo que tinham os colonos de visitar e explorar todo o território da ilha.

Passou-se o caso a 25 de outubro. Nesse dia Pencroff fora examinar as covas, que sempre conservava convenientemente preparadas, e numa delas encontrara três animais que deviam ser perfeitamente recebidos na cozinha. Uma fêmea de *pecari* com duas crias.

Voltou, pois, Pencroff ao Palácio de Granito satisfeitíssimo com a captura e fazendo, como sempre, grande espalhafato da caça que apanhara.

— Ora vamos lá, senhor Cyrus, que desta vez é que temos um jantar famoso! O senhor também vai comer, senhor Spilett!

— Comerei, comerei, e de boa vontade — respondeu o jornalista, — mas o que é que vou comer?

— Leitão.

— Sim! É mesmo leitão, Pencroff? Quem o escutasse pensaria se tratar de alguma perdiz recheada!

— Como assim? — exclamou Pencroff. — Então é coisa que se despreze, um leitãozinho?

— Isso também não digo, — respondeu Gedeon Spilett, sem dar sinal algum de entusiasmo, — mas contanto que se não abuse...

— Está bom, está bom, senhor jornalista — retorquiu o marinheiro, que não gostava que lhe depreciassem a caça, — você é muito difícil de contentar! Mas há sete meses, quando desembarcamos na ilha, dar-se-ia por extraordinariamente feliz se encontrasse caça desta!...

— Ora aí está — respondeu o jornalista. — O homem nunca é perfeito, e nunca está contente.

— Seja como for – tornou Pencroff, — espero é que Nab se distinga. Ora vejam! Estes pecarizinhos não têm três meses ainda. Vão ser tenros como uma codorniz! Vamos Nab, eu mesmo quero vê-los assar.

E o bom marinheiro foi para a cozinha com Nab, onde se absorveram nos trabalhos culinários.

Como os deixaram à vontade, Nab e Pencroff prepararam um jantar magnífico; os dois pecaris, sopa de canguru, presunto defumado, pinhões, bebida de dragoeiro, enfim tudo quanto havia de melhor; entre todos os pratos, porém, deviam figurar na primeira plana os saborosos pecaris estufados.

Às cinco horas serviu-se o jantar no salão grande do Palácio de Granito. A sopa de canguru estava em cima da mesa fumegante, e todos a acharam excelente.

À sopa seguiram-se os pecaris, que o próprio Pencroff quis trinchar, e de que serviu porções monstruosas a cada um dos convivas.

Eram na verdade deliciosos os tais leitõezinhos, e Pencroff devorava a sua parte, quando de repente soltou um grito.

— Que foi? — Perguntou Cyrus Smith.

— Há... Há.. Que quebrei um dente! — respondeu o marinheiro.

— Ora essa! Então os pecaris têm pedras? — disse Spilett.

— Acho que sim — respondeu Pencroff, tirando da boca o objeto que lhe custara um dente!

Não era pedra... Era um grão de chumbo!!!

Esta história continua no volume 4: O Abandonado - A Ilha Misteriosa II

Este livro *Os Náufragos do Ar — A Ilha Misteriosa I* é o volume n° 3 da coleção *Viagens Extraordinárias — Obras Completas de Júlio Verne*. Impresso na Editora Gráfica Líthera Maciel Ltda, à Rua Simão Antônio, 1.070 — Contagem, para a Villa Rica Editoras Reunidas Ltda, à Rua São Geraldo, 53 — Belo Horizonte. No Catálogo Geral leva o número 06066/6B. ISBN: 85-7344-519-X